Michael E. Tritscher

Pferdenasen

Roman

Buchgestaltung + Fotografie: Buchhelden Independet-Verlag
www.buchhelden.at
www.facebook.com/pferdenasen
www.twitter.com/pferdenasen
Lektorat: Mag. Jeannette Bachner

ISBN: 3950383662
ISBN-13: 978-3950383669
(Buchhelden Independent-Verlag)

Dem Pferdemädchen

PLAY, REWIND, PAUSE UND FORWARD

„Leeloo ist eine Pferdenase", schnaubte David und zog sich seine knallrote Badehose über den Kopf. Sie schimpfte ihn „**PEEP PEEP**" und ihre Zöpfe begannen enthemmt zu beben.

So traten die beiden kurz vor Sonnenaufgang in mein Leben und es spielt sich noch immer vieles in meinem Kopf ab, das dort schon zu lange für Chaos gesorgt hat. Außerdem will ich meine Welt wieder so sehen, wie sie wirklich zu sein schien.

Ich mag vergissmeinnichtblau, weil der Himmel unsere Augen in dieser Farbe besticht, wenn das Wetter schön genug ist, um auf Postkarten zu passen. Und diesen Morgen strahlt er, das Geschehene ignorierend, in einem Frequenzbereich zwischen 600 und 700 Terahertz. Aber das reicht nicht, um meine Mundwinkel zu sich nach oben zu ziehen und mich lächeln zu lassen. Ich treibe im Wasser, neben einer sattgrünen Wiese in der Nähe von **PEEP**ing. Ich friere und der Gedanke, ich hätte Uschis Tod mit zu verantworten, falls sie es war, die starb, zermürbt mich mehr als alles andere.

Die Gewissheiten, die mich plagen sind meine fehlende Brustwarze, der Tod hunderter von Zulas und dass **PEEP**ing – ich buchstabiere es langsam, *F… U… C… K… I… N… G…* – nicht mehr existiert. Dieser kleine, für die CHMABL[1] *unaussprechliche* Ort in Oberösterreich, den amerikanische Touristen besuchten, um sich dort vor der **PEEP**ing hilarious Ortstafel zu fotografieren, wurde durch pralle Busen innerhalb des Bruchteils einer Sekunde

[1] Anmerkung meines deklarativen Gedächtnisses: CHMABL steht für Christian Models Against Bad Language.

ausradiert. Meine Brustwarze hingegen wurde mir nur abgenagt.

Leeloo hat mich mal gefragt, ob ich mutig genug sei, meine Wahrnehmung als Realität zu akzeptieren. Dann drehte sie sich um, streifte ihr silbrig glitzerndes Abendkleid, das sie für Amsterdam besorgt hatte, ab, warf mir einen wohlig provozierenden Blick über ihre linke Schulter zu und ging in die Grachten baden. David schnürte daraufhin seine Badehose so eng zusammen, dass er fast erstickte. Auch die beiden sind verschwunden.

Aber ich fange mit meiner Geschichte einfach von ganz vorne an, ordne meine Erinnerungen und lass mein Leben inklusive der darin eingebetteten Impressionen mit all ihren Sinnestäuschungen ohne feste Ordnung Revue passieren.

Mein Leben wand sich in Spanien bei Xalvadora, als ich Michelle bereits kannte, aus der Normalität heraus. In jener Nacht, auf irgendeinem Strand, in der mir Leeloo und David erschienen sind und sich meine Gedanken auf einmal wie ein kaputter VHS-Videorecorder, dessen *PLAY, PAUSE*, *REWIND* und *FORWARD*-Tasten nicht funktionieren, anfühlten.

Und da unser Dasein so ist, wie es ist und aus reichlich unzusammenhängenden Zusammenhängen besteht, deren Bedeutung oft erst nachträglich in Erscheinung tritt, beginne ich lange vor Spanien und ihren Töchtern.

< PLAY > Vor über 20 Jahren

Ich studierte im ersten Semester Psychologie und hatte Ferien.

| | PAUSE | |

Mich schmerzt meine von Becky Lee abgenagte Brustwarze, die Haut fühlt sich taub an und das Konzentrieren fällt mir schwer. Außerdem lassen sich wieder bunte Falter auf meiner Nase nieder, die zögernd funkeln. Das ärgert mich, weil im Bauch fühlen sich Schmetterlinge einfach besser an als im Kopf.

Ich fixiere schwarze, verkohlte Flossen mit gelben Punkten und einen versengten Pyjama, auf dem es rosa Schweinchen miteinander tun. Kate Moss liegt neben mir und ein T-Shirt auf dem *Fishpower* geschrieben steht, lässt Melodien in meinen Kopf entstehen. Ver**PEEP**t, ich beginne mich wieder zu verlieren. Zurück in die Geschichte.

< PLAY >

Ich hatte Weihnachtsferien, eine Zeit, die in Schi-Regionen wie jener, in die ich geboren wurde, als Jagdsaison galt. Jagd auf Frischfleisch Made im Ausland, in Form junger williger Wintersport-Touristinnen.

| | PAUSE | |

Schihaserl waren die Hübschen und **PEEP**fetzen jene, die meinen lose definierten optischen Anforderungen nicht stand hielten und höchstens nach dem Genuss unzähliger Biere für einen schlichten **PEEP** in Frage kamen. Michelle war ein Schihaserl, aber keine Zula, wie Leeloo das Abziehbild der Mädchen meiner Träume nannte.

Das Schicksal, bestand Leeloo, nachdem Michelle mich verlassen hatte, wollte von Anfang an, dass eine Zula mein Herz wie eine reife Birne vom Apfelbaum pflückt und schwuppdiwupp einsteckt. Jedoch, links statt rechts oder umgekehrt, beziehungsweise tiefgefrorene Hühner und Löcher im Schnee, manövrierten mich direkt in Michelles Fänge.

„Was hätte das für einen Sinn?“, fragte ich Leeloo, als sie mit der Geschichte über Zula los legte.

„Warum sollte das Schicksal etwas planen, wenn es sich nicht erfüllt?“

„Weil es kraftloser ist, als alle annehmen!“

Und während mir Leeloo das offenbarte, erschlafften ihre Zöpfe wie verwelkte Blumen.

„Du hättest eine Zula im Mutterschiff[2] kennen gelernt!“, flüsterte sie und fauchte: „Rewind!“

Leeloo stellte mein zulabares Leben, das sich in irgendeiner Parallelwelt vor Milliarden Jahren abgespielt hat, sich bald ereignen könnte oder gerade jetzt erst passiert, dar.

In ihrer Geschichte gehe ich mit Freunden ins Mutterschiff auf ein Bier.

Wie jedes Jahr ist wenig los am ersten Jänner. Der Schädel brummt von der Silvesternacht und ich habe auf nichts Lust – außer vielleicht auf Bier.

„Links oder rechts?“, fragt ein Freund. Ohne meine Umgebung nach Schihaserln zu scannen, raunze ich „Links“ und setze mich ans Ende des Tresens. In der Hoffnung meine Kopfschmerzen verschwänden, schließe ich die Augen und denke an Zebras, die in Zeitlupe rückwärts laufen. Das hilft. Und nachdem ich den liebsten meiner fünf Sinne wieder der Umgebung aussetze, erblicke ich eine Zula. Sie ist alleine, trinkt einen **PEEP**tail und wirkt wachsam.

Zula ignoriert, dass ich sie wie eine Kuh, die ein Ufo bei der Entführung ihres Bauern beobachtet, anglotze. Sie stochert mit einem Strohhalm im Milchgetränk und man sieht ihr eine Touristin an, die vom Hoteliers-Sohn,

---

[2] Anmerkung meines Langzeitgedächtnisses: Der Name meiner damaligen Lieblingsbar.

Bauernbub oder Schilehrer versetzt wird. Obwohl ich gerade erst zu nichts Lust hatte, entflammt in mir der Trieb, sie als flotte Beute für eine Nacht zu akzeptieren.

Zula bemerkt das, aber ich kann mich nicht festlegen, ob sie deswegen lächelt. Egal! Sie lächelt. Und zwar so, dass es dem Mutterschiff eine sonnige Atmosphäre aufzwingt.

„Na und? Ich werde gerade versetzt!", eröffnet Zula. Dabei bedient sich ihr Mund kühner Formen und tritt in mir unerwartet das Abenteuer Hirnstoffwechsel los. Sie niest, senkt verlegen ihren Kopf und grinst den Boden an. Zula sieht klar, dass sie für mich und ich für sie bestimmt bin.

| | PAUSE | |

Innerhalb weniger Tage spürt Zula einen Seelenverwandten in mir auf und katapultiert mich in einen Gemütszustand, den ich „heiter" nennen möchte. Bis dahin wagte ich nicht mal zu vermuten, abseits von Film & Fernsehen gäbe es Derartiges.

< PLAY >

Zulas Blick ist nach wie vor gesenkt, als ich frage: „Auf welche Musik stehst du so?"

„Keine gute Frage für den Anfang!", sagt sie und jetzt suche ich den Boden verlegen nach einer Antwort ab.

„Nach welcher schau ich für dich denn aus?", will sie wissen.

Und ich denke an meine Lieblingsband.

„Glaubst du an *Das* auf den ersten Blick?", hakt sie nach, als desinteressiere sie mein Schweigen.

„Ich weiß nicht", flüstere ich.

„Wie soll ich dann *wissen*, nach welcher Musik ich für dich aussehe?"

„Ich kann nicht ganz folgen!“, merke ich an und denke: „Ich mag dich!“

„Na dann…“, meint Zula und niest noch mal.

Sie beginnt meinen Hirnstoffwechsel zu dirigieren, zu einer Musik, die uns beiden gefällt. Ich registriere Anmut - sie hat fabelhaft lange Beine, Sommersprossen auf der Nase und zwei Brüste.

David titulierte unseren **PEEP** in jener Nacht als „ungemein unheilvoll und typisch für eine fehlgeleitete Jugend, die es nicht mehr versteht, mit ihren Gefühlen und ihrer **PEEP**ualität achtsam umzugehen“ und ließ seine rote Badehose laut schnalzen. Leeloo hingegen segnete unser erstes Mal als Superfunken, während ihre Zopfspitzen rot glühten und „ungeschminkte Liebe“ in die Luft brannten.

Zula **PEEP**t ausschweifend, unbeugsam und insgeheim schmutzig. Sie duftet nicht nach Erdbeeren sondern nach Pfirsich und belebt in mir die Hoffnung, mit dem Leben hätte es mehr auf sich, als allgemein befürchtet. Jeder, der einem **PEEP** mit einer Zula auch nur nahe kam, weiß, was ich meine.

Und so fordert Zula von mir, ihr in unserer ersten Nacht ungebremst zu verfallen. Dabei bedient sie sich der Gewalt des Superfunkens und ihrer ungesitteten Liebe. Ich würde gerne ein Buch, einen Roman, Film oder ein Lied über Zula schaffen, doch sehe ich mich außerstande, das was sie war, wäre sie schon gewesen, in Worte oder Bilder zu zwängen. Ich käme nie über den Titel meines großartigen Zulawerks hinaus: Superfunken!

Und von einem solchen geblendet, liegen wir in feinster postkoitaler Manier im Bett. Wir staunen uns wortlos ein paar Sekunden blinzelnd in die Augen, bis Zula das durch charmantes Niesen unterbricht und in mein linkes Ohr flüstert:

„Ich würde gerne wissen, du kleine **PEEP**… wer von uns gerade den besseren **PEEP** hat?"

Wir müssen kichern und ich frage sie nach ihren Namen.

Es folgt Grinsen, Lachen, in Zeitlupe über grüne Wiesen laufen, gedankenreiche Gespräche und **PEEP**en, begleitet von wolkenlosen Liebesschwüren und seltenen Tiernamen. Das dauert zirka einen Monat.

Zula und ich schätzen die Natur, deshalb beschließen wir dort zu bleiben. Am Fuße irgendeines Berges könnten wir unser von Glück geschwängertes Leben behaglich zu Ende führen.

„Könnten", denn eines Abends gehen wir bei Vollmond im Wald spazieren, während wir Händchen haltend in Schnee gehüllte Nadelbäume genießen, die glitzern und funkeln als wuchsen sie auf einem fernen Planeten einer alten Star Trek-Episode.

Vollmond, Schnee und Mitternacht. Das ist hell, aber nicht hell genug um Todesgefahren im Wald aus dem Weg zu gehen. Zula wird vom Erdboden verschluckt und meine Hand ist entsetzlich leer. Ich höre noch ein Niesen, dem ein dumpfes Knacksen folgt. Neben mir im Schnee tun sich ein dunkles Loch und die Gewissheit auf: Zula wird mir fehlen.

|<< REWIND (ein paar Sekunden)

Im Mondlicht spaziere ich mit meiner Zula durch einen verschneiten Wald und das Letzte, was ich wahrnehme, abgesehen ihres Niesens ist: „Wenn wir Pferde…"

News & Tits[3] schreibt über ein Mädchen, das während eines nächtlichen Spazierganges in ein drei Meter tiefes Loch zu Tode stürzte. Dieses, so wird berichtet, hatte ein Bauer gegraben, um überproduzierte Milch, die sein vorgeschriebenes Kontingent überschritten und somit seine Fördergelder gekürzt hätte, zu entsorgen. Weil die Temperatur weit unter Null lag, gefror die Milch tief unten im Schneeloch und ließ Ulla Z. hart genug aufschlagen, um ihr Genick dumpf knackend zu brechen.

| | PAUSE | |

Leeloo erzählte mir diese Geschichte in jener Nacht, in der Michelle abgehauen ist und Xalvadora sich ihre goldene Dose zurückgeholt hatte. Sie führte mir damit vor Ohren, was verpasste Möglichkeiten im Leben anstellen können und dass ich von Anfang an auf Michelle hätte **PEEP**en sollen. Vielleicht wollte sie mich auch nur wissen lassen, dass das zulahafte Mädchen aus dem Mutterschiff ohnehin dem Tod geweiht war.

| | PAUSE | |

Das Sterben ist schrecklich besorgniserregend!

„Ist es nicht, Dummkopf!“, knurrte Leeloo sanft und beruhigte mich mit einer Geschichte über Erdmännchen, die ihren Gefühlen durch Haarschnitte, Zöpfe und allerlei anderer Hilfsmittel Ausdruck verliehen. Nachdem Leeloo diese komplex aufgebaute Fabel beendet hatte, riet sie mir:

„Denk nie an Erdmännchen, die es miteinander tun! Lieber an Zebras, die in Zeitlupe rückwärts laufen!“

---

[3] Anmerkung meines semantischen Gedächtnisses: News & Tits, herausgegeben von Dirk Feldherr, ist ein typisches Nachrichtenmagazin, wie man es überall auf der Welt findet.

„Rewind!", schrei jetzt ich und nicht Leeloo. Zurück in meine Geschichte!

< PLAY >

Um ihrer Snow & Fun-Schöße willen hielt ich im Mutterschiff nach Schihaserl Ausschau.

„Rechts", raunzte ich und begab mich ans falsche Ende der Bar. In der Hoffnung, ich bezwänge die Kopfschmerzen der Silvesternacht, schloss ich meine Augen und dachte an Erdmännchen, die es miteinander tun. Als sie damit fertig waren, saß eine Franzi neben mir. Da sie nicht so schlecht aussah und ich davon ausging, sie quassle beim **PEEP**jobben weniger als beim Reden, lauschte ich geduldig ihren Studentengeschichten. Als ich den Ordoliberalismus diskutieren wollte, interessierte sie sich aber plötzlich für meinen Freund.

Ungebremst und wie ein betrunkener Schilehrer am Klo einer Aprés-Ski-Bar mit seinem Spiegelbild, turtelten die beiden ohne großen Anlauf los. Das nervte mich, deshalb beobachtete ich lieber einen Typ mit tiefen Solariumspuren im Gesicht, inklusive einer ver**PEEP**ten Rose in der Hand, auf ein Mädchen am richtigen Ende der Bar zusteuern, das eine Zula war. Das wäre noch zu verkraften gewesen, denn es kann schon mal passieren, dass man einen weiblichen Körper in seiner Nähe weiß, der für immer unerreichbar ist. Es waren Melanie Melodys™ volksdümmliche Melodien, die mich endgültig aus dem Mutterschiff trieben. Beim Rausgehen hörte ich den Typ dem zulabaren Mädchen am richtigen Ende der Bar verkünden: „Das wird unser Lied!"

FORWARD >> | (einige Wochen)

Franzi und ihr „neuer Freund" schmissen eine Party, bei der weiße Kleidung obligat war. Und so war ich dort natürlich ein dunkler Fleck, auf den sehr bald etwas Weißes zugestürmt kam, das mit amerikanischem Akzent lallte:

„Duo, bisst schon eines bis zu den anderen Malen hierr geweasen...?“

„Sowieso“, sagte ich und es lachte, nannte mich „Crazy fool“ und sich Condoleezza. Trotzdem ging ich, ein überlanges Kleingespräch und Unmengen Wodka später, mit ihr nach Hause.

| | PAUSE | |

Condoleezzas Nacktheit ließ mein geistiges Auge vorübergehend erblinden und ihre schmatzenden Bauchfalten machten eine Verfilmung meines Lebens aus Pietätsgründen eigentlich unmöglich.

< PLAY >

Als ich neben ihr aufwachte, schmerzten mein Kopf, Hals, meine Knie und vor allem die Augen.

Bevor ich mich davon schleichen konnte, kam ihr gewaltiger Körper auf mich zugewälzt und die Öffnung unter der Nase grunzte: „Hello? Heeeeeeelloo!!!! Yur cute!“

| | PAUSE | |

„Pfui!“, schimpfte Leeloo und „Pfui“ stimmte David zu, als ich Jahre später die Nacht mit Condoleezza vor Uschi rechtfertigen sollte. David ließ seine Badehose schnalzen und jammerte:

„Ungemein unheilvoll und typisch für eine fehlgeleitete Jugend, die es nicht mehr versteht, mit ihren Gefühlen und ihrer **PEEP**ualität achtsam umzugehen.“

< PLAY >

„Pfui!“, dachte ich, als Condoleezza kotzte, meine linke

Hand mit ihrem feuchten Strahl streifte und meine Schuhe mit kleinen farbenfrohen Schleimbröckchen füllte.

„Darf ich duschen?", war meine Reaktion und ich begab mich, ohne eine Antwort zu bekommen, ins Badezimmer. Ich füllte die Wanne und schrubbte darin mit einer nie zuvor praktizierten Heftigkeit meinen Körper. Als ich mit Seife meine Mundhöhle wegen eines widerlichen Geschmacks, dessen Ursprung ich erst gar nicht auf den Grund gehen wollte, auswusch, kam fröhlich summend ein Mädchen durch die Badezimmertür getrottet.

| | PAUSE | |

Erst nach der dritten Begegnung mit Condoleezzas Roommate, in ferner Zukunft also, sollte ich erfahren, dass dieses Mädchen nicht nur eine Zula war, sondern auch so genannt wurde.

< PLAY >

Ich schrubbte gegen Condoleezzas Nachgeschmack auf meiner Zunge an und ließ die Seife erstaunt aus dem Mund fallen, als mich eine Zula erschrocken mit inhaltslosem Schrei begrüßte und anschließend nieste.

| | PAUSE | |

Ihre Haare blitzten rubinrot in der Frühsonne und sie war, wie bei Mädchen morgens in Badezimmern üblich, nur sehr spärlich bekleidet. Sie trug ein enges T-Shirt, auf dem *Superfunken* stand und ein winziges Höschen, das ich nie wieder vergessen sollte.

< PLAY >

Zula schnappte sich den Haarföhn, hielt ihn mir wie eine Pistole entgegen und drohte, ihn in der Wanne zu versenken, falls ich nicht heraus stiege. Alles, was ich an Argumenten entgegenbrachte, war „Condoleezza" zu rufen.

Zula schüttelte den Kopf und besann sich. Doch als erneut Kotzgeräusche von Condoleezza ins Badezimmer drangen, schleuderte Zula den Föhn ins Wasser und pfauchte: „Es reicht, raus jetzt!"

Mir reichte es auch und ich schrie und zuckte zwischen Seifenblasen um mein Leben. Nach ein paar Sekunden hievte ich meinen Körper über den Wannenrand und ließ mich auf den Boden plumpsen. Auf den nassen Fliesen begriff ich, dass mein Leben nie bedroht gewesen war. Der Stecker des Föhns pendelte unplugged über mir und machte sich über mich lustig. Mit meiner Nase zwischen Zulas Zehen lag ich nackt auf dem Bauch. Ihre Augen funkelten und genossen den Moment meiner Demütigung. Ich bat sie, ihre Blicke von meiner Blöße abzuwenden, was sie auch tat. Dann stand ich auf, ergründete ihren wundervollen Hintern und suchte etwas zum Überziehen. Aus einem Wäschekorb schnappte ich etwas Flauschiges, das ich im Laufen, fernsehgerecht wie Batman beim Aufbrechen in ein neues Abenteuer, anzog. So entkam ich ohne Schuhe, gefolgt von Zulas Schrei: „Der Pyjama… Der gehört mir!"

| | PAUSE | |

Abgesehen vom eiskalten Gehsteig, an dem meine Fußsohlen kleben blieben und dem frostklirrenden Darmleergut der Hunde Wiens, störte mich, dass ich in einem Pyjama mit kleinen rosa Schweinchen, die es miteinander tun, durch die Stadt rannte.

FORWARD >>| (Zehn Minuten)

In einer U-Bahn-Station fuhr ich eine Rolltreppe abwärts. Dabei zog etwas an meinem Blickfeld vorbei, das meine Aufmerksamkeit mehr erregte als die Gefahr einer Unterkühlung.

| | PAUSE | |

Ein Werbeplakat schrie mich an. Was sollte eine bezahlte Botschaft, die an U-Bahn-Wänden klebt, sonst auch machen? Doch dieses Plakat tat mehr, als an der Wand zu kleben um sein Umfeld zu bezirzen.

< PLAY >

Das Sujet, an dem ich auf der Rolltreppe entlang schwebte, weckte in mir das Verlangen, mich auf der Stelle verlieben zu wollen. Egal, ob mit oder ohne Schweinchenpyjama, ich wollte der Überproduktion von Serotonin verfallen. Gleich den beiden Models, die sich auf dem Plakat so übernatürlich happy in die Augen starrten und ihr kosmisches Glück nichts anderem als Haargel für Chaos-Effekt verdankten. Das Gel vollendete, was ihr linker Busen versprach: Glänzendes Volumen!

In meinem Sehnsuchtsanfall nach Liebe wollte ich auf der Stelle dieses halbnackte Model oder wenigstens ihr Haargel besitzen. Ich verzehrte mich nach geschminkter Liebe, die virtuos gestylt und mit Photoshop aufgeschmeichelt wurde. Ich wollte mich der Perfektion in der Hyperrealität bedingungslos hingeben.

„I want a perfect body, I want a perfect soul and I want perfect hair", forderte das Plakat und mir war zum Heulen. Mir fiel nämlich ein, dass mein Geld in der Hose steckte, die ich in Condoleezzas Zimmer zurück lassen musste. Ohne Hose kein Geld und ohne Geld kein Gel für Chaos-Look.

FORWARD >> | (Ein bis zwei Minuten)

Ich summte das Lied von Radiohead, als mich zwei Mädchen bedauerten. Die eine meinte zur anderen: „That's so sad!" und die andere bestätige das der einen mit „Si!".

„Reichlich Ami-Tussen in letzter Zeit", dachte ich. Im Gegensatz zu Condoleezza war die eine, mit kleinen Brüsten und großer Einkaufstasche, zumindest ansehnlich. Von der anderen war wenig zu sehen, da eine rot-gelb-rote Wollmütze ihr Gesicht vermummte. Bevor ich einen Spruch loslassen konnte, um die Herzen der beiden zu erwärmen, drückte mir die andere einen Zwanzigschillingschein in die Hand. „Die halten mich für einen Penner!", dachte ich.

„Actually my boyfriend's!", erklärte die eine und kramte nagelneue Sneakers aus ihrer Einkaufstasche hervor. „For you!", ergänzte sie und synchron zu traurigen Wimpernschlägen versprach sie, für meine *lost soul* zu beten. Ich beugte mich vorn über und zog mir die viel zu großen Schuhe an. Als ich wieder aufblickte, waren die beiden verschwunden. Mein Herz schlug schneller als gewohnt und ich fühlte mich darin bestätigt, das ultrastarke Haargel für Chaos-Look besitzen zu müssen.

Ich bemerkte etwas am Boden liegen. Eine Mini-Bibel war der einen aus ihrer Einkaufstasche gefallen. Ich hob das winzige Buch der Bücher auf, öffnete es und fand den Namen Michelle und eine bemerkenswerte Adresse darin gekritzelt.

| | PAUSE | | << REWIND | | PAUSE | |

„So ein Zufall aber auch!“, knurrte Leeloo und ihre Zöpfe vibrierten, als ich ihr erzählte, wo Michelle damals wohnte.

„Schicksal!“, gluckste David und stickte einen Smiley auf die Badehose.

< PLAY >

Ich begann dem Schicksal zu vertrauen, steigerte spontan meine Hormonproduktion und verfiel der darauf aufgebauten Illusion von Liebe auf den ersten Blick. Denn nicht einmal der größte Zufall würde Michelle grundlos in meinem Geburtsort wohnen lassen.

| | PAUSE | |

Michelle verbrachte einige Monate in einer religiösen Institution namens Herzerlhof. Diese Einrichtung war laut Eigenbeschreibung ein internationales christliches Zentrum mitten in den Alpen, das Freizeitveranstaltungen und Kurzbibelschulen anbot: Bibelforschungs-Programme für Jugendliche, bei denen Jesus Christus als persönlicher Herr und als Quelle ihres Lebens kennen gelernt werden sollte.

< PLAY >

All diese Gegebenheiten veranlassten mich, das folgende Wochenende mit einer Dose Haargel nach Hause zu meiner Familie zu fahren. Im Zugabteil lag eine News & Tits Ausgabe, von deren Titelseite Melanie Melody™ mit der Headline „Warum ich keine Interviews gebe!“ smilte.

| | PAUSE | |

Melanie Melody™ war das erste weibliche Wesen, durch das ich meinen **PEEP**uellen Fantasien manuell Ausdruck

verlieh. Ihr Name war eigentlich Natascha – im Umkreis von 50 Kilometern der coolste und süßeste Teenager mit Sprachfehler.
Außerdem war sie die kleine Busenfreundin meiner großen Schwester.

Natascha liebte *Depese Mode* und hob sich durch ihren Sprachfehler, den ein Logopäde einer „mangelhaft ausgebildeten Mundmuskulatur“ zuschrieb, noch mehr von allen anderen ab, als ohnehin schon zu viel war. Natasa konnte kein „*SCH*“ aussprechen. Doch dieses Handicap wurde zur Essenz ihrer Karriere und sie fiel nie durch die gängigsten Kraftausdrücke auf. Ihrer mangelhaft ausgebildeten Mundmuskulatur wollte man durch Gesangsstunden die fehlende Kraft antrainieren. Diese Therapie fruchtete insofern, als dass sie das „SCH“ zwar weiterhin nicht aussprechen, aber immerhin singen konnte. Mit sechzehn änderte sie ihren Namen und ab siebzehn erstarkte ihre Mundmuskulatur so sehr, dass sie ihren ersten Plattenvertrag und ein hartnäckiges Herpes-Virus einheimste.

Nachdem Natascha zu Melanie Melody™ mutiert war, zog sie ihrer Karriere wegen nach München, da der Markt in Deutschland mehr Möglichkeiten eröffnete. Erst nach Jahren sollte ich wieder auf die volksdümmliche Ikone Melanie Melody™ treffen, als ich mir pro forma die Schnürsenkel band, um unter einem knappen Rock eine Pferdenase zu entdecken.

< PLAY >

Mit ultrastarkem Gel in meinen Haaren und einem Chaos-Herzen, das meinte, sich nach einer Michelle zu sehnen, schlenderte ich zum Herzerlhof. Am Straßenrand gegenüber rauchte ich eine Zigarette, wie es Spanner gerne tun und versuchte einen Blick hinter die Kulissen dieser religiösen Institution der Alpen zu erhaschen. Durch die Fenster schallte fröhliches Singen, beschwingtes Lachen und anderes fideles Zeugs, von einem leuchtenden Schein geleitet und der Umgebung etwas Heiliges versprechend. Ich überlegte, ob ich die kleine Bibel zusammen mit einer Nachricht vor die Tür legen sollte, beschloss aber, eine bessere Gelegenheit abzuwarten, um Michelle für mich zu gewinnen.

| | PAUSE | |

Der Herzerlhof strahlte ähnlich wie das Heaven's Gate, das mich Jahre später in Amsterdam verführen wollte.

< PLAY >

Am nächsten Tag begab ich mich zum Supermarkt, um für meine Familie die Einkäufe zu erledigen. Zwischen frischem Gemüse und tiefgekühltem Fleisch ärgerte ich mich, weil meine älteste Schwester „Tampons (aber nur MMCL)“[4] auf die Einkaufliste geschmuggelt hatte, obwohl sie wusste, wie sehr ich es hasste, derartige Hygieneartikel zu besorgen. Meine Laune erhellte sich aber jäh, als die Zula aus dem Mutterschiff vor mir stand. Sie lächelte und hielt, gleich einer Mutter ihr Baby, eine Flasche Milch an sich gepresst.

| | PAUSE | |

„Warum ver**PEEP**t, lass ich mir immer so leicht den Kopf verdrehen?“, grübelte ich oft, während ich in der

---

[4] Diese gehörten zur MMCL (Melanie Melody™ Cosmetic Line). Durch einen MMCL-Tampon Werbespot wurde ihr Song „Für meine Heimat würd i bluten!“ zum Charts-Erfolg.

Badewanne mit Christy Turlington spielte.

„Warum, ver**PEEP**t, laufen dir permanent Weiber über den Weg, die sich anders nennen, als sie heißen?“, fragte Leeloo hin und wieder und formte ihre Zöpfe zu Fragezeichen.

„Warum, in Gottes Namen, enthält dein Leben mehr als eine Lady mit Sprachproblemen?“, wollte David wissen, während er energisch an seiner Badehose kaute.

< PLAY >

Ich war verwirrt, weil mein Herz, gerade erst auf eine Michelle zugeschnitten, sich zielstrebig aufmachte, unrhythmisch für jemand anderen zu schlagen. Und das zulahafte Mädchen, mit der an die Brust gepresste Milchflasche, näherte sich. Im kühlen Neonlicht der Tiefkühlregale des Supermarktes, zwischen all den vereisten Hühnern und zerstückelten Kühen, sah sie noch heißer aus, als in meinem episodischen Gedächtnis vor Monaten abgespeichert.

Ist das der Moment im Leben, in dem man auf die Liebe seines Lebens stößt und einem plötzlich Gemüse schmeckt?

|<< REWIND

Ich ärgerte mich, weil ich meiner ältesten Schwester Tampons der MMC Linie mitbringen sollte, als mich eine Zula angrinste. Mit einem Liter fettarmer Milch an sich gepresst, schlenderte sie entlang von Obst und Gemüse auf mich zu. Mit den Fingerspitzen streifte sie anmutig ein paar Gurken, die ihr rechts zur Seite lagen. Und was dann passierte, war die logische Konsequenz aus der Summe aller Ereignisse der darauf folgenden Minuten.

FORWARD >>| (Eine Woche nach dem Summenstrich)

Ich fuhr mit Michelle durch Österreich. Weil sie wenig von diesem „tiny winy" Land gesehen hatte und, wie sie meinte, Romantik darin lag, mit dem Auto an Landschaften vorbei zu „cruisen". Doch diese Romantik war scheu und zeigte nicht andeutungsweise ihre wohlwollende Silhouette. Zum einen war ich unentspannt, weil ich am Psychologie-Institut einiges zu erledigen gehabt hätte. Zum anderen dachte ich ständig an die weit aufgerissenen Augen der Zula im Supermarkt, die dort wegen eines blöden Huhns ihr Leben lassen musste.

Als wir einen kleinen Ort in Oberösterreich kreuzten, erreichte unsere vierrädrige Zweisamkeit ihren Tiefpunkt. Denn die **PEEP**inger Ortstafel schockierte Michelle und machte sie fassungslos, dass ein Ort, in dem Kinder wohnten, so heißen durfte. Sie wollte den Bürgermeister aufsuchen, um ihrer Abscheu Ausdruck zu verleihen. Nur durch einen Klaps auf den Hintern hielt ich sie davon ab, was in Streit mündete, unser Cruisen beendete und uns, ohne ein Wort zu wechseln, nach Hause trieb. Das alles ließ uns spüren, dass wir nicht zusammen passten. Und als Michelle nach weiteren drei Wochen voll mühsamer Diskussionen, die sich auf meine **PEEP**istische und vulgäre Persönlichkeit beschränkten, ihre Heimreise antrat, war ich mehr als froh darüber.

| | PAUSE | |

Wenn ich in der Badewanne sitze und nicht gerade darüber sinniere, was schöner wäre: einmal Heidi Klum in die Fresse zu hauen oder Elle MacPhersons linke Titte in der rechten Hand halten zu dürfen, pflege ich über Fügung und andere Entbehrlichkeiten nachzudenken. Während ich im warmen Wasser sitze und mit Christy Turlington, meiner gelben Plastikente, spiele, erinnere ich mich gerne an Erlebnisse, von denen ich glaube, dass sie bedeutsame

Weichen in meinem Leben darstellen. Aus der Perspektive der damaligen Gegenwart, der Vergangenheit sozusagen, oder mit den Augen Christy Turlingtons, versuche ich den Moment, als ich Michelle das erste Mal sah, zu betrachten und blende mein Wissen aus, wie diese Fremde mein Leben verändert hat und als ranghöchste Pferdenase in die unendliche Geschichte des globalen Terrorismus eingegangen ist.

Das Spiel mit der gelben Ente und die platzenden Seifenblasen zwingen mich, Michelle aus der damaligen Perspektive, der passierten Gegenwart, gewissermaßen der Vergangenheit, zu betrachten. Ich würgte Christy Turlington, wüsste ich, dass ich, in einem Pyjama mit **PEEP**enden Schweinchen, Michelle begegne und sie mich für einen Penner hält. Ich ließe heißes Wasser in die Wanne laufen, weil ich mich später in Michelles ehemalige Zimmerkollegin vom Herzerlhof verliebe. Ich gösse Badesalz mit Lavendelblütenduft ins lauwarme Wasser, erführe ich, dass mich diese Spanierin ver**PEEP**t und Michelle mir mit Hintergedanken Trost und eine Möglichkeit in den USA zu studieren anbietet. Mir wäre nach eiskaltem Wasser zumute, sagte man mir, in Michelles Leben hätte **PEEP**en vor der Ehe keinen Platz. Doch stimmte mich die Tatsache froh, dass für Michelle weniger als Penetration nicht als **PEEP**en gilt und somit sündenfrei wäre. Ich zöge verheult den Stöpsel aus der Wanne, erzählten mir Becky Lee & Lou, was Michelle und die CHMABL anrichten werden.

Aber zurück zum Wesentlichen, in meine Geschichte.

FORWARD >> | (ein paar Monate)

BAYWATCH AUF SPANISCH UND WIE LEELOO UND DAVID IN MEIN LEBEN TRATEN

Eine neue Jagdsaison auf Snow & Fun-Schöße war eröffnet und mein Versuch, ein Schneehaserl im Mutterschiff ob erotischer Ziele zu beugen, hatte mit Kaugummi in meiner linken Augenbraue geendet. Alkohol machte es sich langsam heftig in meinem Körper gemütlich, aber die Musik im Mutterschiff wurde dadurch nicht feiner.

| | PAUSE | |

Irgendwie bewundere ich volksdümmliche Musik mit ihren auf den kleinsten gemeinsamen Nenner rationalisierten Melodien und Texten. Anheizer fürs Schunkeln, Grölen und Saufen, die von Hansi Hinterseern oder Melanie Melodyn™, assoziiert mit Almflair, Hüttengaudi oder Bergidylle, als alpin-authentisch verkauft werden. Titel wie *Bei uns zu Hause in den Bergen* oder *Für meine Heimat würd' i bluten* lassen Bauernbuben mit Dreadlocks zusammen mit deutschen Haserln und Fetzen ausgelassen auf Tischen tanzen. Brutal vereinfachte Tonfolgen, die heute neben Richard Wagner auf der ganzen Welt erklängen, wäre den Nazis ihr Krieg gelungen.

< PLAY >

Ich verließ frühzeitig das Mutterschiff, um mir zuhause den Kaugummi aus der Augenbraue zu schneiden. Der Schnee knirschte unter meinen Füßen und aus allen Richtungen drang volksdümmlicher Sound, David Hasselhoff oder *Loser* von Beck.

In einer dunklen Ecke, hinter Mülltonnen, wo Becks

Musik überwog, entlastete ich meine Blase. Motiviert durch die geistige Beeinträchtigung des Alkohols und frustriert vom Versagen meines Haargels, schaute ich dabei in die Ewigkeit des funkelnden Firmaments. Ich fragte mich, ob diese Sterne auch gerade von irgendeiner Zula bestaunt würden und versuchte **PEEP** in den Schnee zu pinkeln.

| | PAUSE | |

Falls mein Leben verfilmt würde, könnte man diesen Moment aufpeppen, indem man mich beim Urinieren unbewusst eine Melanie Melody™ Melodie pfeifen lässt. Diese eher belanglose Szene gewänne dadurch mehr Dramatik und mein widersprüchliches Wesen würde unterstrichen. Mein Hosenstall müsste jedoch verschlossen bleiben, damit keine jugendgefährdenden Inhalte in die Kamera hingen.

< PLAY >

Während ich mit dem M kämpfte, kotzte mir jemand auf meine Fersen und beschwor in mir beängstigende Erinnerungen an Condoleezza herauf. Erschrocken rotierte ich um meine eigene Achse und platzierte einen Teil des Ms auf Xalvadoras Haare.

| | PAUSE | |

Hätte Xalvadora bemerkt, dass ich sie angepinkelt habe, wäre ihre Einladung nach Spanien wahrscheinlich ausgeblieben.

< PLAY >

Rechtzeitig, bevor sich Xalvadora sammelte, schüttelte ich den Körperteil, dem kritische Frauenstimmen gerne

Denkvermögen andichten, ab und ließ ihn in der Hose verschwinden. Mit feuchten Haaren saß Xalvadora im Schnee und raunzte:

„Lo siento mucho!"

Ich konnte sie nicht verstehen, dafür riechen. Sie duftete nach Magensäften, Alkohol und Red Bull. Ich half ihr auf und klopfte ihr den Schnee vom Po, was sie mit „No!" stoppte. Sie strich sich ihre Haarsträhnen aus dem Gesicht, musterte mich und stellte fest: „Ich kenne dir!"

| | PAUSE | |

Wenn ich Xalvadora jetzt visualisiere, entdecke ich große Ähnlichkeit mit Jennifer Walcott[5], einem Playmate aus dem Internet. Ungeschminkt und schlecht ausgeleuchtet, wäre sie mit meiner spanischen Amiga leicht zu verwechseln gewesen. Xalvadora zierte jedoch eine zirka drei Zentimeter lange Narbe, vom rechten Auge senkrecht die Wange entlang und kurz über ihrem Mundwinkel endend. Diesen Schmiss, der ihr Anmut und Geheimnisvolles verlieh, hielt ich anfangs für eine Träne, die es ihr beim Kotzen raus getrieben hatte.

< PLAY >

„Wie Michelle?", fragte ich.

„Si!", antwortete mein Playmate of The Month August aus dem fernen Jahr 2001.

„Michelle?", hakte ich nach. Xalvadora erwiderte wieder „Si!" und erkundigte sich in gebrochenem Deutsch, ob ich etwas bei mir trüge, mit dem sie sich den Mund abwischen könne. Ich spendierte ihr ein *Oh, it's a Feh* und sie wandte sich ab, um den letzten Schleim um ihre Mundpartie zu

---

[5] Deren Bilder musste ich Jahre später berufsbedingt und massenweise aus dem Internet laden.

entfernen. Dann unterhielten wir uns über Sangria-Rezepte und Michelle. Es stellte sich heraus, dass sie das Mädchen mit der rot-gelb-roten Wollmütze in der U-Bahn-Station gewesen war. Und mit Michelle ein Zimmer im Herzerlhof geteilt hatte. Ein Jahr später war Xalvadora nach Österreich zurückgekehrt. „In diese schöne Region“, die sie Maite, einer Amiga, empfahl, um dort für ein paar Wochen als Au-Pair-Mädchen Deutsch zu lernen. Ich staunte „Wirklich?!“ und fragte, ob sie den nächsten Tag mit mir auf der Schipiste verbringen wolle. Xalvadora antwortete „Si“ und zupfte mir den Kaugummi aus der Augenbraue.

FORWARD >>| (ein paar Stunden)

Nächsten Morgen quälte mich ein Kater und ich hatte wenig Lust aufzustehen. Ein säuerlicher Geruch aus meinen Schuhen erinnerte an Xalvadora. Eine halbe Stunde später brach ich im Auto meiner kleineren Schwester, für die ich nie Tampons aus dem Supermarkt mitbringen musste, da sie das peinlich fand, zum Schifahren mit einem Snow & Fun-Exemplar aus Spanien auf.

Xalvadora hatte ihre rot-gelb-rote Wollhaube übergezogen und war so zwischen anderen Schifahrern und Snowboardern leicht auszumachen.

„Hola!“, grüßte sie und rechtfertigte ihren Mageninhalt auf meinen Schuhen. Sie behauptete, üblicherweise nie so viel zu trinken. Ihr Amigo war der Grund dafür und auch warum sie mit Freundinnen Maite besuchte. Sie wollte Schifahren, feiern und den Hijo de puta vergessen.

Während des obligaten Aprés-Skis gestand Xalvadora, sie wäre auf Michelle „envidiosa“ gewesen, weil sie mich auch „suss“ fand. Ich fragte überrascht, ob sie mit Michelle noch in Kontakt sei. Doch Xalvadora wechselte das Thema und erzählte, dass ihnen Maites Au-Pair-Papá „eine kleine

Haus im Berg“ zur Verfügung stellte. Sie lud mich zu ihrer Silvesterparty dorthin ein und ich freute mich auf den Jahreswechsel.

FAST FORWARD >> >>|

Wir verschanzten uns in einer kleinen Kammer und ließen die anderen ohne uns ins neue Jahr feiern. Als die ersten Knallkörper die Nacht zerrissen, lag ich mit meiner spanischen Chica, die aussah wie ein Playmate aus der fernen Zukunft, bekleidet in einem zu kleinen Bett und hielt es nicht mehr für nötig an Zulas zu denken. Ich betrachtete Xalvadoras Gesicht, auf deren Haut die Farben des Feuerwerks schimmerten und löcherte sie wegen ihre Narbe. Doch Xalvadora blieb stumm. Ich spürte, sie erwartete das Gleiche von mir. Darum schliefen wir, nicht miteinander, aber umschlungen, ein.

Ein, zwei Stunden später wurde ich wach, weil Xalvadora an meinen Lippen lutschte. Zunächst dachte ich, sie ließe mich an sich ran, doch schien sie nur von jemandem zu träumen, der stärker war als ich.

| | PAUSE | |

Leeloo wickelte amüsiert eine Zopfspitze um ihren kleinen Finger, als ich von dieser Nacht erzählte und David atmete erleichtert auf, bevor er seine Badehose in die Luft warf.

< PLAY >

Ich schob meine Hände unter ihre Bluse und hechelte „Namm Namm“. Sie wurde wach und gab mir eine Ohrfeige, die unspektakulär mundete, nicht in geringster Weise schmerzte und keinen Laut erzeugte. Ich sagte trotzdem „Aua!“ um zu signalisieren, ich verstünde ihre Botschaft und kam zu dem Schluss: Ohrfeigen klingen in Filmen natürlicher und voller. Ich fragte, ob ich gehen sollte, doch sie meinte, ich dürfe bleiben, wenn ich aufhörte „so vielen Worten“ zu palavern und nicht mehr auf ihre „Tetas“ fasste. Das wollte ich nicht, da zu „viele Worten“ in mir aufblühten, wenn ich an Xalvadoras Tetas dachte. So bediente ich mich des zweitstärksten mir bekannten Dosenöffners und zitierte aus einem Buch, das Xalvadora den Satz aufzwang:

„Verwöhnes mich!!!“

Ich gehorchte, bis sie einschlief.

| | PAUSE | |

Der Umstand, dass Xalvadora keine Pferdenase war, lässt mich befürchten, dass ich für sie eventuell mehr als tiefgründige Fleischeslust hegte. Warum sollte man sonst etwas verwöhnen, das ohne Haare besser aussieht und schmeckt?

< PLAY > (Nächster Morgen)

Unser Hasta Luego war undramatisch, dafür sorgte Xalvadora, indem sie „keinen Worte, vor allem keine wie diesen…“ von mir hören wollte. Welche die anderen Worte waren, wusste ich nicht, darum küsste ich sie stumm auf die Stirn und trottete aus ihrer Bildfläche.

FAST FORWARD >> >> | (ein paar Wochen)

Einzig wegen der Postkarte aus Denia, auf die Xalvadora gekritzelt hatte, sie liebe den Schnee in Österreich und es täte ihr leid, weil sie so distanziert war und wünschte sich, sie könnte so gut Schifahren wie ich, saß ich ein paar Tage später im Zug.

| | PAUSE | |

Leeloos Zöpfe vibrierten, als ich ihr davon erzählte. Sie sagte, ich hätte sie von meiner Dummheit überzeugt und bewiesen, wie wenig ich von ihren Geschlechtsgenossinnen verstünde, die meiner Sprache nicht mächtig sind. Sie behauptete, Frauen, die auf Postkarten „Max gut!“ schrieben, würden damit nicht auf den Wunsch eines Wiedersehens hinweisen. David ließ die Badehose schnalzen.

FORWARD >> | (Spanien)

Meine spanische Amiga Guapa empfing mich distanziert. Anstatt mir lachend und weinend zugleich, in Zeitlupe entgegen zu laufen, wartete sie außerhalb des Bahnhofs und rauchte im Zeitraffer eine Zigarette. Beim Begrüßen vermied sie Körperkontakt. Das interpretierte ich positiv und schrieb es ihrer Schüchternheit, die meine Aura in ihr entfachte, zu.

„Jetzt bist du also hiere!“, stellte Xalvadora fest. Und in mir wurde das Hirngespinst geboren, sie platzierte diese Aussage, tollpatschig aber immerhin, als dezenten Vorwurf.

| | PAUSE | |

Leeloo meinte später, ich wäre ein ganz ein Schlauer und formte ihren Zopf zu einem spitzen Rufzeichen.

< PLAY >

Xalvadora murmelte: „No sabes lo que te pasa, si él te encuentra!“

Ich schaute fragend drein und sie griff nach meinen Händen, um sie befriedend zu drücken.

Nach dieser gut verfilmbaren Szene (die Kamera fährt von oben direkt in Xalvadoras Ausschnitt) gingen wir essen. In einem kleinen romantischen Restaurant, direkt am Meer, bestellte Xalvadora Köstlichkeiten, die ich nicht aussprechen konnte, mit Rotwein. Sie stammelte erneut „Jetzt bist du also hiere!“ und nahm ihren ersten kräftigen Schluck von vielen.

Mit meiner betrunkenen Xalvadora torkelte ich aus dem Restaurant. Maite, die auch wieder in Spanien war, wartete bereits und chauffierte uns, mit Xalvadora diskutierend, zu der Wohnung einer Freundin, die auf Geschäftsreise in Madrid war.

FORWARD >>| (ein paar Autominuten)

Xalvadora und ich fanden uns direkt am Meer in einem Liebesnest mit Balkon wieder. Hollywood-like und wie es sich alle, die auf Liebe am Meeresrand hoffen, vorstellen. „In den Meer“, wie es Xalvadora nannte, sah man Mastlichter der Schiffe leuchten, sich den Mond idyllisch spiegeln und hörte das Wasser leise und verträumt ans Dock schlagen. Xalvadoras Narbe tat sich in diesem James Bond-Ambiente extra hervor und wirkte erneut wie eine eingetrocknete Träne. All das war so romantisch, dass es fast zum Kotzen war, wie Leeloo diesen einen meiner schöneren Momente im Leben entwertete und dabei an ihren Zöpfen zupfte.

Durch all die verkitschte Romantik, die zwischen der

warmen nächtlichen Seeluft schwelgte, wurden wir zurück ins Haus getrieben und küssten uns.

Während meine Zunge hilflos in ihrer Mundhöhle herumirrte, gab sie mir durch Ziehen an meinen Ohren zu verstehen, ich sollte „meine Faz“ in ihrem Schoß versenken. Das tat ich und genoss ihre Hände, die durch meine Haare strichen. Sie liebkoste mit ihren Fingerspitzen mein Genick und ließ mich schnurren wie ein junges Zebra, das sich in Zeitlupe rückwärts überschlägt.

| | PAUSE | |

Jetzt ist mir klar: Xalvadora wollte verhindern, ich entdeckte das Geheimnis in ihren Augen und reagierte darauf.

< PLAY >

Mit dem Gesicht in ihren Schoß gepresst, protestierte ich „Mmpf, Mmpf“, doch Xalvadora drückte meinen Kopf nur noch fester in sich und flüsterte mir ins Ohr. Da ich den Klang von Spanisch mochte, beschloss ich einfach zuzuhören.

| | PAUSE | |

Ich glaubte, sie haspelte sich ihre Narbe von der Seele. Könnte aber auch sein, dass sie erklärte, warum sie ihre **PEEP** nicht rasierte.

< PLAY >

Als ich mein Gesicht aus ihrem Schoß hob, flüsterte sie: „Erzähl wenigstens einen schöne Geschichte!“

Ich versuchte eine Liebesgeschichte über Erdmännchen auszumalen, bei der ein Happyend die ernüchternde Realität vertuschte. Mir fiel aber nichts ein, da meine Gedanken nervös um Xalvadoras Tetas kreisten. Sie bettelte: „Sage diese schönen Satz noch einmal, wie damals…“

Sie war verrückt nach einem Liebesschwur aus François-René de Chateaubriands Novelle Atala, womit ich sie schon einmal fragmentarisch geknackt hatte. Mich überkam jedoch ein schlechtes Gewissen, da ich geistiges Eigentum über Jahre hinweg missbrauchte, um weibliche Instinkte zu benebeln. Xalvadora wollte auf Chateaubriands Sätzchen aber nicht verzichten und begann selbst damit. Ich unterbrach sie, indem ich meinen Zeigefinger auf ihren Mund presste und die gewünschten Worte wie Honig um ihre Romantikrezeptoren schmierte.

„Wenn ich daran denke, dass ich dich für immer…“

| | PAUSE | |

Leeloo hätte sich den Zopf abgeschnitten, wäre sie ein paar Stunden früher bei mir gewesen.

< PLAY >

Nachdem ich François-Renés Dosenöffner bediente, erwartete ich „Verwöhnes mich!“ Doch Xalvadora schwieg.

„Was denkst du gerade?“, forderte ich, um wieder bezirzt zu werden, ihre **PEEP** zu lecken. Doch Xalvadora entdeckte das Dekret hinter meiner Frage nicht. So stichelte ich „Hmm?“ nach und dachte: „Sag endlich, was ich hören will! Ver**PEEP**t!“

Xalvadora überlegte ein paar Sekunden und seufzte:

„Schönen Worte sind nur schön… Sonst nada! Sei still und verwöhnes mich!“

Als ich mich der Stelle näherte, die als Pferdenase mehr Schönheit an den Tag gelegt hätte als so, riss sie an meinen

Haaren, forcierte erneut Augenkontakt und schnaubte:

„Worten sind NADA. Niemals sag ES mir!

Ich versprach es, da ich weiter machen wollte, wo ich aufgehört hatte und sah mein leeres Versprechen, sich in ihren verdunkelten Augen spiegeln.

Rückwärts, auf allen Vieren, rutschte sie von mir weg und ich ihr nach. Als ich mit meinem Mund wieder an ihrer **PEEP** anstöpseln konnte, entzündete sich in mir ein Verlangen, zu gestehen, wie sehr ich überzeugt war, verliebt in sie zu sein. Also sprach ich „Es“ mit vollem Mund, den Kopf zwischen ihren haarigen Lenden, aus und hörte durch ihre Oberschenkel dumpf in meine Ohren „Ahhhhhhh!“ dröhnen. Ich vermute, sie spürte meine Worte, weil sie zitterte, als sie nach und nach ihre Krallen in meinen Rücken versenkte und „No, No, No…“ kreischte. Sie drückte meinen Kopf an ihre Tetas, ihr Herz raste aufgebracht. Nach ein paar Minuten weichte ihre Umklammerung auf, ihr Puls verlangsamte sich und sie schlief, ohne auf mich zu warten, ein. Ich legte mich neben sie und erforschte ihr Gesicht.

FORWARD >>| (ein paar dahin gedöste Minuten später)

Ich tauchte gerade in einen Traum, als mich von hinten eine grobe Hand, die ihr ganzes Leben damit verbracht haben musste Kartoffeln zu ernten oder kleine Schweinchen in Hälften zu reißen, am Genick packte. Zuerst fürchtete ich, Opfer alter Franco-Anhänger geworden zu sein, die erzürnt waren, weil ich eine spanische Jungfer geschändet hatte. Dann verdächtigte ich Toreros, die vermuteten, ich wäre ein Mitglied von Vier Pfoten.

Schließlich erhob sich die krächzende Stimme eines weiblichen Berserkers, die über das Offensichtliche hinaus den Händen gehörte, die mich würgten.

„Bajate de mi hija, **PEEP**!“, grölte sie, Xalvadora jaulte auf und ich winselte wie ein kleines Hundemädchen.

Ich flog durchs Schlafzimmer und klatschte gegen die Wand. Mir war es, als ob ich wie eine Comicfigur kurz an der Mauer kleben bleibe, um dann langsam Richtung Boden zu rutschen. Dort angekommen, musste ich benommen mitansehen, wie Xalvadora ohne Gegenwehr, an ihren Haaren aus dem Schlafzimmer gezerrt wurde. Meine Augen suchten nach Rettungsmöglichkeiten, aber da war nur nada. Mir wurde schlecht und gleich drauf kann ich mich an nichts mehr erinnern.

FAST FORWARD >> >>| (zirka eine halbe Nacht)

Am nächsten Morgen weckte mich Maite. Schlaftrunken und darauf hoffend, ein Alptraum hätte meine Erinnerungen aufgemischt, tastete ich die bessere Betthälfte nach Xalvadora ab. Aber meine Hände berührten nur Leere, gefüllt mit ein paar ausgerissenen Haarlocken. Maite erklärte auf spanglish, ich dürfte Xalvadora nicht mehr treffen. Xalvadoras Mutter verbot ihr „Abuso deshonesto" mit mir.

In meiner Vorstellung geriet Xalvadora, mit zunehmenden Alter, nach ihrer Mutter – die universale Angst vieler Männer – und erschlug mich spätestens während der Midlifecrisis mit einem tiefgefrorenen Huhn, als ich versuchte, sie unter Zuhilfenahme unseres gemeinsamen Porsches durch eine um ein Drittel Jüngere beziehungsweise um die Hälfte weniger Wiegende zu ersetzen.

Ohne Xalvadora wollte mich Maite nicht in der Wohnung ihrer Freundin wohnen lassen. Sie bot mir aber an, bei ihrem Bruder Jorge zu bleiben, was ich akzeptierte, da in mir die Hoffnung schwelgte, noch einmal Xalvadora zu begegnen.

FORWARD >>| (eine halbe Stunde)

Über Jorges Hauseingang baumelte schief ein Schild: Plaza Real No. 6. Der Geruch von Marihuana stieg in meine Nase. Im Vorraum räkelten sich weibliche Körper in diversen Posen auf Postern. Alle hüllenlos und wie man es von Models und anderweitigen illusionären Gegenständen erwartet, aufgemotzt. Das Wohnzimmer bestand aus einer grünen Couch, einem Tisch und Fernseher.

Maite erklärte ihrem Bruder und seinen Freunden, die sich, wie bei Kiffern üblich, ähnlich sahen, meine augenblickliche Lage. Er schaute weder mich noch Maite an. Seine Konzentration galt alleine dem Stopfen von Kate Moss, seinem absoluta Lieblingsmodel.

| | PAUSE | |

Der Wasserpfeife aus Polyvinylchlorid sah man an, dass an ihrer Öffnung über einen längeren Zeitraum hindurch en masse Mäuler saugen durften. Kate Moss wirkte verbraucht, aber angenehm schrill. Auf ihr klebte ein Bild von Kate Moss, bei dem sich das Loch, auf das man beim Inhalieren den Daumen drückt, zwischen ihren Beinen befand.

< PLAY >

Jorge schien Maites Palabras zu akzeptieren. Nachdem er watteähnlichen Rauch aus Kate Moss inhaliert hatte, behielt er diesen kurz in seinen Lungenflügeln, exhalierte und würgte mit Brechreiz kämpfend „Cool“ hervor. Dann schaute er zu mir hoch, hustete „High“ und stopfte Kate Moss mit rosa Gras für die nächste Runde. „Pinkshot“ erklärte Jorge und alle glotzten in den Televisor, der sie Baywatch aussetzte.

Ich wollte mich zu meinen lethargischen Amigos und Kate Moss gesellen, aber Maite bestand darauf, ihr zu folgen. Im Gästezimmer angekommen, stellte ich meinen Rucksack in die Ecke und wollte Maite über Xalvadora ausquetschen. Doch als ich mich umdrehte, war sie verschwunden.

Das Zimmer war dreckig und Jorge ließ in mir kein gutes Gefühl aufkommen. Während ich meinen Fluchtplan durchkaute, bemerkte ich einen Computer-Ausdruck über dem Bett: eine Szene aus dem Film *The Fifth Element*. Darauf verharrte Milla Jovovich alias Leeloo am Sims eines hohen Gebäudes, bereit sich in den tiefen Abgrund fallen zu lassen. Darüber stand *Leeloo* in ein Herz gemalt.

| | PAUSE | |

Leeloo war schöner, als von auf Hochglanz polierten Magazinschönheiten allgemein erwartet. Sie hob sich vom grellen Plastikeinheitsbrei ab. Leeloo erstrahlte durch Menschlich- und Natürlichkeit, ohne dabei für sich zu beanspruchen, eine Zula für mich zu sein. Und recht bald, in dieser Nacht, sollte sie zusammen mit David in mein Leben treten.

< PLAY >

Im Televisor lief nach wie vor erbarmungslos Baywatch.

„Hi“, sagte nun ich, doch nach wie vor nahm niemand Notiz von mir. Planlos stand ich zwischen Couch und Fernseher, bis sich Jorge, das offensichtliche Alphamännlein, aufraffte, mir einen Platz auf dem zerschlissenen Sofa anzubieten. Kaum saß ich, stellte er mir Kate Moss vor und meinte: „Austria? Hmmm. I hear about you! You like spanish chicas?“

Dabei fiel mir sein hässlicher goldener Ring am Zeigefinger auf.

| | PAUSE | |

Wenn man Baywatch in einer Sprache konsumiert, die man nicht versteht, wirkt dieses globale Superprodukt, das Menschen in 144 Ländern beglückt hat, nicht so stupide, wie das sein sollte. Den gleichen Effekt erzielt man auch ohne Ton. Lautlos wirkt diese Strand-Sonne-Busen-Jugendfrei-Orgie auf ihre Weise sogar intelligent. Besonders wenn David Hasselhoff seinem Sohn Hobie moralische Tipps unterschiebt, wirkt es, mit viel Fantasie und ohne Ton, hochinteressant. Aber das Wichtigste dabei ist, man kann sich auf das Wesentliche konzentrieren. „The body is the message" oder so ähnlich erklärte es einmal der Medientheoretiker Marshall McLuhan.

< PLAY >

Je mehr jugendgerecht verpackte US-Tetas mir am Bildschirm begegneten, umso mehr reizte mich Kate Moss, die Jahre später für einen heftigen Streit zwischen Michelle und mir sorgen sollte. Nachdem ich den rosa Qualm aus meinen Lungenbläschen gepresst hatte, fühlte ich mich, als zöge mir jemand eine Socke über den Kopf. Dabei rannte David Hasselhoff mit einer blonden, exorbitant betitteten Rettungsschwimmerin in Zeitlupe über den TV-Strand. Ich verfiel in der Folge einem Zustand, der im Kifferjargon „stoned" und von mir „flaumig" tituliert wird. Meine eigenen Gedanken liefen mir davon. Ich kam ihnen nicht mehr nach und wenn ich sie zu erreichen glaubte, vergaß ich, welchen ich folgen wollte. So verbrachte ich nicht wenig Zeit damit, darüber nachzudenken, worüber ich nachgedacht hatte. Nach einer halben Stunde Bildschirm voll prall gefüllter roter Badeanzüge und mit leerem Kopf wurde es bodenlos gemütlich. Die Musik – *No Protection: Massive Attack Vs. Mad Professor* – welche neben Baywatch aus der Stereoanlage erklang – hörte sich nie zuvor so ewig an und verbog sich in mehr als eine akustische Delikatesse.

FORWARD >> >>| (ein paar Baywatch-Episoden)

Während ich flaumig den Baywatch End-Credits folgte, standen die anderen auf. Wie Ferkel um einen Futtertrog scharten sie sich um Jorge, der ihnen eine kleine goldene Dose präsentierte, die winzige quadratische Blättchen preisgab. Auch mir offerierte unser Alpha-Drugie zwei dieser Papierstückchen, auf denen küssende Fische in Rosa, von Aquarianern Gurami genannt, aufgedruckt waren. Aufgrund deutlich fühlbarer Gruppendynamik verabsäumte ich, es abzulehnen. Ich nahm die Blättchen in meine Hand und tat so, als legte ich sie wie die anderen auf meine Zunge. In Wirklichkeit aber ließ ich die kleinen Schmusefische unbemerkt in meiner Hosentasche verschwinden. Jorge und seine Amigos gaben sich ein High five. Auf meine Frage, was wir nun machen werden, sang einer „Discoteca, Discoteca“ und Jorge schrie „Venganza…!“ Flaumig trottete ich ihnen nach und wunderte mich, wie man nur eine Disco „Rache“ nennen konnte.

Mit Großraumdisco-Technosound bis zum Anschlag aufgedreht, rasten wir konstant mit über 100 Kilometern in der Stunde durch die Gassen Denias. Alle Insassen waren betrunken, flaumig und die LSD-25-getränkten Papierblättchen fingen beim Fahrer an zu fahren. Ich fühlte diese Todesangst, bei der man fürchtete, sich in die Hose zu machen. Mir war schlecht und als wir auf dem Parkplatz vor der Disco landeten, fiel ich so schnell wie möglich aus dem Auto. Während ich mich übergab, tanzten meine Amigos zum Disco-Eingang.

Nach dem Kotzen rastete ich auf allen Vieren am Boden. Ein paar junge Chicas standen um mich herum. Die Kleinste und Entzückendste aus dieser Schar fragte: „?Estás bien?“ und vieles mehr auf Spanisch. Ich verstand kein

Wort, deshalb beantwortete ich sicherheitshalber alles mit „Si", worauf meine Chicas jedes Mal herzlich lachten – bis Maite dem ein Ende setzte. Aus dem Nichts aufgetaucht, herrschte sie meine neugewonnenen Amigas an, die darauf verschwanden. Die Kleinste und Entzückendste raunte noch enttäuscht: „Adios".

Maite fragte, ob ich verstand, was ich gerade alles mit „Si" beantwortet hatte. Ich sagte „No" und Maite schüttelte den Kopf. Dann seufzte sie: „Xalvadora!" und erklärte, die wäre auch in der Discoteca und legte mir nahe, ihr aus dem Weg zu gehen. Sie schockierte mit der Frage, ob ich wüsste, dass Xalvadora mit Jorge verlobt gewesen war und ließ mich in der Ecke eines neuen Blickwinkels stehen. Von diesem heraus betrachtet, schien es mir vernünftig, Jorges rosa Papier-Gurami nicht auf meine Zunge gelegt zu haben. Hätte immerhin sein können, dass er mich, getrieben von Eifersucht, vergiften wollte.

Maite schleppte mich in die Discoteca, die nicht Venganza, sondern Penelope hieß. Dort hopste die heranreifende spanische Jugend im Kollektiv auf Speed zu verkommener Chartmusik.

Ich belog Maite, dass ich dringend mal müsste und brach auf, meine Amiga zu finden. Es dauerte nicht lange, sie an einer verspiegelten Säule lehnend, zu entdecken. Sie sah mich auch, tat aber so, als ob nicht. Ihre Reaktion legte mein Selbstbewusstsein flach. Ich war außerstande mich vom Fleck zu bewegen, geschweige denn, von Xalvadora enttäuscht zu sein. Ich verstand ihr Verhalten nicht, immerhin hatte *sie* mich nach Spanien eingeladen. Ich redete mir ein, Xalvadoras trauriges Gemurmel in der Nacht zuvor, hätte ihr schlechtes Sehvermögen abgehandelt. Darum griff ich ihr sozusagen unter die Augen und winkte ihr zu. Doch sie ignorierte mich weiter, mit einem **PEEP**tail in der Hand zu Puff Daddy und Faith Evans erbarmungslosen Hit *I'll be missing you!* wippend.

Ich platzierte mich und meinen Unmut an der Bar und bestellte Long Island Eistee. Der ließ mich wirklich bald die Toiletten aufsuchen. Ohne Xalvadora weiter Aufmerksamkeit zu zollen, schwebte ich in Richtung Klo über sie hinweg. Im Augenwinkel fühlte ich ihre Blicke.

Als ich zurückkam, stand Jorge bei Xalvadora und machte eine beunruhigende Geste in meine Richtung – er zog seinen Daumen horizontal an der Kehle vorbei. Sein Ring funkelte dabei bedrohlich im Discoteca-Licht. Dann packte er Xalvadora und schliff sie auf den Dancefloor. Noch immer äußerst flaumig, ertastete ich meinen Reisepass in der Jackentasche, denn etwas stimmte hier ganz und gar nicht. Ich beschloss mein Hab und Gut in Jorges Wohnung zurückzulassen, schleunigst zum Bahnhof zu wetzen und mit dem nächstbesten Zug der Gefahrenzone zu entrinnen.

Am Ausgang wurde meine Flucht jäh gestoppt. Die Kleinste und Entzückendste meiner Parkplatz-Amigas stand vor mir, sagte „Shoshana" und streckte mir ihre Hand entgegen. Ich grüßte „Shoshana!" zurück, woraufhin sie herzlich lachte. Da keiner die Sprache des anderen beherrschte, versuchte ich durch Gesten auszumachen, auf welches Getränk ich sie einladen musste. Es dauerte eine Weile bis Shoshana mein Händefuchteln decodierte und auf eine Chica deutete, die ein Corona trank.

Nachdem ich ihr das Bier übergeben hatte, grinsten wir uns an, bis sie mich auf eine Couch in einer dunklen Ecke zerrte. Kaum Platz genommen, rammten wir uns gegenseitig die Zunge ins Maul und schnäbelten uns, wie es Betrunkene, die sich gerade kennen gelernt haben, tun. Und während wir uns detailliert begrabschten, fand ich den Gedanken reizvoll, in Xalvadoras Blickfeld zu geraten. So wären wir zumindest quitt gewesen. **PEEP**!

FORWARD >>| (Mehr Speichelfluss als Cerveza)

Shoshana erhob sich vom Sofa, von mir weg. Sie schaute mich an und umschloss mit ihren Lippen den Hals der Corona Flasche. Dabei wirkte sie wie in einem Softdrink-Werbespot oder Soft-Porno. Ich fragte mich, ob Shoshana sich der gleichen Symbolismen bediente, wie diese Branchen. Egal ob dem so war oder nicht, es begeisterte mich und verzückt beobachtete ich sie zur Bar wandeln, um mit meinen Pesetas neue Cervezas zu holen. Da mir sowohl Bier als auch Fellatio immer Vergnügen bereiteten, konnte ich kaum erwarten, dort weiter zu machen, wo sie aufgehört hatte.

Doch Jorge kam mit einem seiner Amigos Shoshana inklusive neuem Bier zuvor und befahl mir durch wortloses Nicken, ihnen nach draußen zu folgen. Paralysiert tat ich, was sie verlangten. Als ich zwischen meinen beiden finster dreinschauenden Amigos über den Parkplatz watschelte, machte ich mir Sorgen, welchen Eindruck ich bei Shoshana hinterließ, da ich ohne ein Adios verschwunden war. Außerdem brachte ich ihre Lippen um den Flaschenhals nicht aus meinen Kopf.

Jorge und sein Lacayo schoben mich Richtung Strand. Dabei verdutzten sie mich, weil sie sich trotz LSD-Einflusses aggressiv gebärdeten und sich mit imaginären Begleitern unterhielten. Ich verstand zwei mal zwei Worte: „Pamela Lee“ und „John Rambo“.

Um Gedanken an baldige Qualen zu vermeiden, flüchtete ich in eine Welt, die ausschließlich aus Mädchenlippen um Bierflaschen bestand. Und als ich mich fragte, was Genderforscherinnen von Softdrink-Werbespots beziehungsweise Pornos hielten, spürte ich Jorges Hände auf meiner Schulter einrasten. Sein Compañero presste mich zu Boden und Jorge ballte seine Hand zur Faust. Ich antizipierte bereits, wie sein goldener Fingerschmuck mein Gesicht aufschlitzte, als Jorge innehielt und demütig flüsterte: „Si, Señor John Rambo! Pause?“ Dann besprach er sich mit seinem Amigo, während ich, wie vor einer Hinrichtung, weiter im Sand kniete. Jorges Lacayo stürmte auf mich zu, schrie „Play A!“ und trat mit seinem Fuß in meine Visage.

FORWARD >>| (ein undefinierbarer Zeitraum in Blut)

Als ich mein Bewusstsein wieder erlangte, lag ich auf einem Sandstrand und trenzte aus meinen Mundwinkeln. Mein Gesicht schmerzte von den Augenhöhlen abwärts zum Kiefer und mich ekelte es vor dem roten Speichel, der den Sand verklumpte. Noch bevor ich aufkrabbeln konnte, schallte mein Name den Playa entlang. Eine weibliche Stimme mit spanischem Akzent suchte die Costa Blanca nach mir ab. Zuerst dachte ich, es wäre Shoshana und war erfreut, dass sie, um eine Fellatio an mir vollenden zu dürfen, sich schnell der deutschen Sprache bemächtigt hatte. Doch meiner Vorfreude wich Enttäuschung, als ich Xalvadoras Stimme heraus hörte. Ich war beleidigt und wollte nichts mehr von ihr wissen. Und so blieb ich mucksmäuschenstill im Sand liegen, bis mein Zorn die Vernunft übertrumpfte und ich voll Liebeskraft „Tunturuntu!“ ausschrie.

Doch dieser Ausruf der Ablehnung wies Xalvadora meine Richtung. Mit einem **PEEP**tail in der Hand stand sie über mir und flüsterte:

„¡Alto! Sei still!“

„Keine Worte“, höhnte ich.

Xalvadora kniete nieder und tunkte die Spitze ihres Rocks ins **PEEP**tailglas. Einer Malerin gleich, die an ihrem

Kunstwerk einen falschen Pinselstrich korrigierte, konzentrierte sie sich auf meine Wunde und säuberte diese von Blut und Sand. Dabei glommen ihre Augen gütig und brachten mich wie eine kleine Chica zum Heulen.

„!Alto!“, flüsterte sie wieder, „Ich weiß, wie das anfühlt! Nicht wie Flamenco!“

Minuten der Stille reihten sich aneinander und wir verharrten Seite an Seite im Sand, auf das Meer hinaus starrend. Obwohl die Schmerzen stärker wurden, stiegen Glücksgefühle in mir hoch. Mein Wunsch mit Xalvadora noch einmal alleine zu sein, hatte sich in einer unwirklichen Liebesfilmszene erfüllt. Umhüllt von der nächtlichen warmen, salzigen Meeresluft, gesellte sich Harmonie zu uns. Diese wurde aber abgebremst, als Xalvadora, so als müsste sie dringend mal, nervös mit ihren Füßen zu zappeln anfing. Und Xalvadora musste wirklich dringend mal. Sie murmelte kleinlaut: „Zu viel **PEEP** on the Beach“, verschwand hinter einem Busch und dort plätscherte es augenblicklich.

| | PAUSE | |

Dem Dahinplätschern eines weiblichen Wesens beizuwohnen, lässt in mir unangenehme Empfindungen erblühen. Zum einen erregt dieser intime biochemische Prozess Unbehagen und zum anderen beschert er mir immer wieder einen ersten Eindruck von der Unendlichkeit, die angeblich in Zeit und Raum auf uns lauert.

< PLAY >

Die Unendlichkeit wurde durch Xalvadora hinter dem Buschwerk mit der Bitte angehalten, ihr ein Taschentuch zu reichen. In derselben *Oh, it's a Feh*-Manier, wie nach unserer zweiten Begegnung, zog ich es aus meiner Hosentasche, knitterte es zu einem Knäuel zusammen und warf es in den

Busch. Kurz darauf kam Xalvadora wieder hinter ihrem Strauch hervor gekrochen. Sie lächelte etwas verlegen, zuckte in einer Pippi-Ist-Doch-Völlig-Natürlich-Manier die Schulter und meinte trockener als spanischer Vino Tinto: „!Follame! Wie das Schicksal auf die Rücken."

Mir war mein Schicksal und der Nonsens, den Xalvadora verzapfte egal und so cunnilingierte ich sie bemüht, obwohl sie sich mehr wie ein haariger Schweinerüssel als eine Pferdenase anfühlte. Kleine Fussel des Papiertaschentuchs hafteten an ihrer **PEEP** und machten die Sache kaum nobler. In den Atempausen versuchte ich, die zwischen Gaumen und Zunge klebenden Teilchen, auszuspucken. Dabei landete ein Papierflöckchen mit rosa Küsserlippen eines Fisches auf Xalvadoras Solarplexus. Ich hatte keine Gelegenheit, das zu interpretieren, da Xalvadora „Richtiges **PEEP**en!" schnurrte und mich wieder mal an den Haaren zog.

Unser **PEEP** oder hart ausgedrückt Liebe machen, dauerte ewig und wurde im Laufe der Zeit immer anstrengender. Xalvadora stöhnte, wie man es aus Soap-Operas kennt, und im Rhythmus des Meerrauschens und ihrer Laute huschten seltsame metallisch-farbene Wellen ihren Körper entlang. Jeder Stoß, den ich Xalvadoras Leib gönnte, schien von Sekunde zu Sekunde ausgedehnter zu werden und mich langsamer zu machen. Wieder überfiel mich dieses Gefühl der Endlosigkeit. Nur diesmal war die Unendlichkeit nicht nur extrem unendlich, sondern auch ermüdend. Ich konnte mich des Eindrucks nicht erwehren, **PEEP**en mit Xalvadora verschöbe Raum und Zeit; sowas schafft nicht jede Frau.

Hinter mir hallte eine mädchenhafte Stimme: „Alles ist relativ!"

„Das muss sie sein, die echte Liebe", dachte ich, jauchzte diese Gedanken unkontrolliert in den grandios gefärbten Sternenhimmel und erlebte etwas, das ich als emotionalen Urknall bezeichnen darf. Das wühlte tief in Xalvadora und ließ sie kreischend wild um sich schlagen, bevor sie ihre Krallen, wie schon einmal wenig dezent, diesmal in meine Schwimmreifen versenkte. Als sich ihr Körper wieder entspannte, bildete sich kalter Schweiß auf meiner Stirn und ein Schauder tänzelte getragen auf Gänsefüßen meinen Rücken abwärts, bis er durch die Zehen meinen Körper verließ, um im Sand zwischen dem gesamten sichtbaren Farbspektrum zu verschwinden.

Ich stieg von Xalvadora ab, legte mich in Seitenlage neben sie und bestaunte das Meer, in dem sich alles, was sich im Himmel so tummelte, lebhaft spiegelte. Jedes Glucksen und Schluchzen der Meeresbrandung begann sich als einzelnes Element des uns bekannten und unbekannten Universums vom einheitlichen Rauschen des Meeres abzuheben und schloss Freundschaft mit meiner Seele und den Fischen, die aus dem Wasser grüßten. Die Welt gehörte nur mir. Xalvadora wurde zu etwas Beiläufigem reduziert, das jedoch nach Erdbeeren roch. Dann fiel ich in ein Geistesgebilde, das in mich selbst absank. Ich war kurz davor, tief in meine Seele zu blicken und mich selbst zu finden, als eine Berührung zwischen meine Schulterblätter das unterband: Xalvadoras Lippen, die mich sanft liebkosten. Diese Küsse elektrifizierten meine Haut und bargen in sich, wonach sie sich anfühlten – Abschied. Und so erklang voll Farbenpracht und in unzähligen Stimmlagen:

„No estamos hechos el uno para el otro! Und mit so vielen Farben…"

Xalvadoras farbenfrohe Worte klangen schöner, als Jennifer Walcotts Körper es je zu sein vermochte und harmonischer als die schmalzigste Melanie Melody™ Melodie. Wie ein geisteskranker Vogel zwitscherte sie

„Hasta siempre!“ und folgte einem Regenbogen, der ihr vom Strand weg voraus eilte. Mir war egal, dass sie verschwand und gleichgültig, was sie sagte. Ich nahm mich und sie ohnehin nur in einer eigenartig wohligen Distanz war. Dass das spektral-eingefärbte „Hasta siempre!“ unwirklich, melodiös und metallisch klang und bunte Echos nach sich zog, wunderte mich nicht im Geringsten. Ich war überzeugt, Liebe könnte das bewirken.

Ich ließ mich von meiner Stimmung treiben und saugte alles auf, was mir unter die Augen und in die Ohren kam. Ich beobachtete Xalvadora, wie sie ihrem persönlichen Regenbogen nachrannte und hinter einem Hügel verloren ging. Ihr beschrittener Weg glühte als schillernde Leuchtspur nach. Die Kolorierungen dieses Glühens waren warm, aber nach einigen Minuten blieb nur ein blauer kalter Nebel, der nach Heidelbeeren roch.

Entspannt genoss ich mein persönliches Glücksgefühl mit all den lauten Colores und bunten Geräuschen, die das Meer sendete, bis schlagartig ein gigantischer Schwarm Schmetterlinge um meinen Kopf schwirrte. Hunderte winzige Falter, die silbern im Dunkeln funkelten und bei genauerer Betrachtung kleine süße weibliche Gesichter und, wie sollte es anders sein, Brüste hatten, sausten um meine Ohren und pinselten partielle Striche in die Luft. Ich lachte, ohne dass es mir bewusst war. Als sich einer dieser Schmetterlinge auf meine Nase setzte und ich ihm Auge in Auge gegenüber lag, wurde mir mulmig. Dieses Insekt auf meinem Riechorgan glotzte mich mit seinen großen diamantenen Augen an, als läse es meine Gedanken. Und als mir dieser Falter auch noch frech zuzwinkerte und laut mit den Wimpern klimperte, sprang ich auf und schlug mit meinen Händen wild um mich. Gleich dem Vogelstrauß steckte ich meinen Kopf in den Strandboden, bis mich etwas vorsichtig, aber betont am Hals anstupste. Da es sich eher menschlich als schmetterlingsmäßig anfühlte, zog ich meinen Schädel wieder aus dem Sand. Vor mir offenbarten sich herrliche nackte Füße, deren Zehen fast meine Nase berührten und nach Pfirsich rochen. Mein Blick wanderte endlos lange Beine hoch, bis sich das vollständige Bild entfaltete.

| | PAUSE | |

Würde mein Leben verfilmt, wäre das eine Schlüsselszene mit ansehnlicher Kamerafahrt und könnte sogar für den Trailer verwendet werden.

< PLAY >

Die Schmetterlinge verschwanden und Leeloo erstrahlte über mir, mit den Händen in ihre Taille gestemmt. Ihre Zöpfe standen silbrig leuchtend über ihren Ohren weg und sie grinste:

„Ich wusste schon lange, wie ich für dich aussehe!“

Ich starrte Leeloos Zöpfe an: „Echt?“

„Nicht echt!?! Wie? Oder zumindest Warum!“, lachte Leeloo.

| | PAUSE | |

Leeloo war eine fehlerfreie Erscheinung, greifbarer als die Wirklichkeit. Nicht einmal der Grafiker von News & Tits könnte so schönes Fleisch und Blut prächtiger auf den Bildschirm zaubern.

< PLAY >

Als Leeloo mit ihren Zehen wackelte und sie mir in mein Maul stecken wollte, packte mich erneut eine Panikattacke.

| | PAUSE | |

Meinen Tod betreffend hatte ich immer schon so meine Fantasien. Ich wollte in oder durch Hände einer Frau sterben, schließlich wurde ich von einer geboren. In solchen wie Leeloos, so anmutig und zart, wünschte ich irgendwann „nach Hause geholt zu werden“, wie Becky Lou vor ein paar Tagen das Hinübergehen nannte.

< PLAY >

Aber nicht in dieser Nacht, nicht an diesem Sandstrand wollte ich ins Gras beißen. Darum stand ich auf und rannte um mein Leben. Leeloos Zöpfe erschlafften und sie schrie mir nach:

„Ich wollte dich doch nur… Ich weiß, dass du... Hihihi… bis zwölf…“

Ich blieb nicht stehen und je mehr ich meine Laufgeschwindigkeit erhöhte und je verschwommener die Landschaft an mir vorbeizog, umso stärker funkelten mich der Mond und die Sterne an. Auch die Schmetterlinge holten mich mit glittersprühenden Flügelschlägen wieder ein. Barbusig und Rudolph the Red-Nosed Reindeer pfeifend trieben sie mich ins Meer. „Ab ins Wasser!“ und „Ahoi!“ hörte ich einen jauchzen. Schon die erste kichernde Welle fasste mich am Knöchel und zwang mich zu Boden. Auf glitschigem Sand, am Bauch, schlitterte ich tiefer ins Wasser, schluckte einen Teil des Ozeans und wäre ertrunken, hätte David Hasselhoff, als sei er selbst eine Welle, mich nicht aus dem lila Meer geworfen. Ich war erstaunt über meinen prominenten Retter. Aber als er mich mit einer Mund zu Mund-Beatmung noch etwas mehr retten wollte, schrie ich: „Wir sind hier nicht bei Baywatch!"

Lässig saß Leeloo im Schneidersitz und spielte gelangweilt mit ihren Zöpfen. Über mir lockerte David mit erhobener Brust seine Badehose. Und während die beiden das taten, wurde die Nacht heller, das Meer blieb lila und die kleinen Titten-Schmetterlinge schwirrten unaufhörlich um meinen Kopf. Alle schienen mich zu mögen und ich war das Zentrum dieser Welt. Mir war, als wäre ich im Märchenwald eines fernen Parallel-Universums auf Wellness-Urlaub. Ich fühlte mich extrem intelligent, weltoffen und spirituell. Ich verstand *alles* und durchschaute den gesamten Kosmos, mitsamt seiner dunklen Materie. Ich begriff die fluoreszierende Nacht. Ich erfasste das lilafarbene Meer. Ich kapierte David Hasselhoff und empfand wie Leeloo. Ich sah mit den Augen der kleinen funkelnden Titten-Schmetterlinge. Ich verstand Xalvadora, Michelle und überhaupt alle weiblichen Lebensformen unseres Kosmos. Sogar jene, die möglicherweise auf dem Planeten Zula 69 in der Fusions-Galaxie CL0958+4702 lebten, die diesen Namen erst tragen wird, wenn vier kollidierende Galaxien endgültig verschmolzen sind.

„Leeloo ist eine Pferdenase", schnaubte David und zog sich seine Badehose über den Kopf. Leeloo motzte „**PEEP PEEP**" und ihre Zöpfe bebten frenetisch.

„Ich verstehe!", bejahte ich und mit silbrig schimmernden Zöpfen befahl Leeloo: „Hol uns Kate Moss!"

Dann waren beide verschwunden. Nur die Schmetterlinge, haufenweise Farben, das behutsame

Glucksen des lila Wassers und unscharfe Glücksgefühle blieben bei mir. Ich verharrte zwischen Bruchteilen einer Ewigkeit und ließ diese Impressionen weiter auf mich wirken. Erst als die Sonne hinter dem Meer hervorgekrochen kam, beschloss ich, Leeloos Diktat Folge zu leisten.

Am Parkplatz der Discoteca schmusten ein paar Partyleichen oder standen in kleinen Grüppchen um einen Joint, während Taxis mit laufenden Motoren auf sie warteten. Ich stieg erschöpft in eines ein und befahl: „Plaza Real No. 6!“ Beim Wegfahren sah ich Shoshana mit Jorges Compañero aus der Discoteca kommen. Ich freute mich, was ihr Mund ihm und seine Faust ihr bescheren würde.

Als ich das Fenster runter kurbelte, um frische Luft ins Taxi zu lassen, saugte der Luftzug meine Schmetterlinge raus und all die übertriebenen Kolorierungen meiner Welt lösten sich in eine begrenzte Normalität auf.

FORWARD >> | (zirka 10 Minuten)

Der krachende Holzboden in Jorges Haus zwang mich, auf allen Vieren durch den Vorraum zu kriechen. Die Titten-Poster an den Wänden zogen stumm über meinem Kopf vorbei und die Münder der Chicas darauf öffneten sich in überrunder Art und Weise, wie sonst nur von **PEEP**puppen gewohnt.

Im Gästezimmer, in meinem Bett, lag ein weiblicher Körper tief zwischen Polstern vergraben. Am Boden stand ein halbleeres **PEEP**tailglas und ein haariges Bein lugte aus der Bettdecke hervor. Ich packte leise meinen Rucksack und schlich weiter zum Wohnzimmer, wo Baywatch ohne Ton lief. Jorge und sein Lacayo schliefen aneinandergeschmiegt auf ihrer Couch und schmatzten synchron zu wogenden Brüsten im Televisor. Kate Moss lag quer über ihre Schenkel und aus ihrer Öffnung trat brauner dickflüssiger Schleim, der Jorge im Schritt einen Fleck verpasste. Am Tisch, neben leeren Bierdosen und einer brennenden Kerze, warteten ein Säckchen rosa Marihuana und die kleine goldene Dose darauf, von mir genommen zu werden. Ich befreite Kate Moss aus Jorges derber Umklammerung, dabei floss der restliche braune Saft aus ihrer Öffnung und versaute auch die Couch.

Auf einmal schoss beim Anblick meiner schnarchenden Peiniger ein Hassgefühl, ähnlich wie gestern vor **PEEP**ing durch meine Venen und weckte den Drang, beide auslöschen zu wollen. Mit lüsterner Ungeduld auf ihren Tod nahm ich die Kerze und imaginierte mit Vorfreude, wie die Feuerzungen sich die Gardinen hochleckten. Obwohl ich Leeloo sich im Fenster spiegeln und an ihren Zopfspitzen kauen sah, wurde der Wille konkreter, Jorges dreckige Bude in Brand zu stecken. Ich lustwandelte zum Fenster und hielt die Kerze unter die vergilbten Vorhänge. Da Leeloos Zöpfe rotierten und das die Kerze beinahe ausblies, hielt ich kurz inne. Doch nicht dieser Luftzug entledigte mich der Mordgelüste. Es war das Gefühl, jemand stünde hinter mir. Das Blut gefror in mir und gestattete es nicht, mich umzudrehen. Auch die Person hinter meinem Rücken wartete ab. Unsicher flüsterte ich „Leeloo?“ in Richtung meines Hinterteils. Es herrschte Stille, bis etwas plätscherte und sich über meine Kerze ergoss. Mit einem leeren Glas in der Hand schaute mich Xalvadora an. Ihre Augen loderten und unter dem linken hatte sie einen frischen Schnitt, der sich nicht nur optisch mit der Narbe auf der rechten Gesichtshälfte perfekt vertrug.

| | PAUSE | | (zirka 10 Sekunden)

< PLAY >

„Wer ist Leeloo? Diese **PEEP** aus das Discoteca?“, zischte Xalvadora leise genug, um die anderen nicht zu wecken. Ohne zu antworten hastete ich zum Ausgang.

Xalvadora schrie mir leise nach:

„Esta noche... Meine Madre und Franco sind in meine Kopf!“

Sie flehte leise: „Nimm sie mit und nicht sie!“

Dann wurde Xalvadoras Stimme tiefer und langsamer:

„Lass sie hiere…“

Sie ließ ihren Kopf hängen. Vor hübschem Gegenlicht holte sie noch ein letztes Mal tief Luft und rang nach Worten. Doch ich kam ihr zuvor:

„Keinen Worte, amor mío! Hasta siempre!“

Und dann ein erschöpftes „Cabrón“ als Lebewohl. Ohne eigenes Zutun schlug die Tür vor Xalvadoras Nase zu. Aus der begründeten Angst heraus, Jorge und sein Lacayo würden geweckt, rannte ich zum Bahnhof.

| | PAUSE | |

Nur verschwommen kann ich mich an die nächsten Stunden erinnern. Ich weiß noch, dass Leeloo es sich mit David neben mir im Zugabteil gemütlich gemacht hatte und die beiden feststellten, dass sie mich nie wieder alleine lassen würden. Dann zieht sich ein tätowierter Nebel über mein Gedächtnis, bis ich an der französisch-deutschen Grenze wieder aufwachte.

FORWARD >>| (Drei Uhr morgens, im stehenden Zug)

SÜCHTIGE HUNDE UND WAS MIR SPÄTER VORGEWORFEN WIRD

Lichtschein, synthetisch wie in Schlachthöfen, durchdrang meine geschlossenen Augenlider. Vom Bahnsteig hörte ich fahrende Elektrogefährte surren und im Wagon wurden Abteiltüren hektisch auf- und zugeschoben. Verwirrt durch Träume, die eine Zugfahrt mit Leeloo und David über ein rosafarbenes Meer beschrieben, rieb ich mir die Augen. Blinzelnd lugte ich aus dem Zugfenster um zu eruieren, wo ich mich befand und beobachtete einen langen buschigen Schweif in meinen Wagon verschwinden. Ich ahnte nichts Gutes und das sollte sich auch bestätigen. Zwei Drogenfahnder durchsuchten mit Spürhund die Abteile, um, so wie alle Drogenfahnder dieser Welt, Schmuggler nicht genehmigter Substanzen zu finden und zu fangen. Mein Blick rastete am Rucksack ein und veranlasste den getrübten Verstand auf Hochtouren eine Entsorgungsmöglichkeit für Jorges nicht gerade kleines Päckchen Dope zu finden. Dabei wurde mir klar, in Zugabteilen kann man nichts verbergen. Eine Möglichkeit bestand darin, es raus zu werfen. Doch wie selten im Leben und immer in Filmen funktioniert das nicht, was am dringendsten sollte – das Fenster klemmte. Ich versuchte meine Panik durch Zerraufen der Kopfhaare in den Griff zu bekommen und überlegte, bis mir das Klo in den Sinn kam. Immerhin ist es in Filmen die populärste Entsorgungsmethode für Rauschgift. Doch das WC am Anfang des Wagons wurde durch die Beamten bereits versperrt und das am anderen Ende war besetzt. Verzweifelt scannte ich erneut den Gang ab und entdeckte die Rettung in Form eines Abfalleimers, schräg gegenüber meines Abteils und nur darauf wartend, von mir gefüttert zu werden.

Die Beamten kontrollierten bereits das erste Abteil, als ich mein Dope auf den rettenden Mülleimer zielte, warf und traf. Mit dumpfem Ping verschwand es in der Öffnung des Behälters, dem ich in diesem Moment zutraute, von mir bis in alle Ewigkeit geliebt zu werden. Ich schloss vorsichtig die Tür meines Abteils, legte mich, um zwanzig Herzschläge beruhigter, quer über die Sitzbank und stellte mich schlafend. Doch ich fühlte mich noch nicht sicher, da ich befürchtete, der tierische Drogenfahnder witterte das Päckchen im Mistkübel. Immerhin war diese Bestie ein Hund, der Drogen mochte, und der Mistkübel ein Gegenstand, der meine Liebe eigentlich nicht verdiente.

„Das Päckchen wird hundertprozentig gefunden!“, klagte David und ölte seinen Luxuskörper ein.

FORWARD >>| (2 Minuten)

Das wurde es!

|<< REWIND (2 Minuten und 30 Sekunden)

Mir blieb nichts anderes übrig als zu warten, bis die Grenzbeamten inklusive Sucht-Haustier in mein Abteil einträten und mir mit wissenden Blicken mein Corpus Delicti unter die Nase hielten. Ich beschloss nicht kampflos unterzugehen und mit klassischen Hasch-Verharmloser-Argumenten die Beamten auf meine Seite zu ziehen. Doch als ich erhobenen Hauptes meiner Exekutive entgegen wartete, brach im Nachbarsabteil Hektik aus. Auch dort versuchte jemand ein Fenster zu öffnen. Im selben Moment wurde die Tür aufgeschoben, eine kräftige Männerstimme erklang, ein Hund bellte und eine rege Diskussion entflammte, die nur kurz dauerte. Der entzugsgeplagte Vierbeiner heulte, knurrte, stürmte auf den Gang zurück und es herrschte wieder kurz Stille. Ich vernahm das Schnüffeln des Partners mit der weißen Schnauze vor meinem Abteil, bis es im Müllbehälter, dem ich fast meine Liebe geschenkt hätte, raschelte. Eine Stimme protzte:

„Guck an, guck an… Zirka zweihundert Gramm! Und soooo eine schöne Farbe..."

Das Schweigen im Nachbarsabteil wurde durch eine weibliche Stimme, die ihre Unschuld beteuerte, unterbrochen. Lautstark gestand sie ein, dass es blöd war einen Joint mitzuführen. Aber mit dem rosa Zeugs am Gang wollte sie partout nichts zu tun haben. Die Beamten gingen weder auf die Beteuerungen der Frau ein, noch kamen sie auf die Idee, woanders nach dem Besitzer von zweihundert Gramm Vorstrafe zu suchen. Zwischen Flehen und Betteln ver**PEEP**t noch mal Glauben geschenkt zu bekommen, hörte ich einen der Beamten per Funk Gummihandschuhe für ein paar Ösis anfordern.

Einem räudigen Erdmännchen gleich beobachtete ich, wie die Polizisten den vier Tatverdächtigen am Bahnsteig Handschellen anlegten. Dem deutschen Schäferhund schien sein Job ebenfalls zu gefallen, er lächelte nämlich. Ein Schmetterling saß auf seiner Koksschnauze und grinste in meine Richtung. Dann flatterte er los und drehte ein paar Runden um die Nase eines der Mädchen, das nicht nur durch ihre blauen Dreadlocks auffiel. Auf ihrem T-Shirt stand in großen Lettern *Superfunken*, auf das sich der Falter stürzte und die Buchstaben N zu verschlingen begann. Das Mädchen bemerkte von all dem nichts, dafür mich und schaute mir in die Augen. Sie kam mir bekannt vor und so wie sie mich ansah, ich ihr auch. Ihre Mimik verriet, dass sie wusste, wem sie ihr Schlamassel zu verdanken hatte. So war es mir unverständlich, warum sie die Drogenfahnder nicht auf mich hetzte. Dem Schmetterling war das alles egal, er hatte alle Ns, inklusive dem letzten E, verspeist und auf das erste N ein C zurückgekotzt. Dann setzte er sich auf die

Nase des Mädchens und sie nieste. Reflexartig entfleuchte mir „Gesundheit!“ und sie sandte mir zwischen zynisch modellierten Lippen ein stummes „Danke!“ zurück. Erst jetzt bemerkte ich, dass sie unter den Dreadlocks auffallend zulamäßig aussah. Als man sie abführte, zog jeder für sich ein trauriges Gesicht, weil wir spürten, wir hätten uns gemocht.

„Die hat sich nur deine Visage eingeprägt, um sich eines Tages an dir zu rächen!“, wollte mir David Angst einjagen und Leeloo fragte sich, ob mich kein schlechtes Gewissen plage, eine Zula so einfach ans Schafott zu liefern. Ich wollte aus dem Zug springen, um diese unglückselige Angelegenheit aufzuklären, doch David warf sich vor mein Verantwortungsbewusstsein. Er schrie: „Ich will keine Finger in mir“ und Leeloo gluckste „Zumindest wird es in ihre Analen eingehen.“ Dabei hakten sich die Zöpfe in ihre Mundwinkel ein, um diese zu einem breiten Grinsen, bis knapp vor ihre Ohren, zurück zu ziehen.

Der Zug setzte sich erst in Bewegung, als ich ausgestreckt über die Polstersitze zu träumen begann.

FORWARD >>| & < PLAY > (zirka 20 Stunden)

Zurück in Vienna gönnte ich mir zu allererst ein Frühstück. Als ich mich an der Semmel mit Erdbeermarmelade erfreute, klingelte das Telefon: „Michelle“.

Nach einem bizarren, mit unzähligen Sprachlosigkeiten gespickten Ferngespräch, ging ich schlafen und während des Einschlummerns dachte ich über Michelles Geschichte vom rosa Erdmännchen, das als einziges in seinem Bau glücklich starb, nach. Kurz bevor ich dahinter kam, welchen Sinn das haben könnte, klang mein Bewusstsein aus und tauchte einmal mehr in wirre Träume.

FORWARD >>| (12 Stunden)

„Vergiss die Ami-Tusse, die bringt es nicht!“, weckte mich Leeloo und kaute nervös an ihren Zöpfen. David stickte selbstzufrieden Smileys auf seine Badehose und lobte Michelles Attitüde. Ich hörte auf keinen der beiden und begann einen Brief zu verfassen. Wie von Geisterhand getrieben, zauberte meine rechte Hand Worte auf das Papier, die farbenreich schimmerten und nach Mango-Smoothie dufteten.

FORWARD >>| (zirka ein Jahr)

ZWEI BECKYS, BRÜSTE, SUPERSTRING-JEANS UND EINE KIRCHE VOLL HÜBSCHER SEELEN

Michelle organisierte mir einen Studienplatz in Buffalo / New York und kam sogar für meinen Flug auf.

< PLAY >

Zwischen zwei Gottesdienerinnen eingepfercht, versuchte ich zu schlafen. Leeloo und David, die zu festen Bestandteilen meines Lebens geworden waren, verhielten sich auffällig unauffällig. Sie begutachteten Stewardessen, Sauerstoffmasken und Tomatensäfte.

|<< REWIND (zirka vier Stunden)

Am Gate des Flughafens Charles de Gaulle ließ mich eine Gruppe junger Französinnen einen anregenden Überseeflug erhoffen. Ich errechnete auf Basis meiner erwünschten Wahrscheinlichkeit eine hohe Chance, zumindest neben einer von über sechzig Mademoisellen sitzen zu müssen. Ich malte mir aus, wie meine französische Sitznachbarin[6] minutenlang, seelenvolle Gespräche mit mir führte. Laetitia und ich erzählten uns sentimentale Geschichten über verlebte Beziehungen und tränken billigen Bord-Wein. Eine **PEEP**y Stewardess bediente uns, während sie meine Flugfreundin mit eifersuchtsbeladenen Blicken streifte. Nachdem ich die Geschichte über Michelle und was sie mir vor einem Jahr am Telefon über ein Erdmännchen offenbart hatte, abschloss, flüsterte Laetitia: „Mon Cher…" Und meine treuen Augen blendeten ihr Herz, sodass sie über mich herfiele und wir während des

---

[6] Ich nenn sie einfachheitshalber Laetitia.

restlichen Fluges hemmungslos herumschmusten. Kurz vor der Landung verschwände sie in der Bord-Toilette, mich an der Hand im Schlepptau.

FORWARD >> | (4 Stunden)

Leider kam es anders als erträumt und keine der über sechzig Mademoisellen saß nur annähernd in meiner Nähe. Eingeklemmt zwischen zwei über sechzigjährigen deutschen Nonnen, die ohne aufzublicken, in ihre Bibel beteten, fand ich mich wieder. Weil ich mich beengt fühlte, kitzelte Leeloo eine der beiden mit ihrem Zopf und schrie David ins Ohr: „Gaffen wir ein paar Stewardessen unter den Rock!“

„Flugbegleiterinnen!“, protestierte David, „Stewardessen sind jetzt Flugbegleiterinnen!“

Meine beiden Nonnen hörten Leeloo und David. Sie hoben ihre Köpfe aus dem Buch der Bücher und betrachteten mich eine Weile.

„Ohne First Class-Ticket läuft bei Flugbegleiterinnen gar nichts!“ sagte die Linke und legte mit einem Zitat des damaligen Bundeskanzlers der BRD nach: „Die Wirklichkeit ist leider anders als die Realität.“

Ich erwiderte, so einen Spruch hätte ich Leeloo, aber keiner Nonne zugetraut und mir wären Stewardessen egal.

„Flugbegleiterinnen!“, schalt mich die Nonne zu meiner Rechten und Leeloo kicherte: „**PEEP**pitmäuse“.

Ich drehte mich zur Seite und versuchte einzuschlafen. Nach einer halben Stunde Hinundherwälzens zwischen meinen Gottesbräuten frohlockte die zu meiner Linken beschwingt:

„Schlaflosigkeit! Krankheit einer Epoche, in der man den Menschen befiehlt, vor vielen Tatsachen die Augen zu schließen.“

Die zu meiner Rechten ergänzte:
„Stanislaw Jerzy Lec (1909 bis 1966)!"
„Leck mich (von jetzt bis in alle Ewigkeit)" dachte ich und wartete dem Destinationsairport entgegen.

FORWARD >> >>| (3 Stunden, Buffalo Niagara International Airport, NY)

Am Buffalo Niagara International Airport spielte sich Hektik in upge**PEEP**ten Sequenzen ab, angetrieben durch einen zeitlupen-ähnlichen Zeitraffer. Die Schmetterlinge flatterten wieder feixend, glitzernd und jauchzend neben mir her. Jeder hatte einen kleinen Reisekoffer in der Hand, wobei einzig der mit dem Schillerndsten auf meiner Nase Platz nahm.
„Süß sieht das aus!", jubelte Leeloo und David raunzte, Schmetterlinge mit kleinen Koffern wären unrealistisch.
„So eine Randbemerkung von jemandem, der jahrelang einen Typen in zu engen Jeans, der mit seinem Auto spricht, gespielt hat!", höhnte Leeloo und kitzelte David mit ihrer Zopfspitze an der Nase.

| | PAUSE | | < PLAY > !ERROR!

Der Terminal wimmelte von **PEEP**pitmäusen, welche wie abgehetzte, teils übergewichtige Elfen wirkten, die tagelang geweint hatten. Ihre Wimperntusche arbeitete sich auf den Tränen reitend die Wangen abwärts und hinterließ schwarze Spuren. Das sah nicht nur ästhetisch aus, es erinnerte mich auch an Xalvadoras Narbe. Mein Glotzen machte den **PEEP**pitmäusen nichts aus. Entweder sie waren es gewohnt, beäugt zu werden oder sie nahmen mich nicht wahr.
„Beides!", gibbelte Leeloo und kitzelte nun mich mit der Zopfspitze.

Als sich der Schmetterling auf meiner Nase seine Beine barbierte, kam etwas Rasierschaum in mein Riechorgan und brachte mich zum Niesen. Schlagartig verschwanden die **PEEP**pitmäuse und das gesamte Terminal wurde düster. Die Temperatur sank, wodurch sich winzige Eiskristalle auf den Schmetterlingsflügeln bildeten und ernsthafte Probleme mit der Flugfähigkeit verursachten. Mein kleiner bunter Nasen-Falter kam ins Trudeln und war gezwungen notzulanden. Ich sah den Schatten eines Damenschuhabsatzes über ihm auftauchen und warf mich zu Boden, um ihn vor dem Zerquetschungstod zu retten. Doch ich war zu langsam. Der Schmetterling küsste noch sanft meine Wimpern und verstummte in: „Wenn… wir… wären… könnten…"

Dann flutete Normalität wieder mein Umfeld, sofern man das Normale als normal akzeptieren darf.

< PLAY >

Verwirrt durch meine düsteren Geistesblüten stand ich in der Empfangshalle des Buffalo Niagara International Airports und erspähte Michelle in einem rosa Kleid. Ich ging auf sie zu und dann passierte sehr viel, nämlich nichts. Keiner von uns wusste, was der andere zur Begrüßung veranstalten sollte. Darum schauten wir uns etwas schüchtern und bald geil wie Gott uns schuf in die Augen. Doch die Zeit stand weder still noch ließ sie uns zum absoluten Mittelpunkt des Flughafens werden. Wir umarmten uns einfach wie Brieffreunde, die sich ab und zu die Zunge in den Hals rammen.

FAST FORWARD >> >>| (ein bis zwei Wochen)

Ich war Student 271921 der University at Buffalo. Leeloo und David ließen mich fast in Frieden. Die Schmetterlinge erschienen lediglich gelegentlich, wenn

Michelle mich an sich herumfummeln ließ oder ich anderen Aufregungen ausgesetzt war. Absurderweise gefiel es mir in Cheektowaga / Buffalo und ich plante, ein ganzes Jahr dort zu bleiben. Aber ich wurde schon bald auf die Watchlist[7] der USA gesetzt.

| | PAUSE | |

„Die Zeit hat ihre Vorzüge und -teile!“, tröstete mich Leeloo.

„Einerseits ist etwas vorbei, wenn es vorüber ist und andererseits kann einem auch alles, bevor es war, **PEEP**lich aus der **PEEP** leuchten.“

< PLAY >

Wie die meisten Strafdelikte begann auch meines eher harmlos. Nach einer Lehrveranstaltung (PSY 457 Cognitive Development) fragte mich meine Tutorin, ob ich Lust hätte, sie ins Starbucks auf einen Espresso Roast einzuladen. Becky Lee betreute meine Seminararbeit (Female Cognitive Development in the Nineties) und wollte mich abseits vom Unistress *closer* kennen lernen. Mich überraschte das, da sie bei männlichen Studenten der University at Buffalo für ihre Unnahbarkeit berüchtigt war. Sie galt, so erzählte man unter vorgehaltener Hand, als beliebteste **PEEP**-Vorlage und effizient beim *An andere Denken, wenn man seine Freundin PEEPt.* Außerdem agierten sie und ihr Girlfriend als Oberhäupterinnen der christlichen Studentinnen-Verbindung Pretty Souls, der auch Michelle

---

7 Anmerkung meines semantischen Gedächtnisses: Diese Watchlist enthält Namen von Personen, die in den USA unerwünscht sind und denen eine Einreise unter allen Umständen verwehrt ist. Hauptsächlich handelt es sich dabei um Personen, die unter dem Verdacht krimineller Aktivitäten stehen.

angehörte. Becky Lee & Lou waren offiziell inoffiziell Jungfrauen, was einigen Männer-Synapsen unbewältigbare Elektrostöße zuführte. Bei weiblichen Kolleginnen genossen sie Prestige, wenn nicht sogar blinde Hochachtung.

| | PAUSE | |

Die Pretty Souls, eine christlich fundamentalistische Girlie-Synthese, gelten als Vorläufer der CHMABL, jener radikalen Organisation, deren subversive, paramilitärische Splittergruppe von den Medien seit dem „Amsterdamer Samstag" Pferdenasen genannt wurde und die gestern das *unaussprechliche Dorf* in einem rosa Atompilz verdampfen ließ. Nur weil es als #1 auf der *Bad Black List of Bad Language* gerankt war!

< PLAY >

Ich erzählte Michelle von Becky Lee und sie mir, dass sie einander kannten. Sie meinte, ich sollte anhören, was Becky Lee zu sagen hätte. Ich war überrascht, dass Michelle die Bekanntschaft mit einer der glanzvollsten Erscheinungen auf dem Campus bis dato verschwiegen hatte und mich zu einem Treffen mit ihr drängte.

| | PAUSE | |

Seit meiner Ankunft loderte unter Michelles und meinem Hintern ein Konflikt, genährt durch meinen Widerwillen *ihre* Sonntage in *ihrer* Kirche zu zelebrieren. Ein langer Schlaf, so glaubte ich, käme meinem Seelenheil eher entgegen. Hätte ich gewusst, dass *ihre* Kirchenclique größtenteils aus jungen wunderschönen Gottesprinzessinnen bestand, die Becky Lee in visueller Hinsicht nur unbedeutend unterlagen, wäre ich leichter zu überzeugen gewesen, Michelle in die *Church of Pretty Souls* zu begleiten und deren Schöpfer für seine prachtvollen Kreationen zu danken.

< PLAY >

Ich saß mit Becky Lee im Starbucks und versuchte, unsere Unterhaltung auf universitärem Level und meine Blicke auf ihrem Gesicht zu halten. Meine Tutorin und ich nippten an Tassen, die das Ausmaß eines großen Bieres in Österreich hatten und ich versuchte ihre von mir erträumten Intentionen in Kleingesprächen zu ersticken. Ich überlegte, wie ich meiner erhöhten Testosteron-Produktion entgegenwirken könnte, als Becky Lee mir zu lange, um harmlos zu sein, in die Augen blickte. Während ich feststellte, dass ihre Pupillen rosa irisierten, beugte sie ihren Oberkörper über den Tisch und strich mit ihrem Zeigefinger behutsam über meine Handrücken. Dann ließ sie los und fragte: „And what about **PEEP**ing?"

Ich verschluckte mein „What?" und Becky Lee erwiderte lau: „Tell me about this tiny winy village in ya country, Michelle told us about…"

Ich schaute flüchtig auf, versenkte meine Ratlosigkeit jedoch ehest wieder in ihrem Dekolleté. Becky Lee erkundigte sich, ob mit mir alles in Ordnung wäre.

Bevor ich antworten konnte, diagnostizierte sie meine Unfähigkeit ihr in die Augen zu sehen als Indikator einer großen Unsicherheit und daraus resultierendem Failure to Communicate. Ich dagegen fand, Becky Lee fehlte es an Gespür zu bemerken, dass ihre Silikonbrüste alles in und an mir aus der Fassung brachten. Und bevor ich eine ihrer Brustwarzen beinahe erspähte, kniff Becky Lee mein Kinn zwischen Daumen und Zeigefinger und justierte mein Blickfeld auf ihr Gesicht. So hielt sie mich und verdeutlichte, ich müsste an meiner Unsicherheit really hard arbeiten. Sie erkundigte sich, was genau mich an ihr verunsicherte. Erneut versenkte ich meinen Blick in ihrem Ausschnitt, um so eindeutig und nonverbal zu klären, was meinen Hals trocken werden und meine Blicke tief sinken ließ. Doch Becky Lee verstand nicht, berichtigte erneut meinen Horizont und berührte wieder meine Hände. Begleitet von diesem Körperkontakt versicherte sie mir, ich müsste mich für nichts schämen. Und so schämte ich mich für nichts.

FORWARD >> | (zirka 2 Stunden)

Becky Lee erläuterte enthusiastisch die Mechanismen meiner Unsicherheit und ging auf ihre Hypothese des emotionalen Analphabetismus ein, der zu einer Verrohung von Sprache und in weiterer Folge zum Ende der Menschheit führte. Ein globales Problem, auf das sie sich mit ihrer Kollegin und gleichzeitig besten Freundin – Girlfriend & Soulmate wie sie es nannte – spezialisierte. Abschließend bot sie mir Hilfe für mein Problem, das nun auch das ihre war.

„So wurde das Versuchskaninchen, welches das Wort Versuch nicht sah, aus seinem Bau gelockt!“, höhnte Leeloo und zupfte an ihren Zöpfen. Und ich fragte mich, ob das enorme Volumen von Becky Lees Brüsten Weltanschauungen verändern konnte.

„Warum fragst du sie nicht einfach, ob du sie berühren darfst?“, schlug Leeloo vor und wickelte sich ihre Zöpfe um die Ohren.

Becky Lee schwafelte weiter und zwickte mich zwischendurch in die Wange. Sie kramte einen rosa Kugelschreiber, verziert mit Kuschelfedern, aus ihrer rosa Prada-Tasche, schrieb eine Telefonnummer auf einen blassrosa Zettel und ordnete mir an, Becky Lou, ihre Soulmate & meine potenzielle Psychotherapeutin, *asap* zu kontaktieren.

Abgeklärt stellte Becky Lee in Aussicht, mir einen *BJ* zu spendieren, falls meine Therapie fruchtete.

„Diese horny Spirits!“, schüttelte Leeloo ihren Kopf und spielte nicht einmal mit ihren Zöpfen. Leider meinte Becky Lee nicht, was ich verstehen wollte.

FORWARD >>|

Am Abend erzählte ich Michelle eine Dekolleté- und **PEEP**joboffer-freie Version meiner Becky Lee-Begegnung. Michelle bestand darauf, ich müsse Becky Lous psychotherapeutisches Hilfspaket in Anspruch nehmen. Ihrer Meinung nach konnte dabei meinen Soliloquien, die oft in *bad language* ausarteten, auf den Zahn gefühlt werden. Sie wollte, dass ich meine Seele von Becky Lou streicheln ließe. Doch mir war nicht nach Seelenpetting vom Lou-Teil der beiden Beckys.

FAST FORWARD >> >>|

Becky Lee, meine Tutorin ging mir seit Tagen aus dem Weg. Ich vermutete, sie wäre pikiert, da ich mich bei ihrem Girlfriend & Soulmate Becky Lou nicht gemeldet hatte und in logischer Folge ihr Angebot, meinen **PEEP** von ihr in den Mund nehmen zu lassen, ablehnte. Das konnte einer materialisierten Männerfantasie, wie sie es war, mit Sicherheit nicht schmecken.

FORWARD >>| (ein paar weitere Wochen)

Wie jeden Sonntagmorgen bat mich Michelle, sie in ihre Kirche zu begleiten. Da ich auf die hübschen Seelen ohnehin neugierig geworden war, leistete ich ihrer Bitte folge, obwohl mich die Tatsache auf Becky Lee & Lou zu stoßen, nicht besonders beschwingte. Leeloo blieb lieber zuhause, um sich Zöpfe zu flechten.

Am Rande eines prächtigen Sonntagmorgens offenbarte sich die Church of Pretty Souls als Sammelstätte für junge, makellose und gut gelaunte (99 Prozent weiblich und ein Prozent männlich) Lichtgestalten, deren höchstes Ziel im Leben darin gipfelte, es während des Todseins noch besser zu haben als im Diesseits. Die Atmosphäre, die diese Kirche einlullte, beeindruckte mich wider meiner Erwartungen zutiefst. Dieses Gotteshaus strahlte im Unterschied zu denen, die ich von zuhause her kannte, Heiter- und Helligkeit aus. David war von den vielen jungen Menschen, die sich vor der Kirche tummelten und galant miteinander plauderten, ebenfalls angetan. Ehrfürchtig flüsterte er mir einen seiner Herzenswünsche zu, wobei ihm ein Rülpser entfleuchte, der wie ein entstelltes „We need a nation, closer to the Waltons, than to the Simpsons!" klang. Michelle hakte ihren Arm in meinen und ich versprühte ungewohnt idyllische Zweisamkeit. Der Elan der hübschen Seelen und die erfrischende Stimmung wirkten ansteckend auf mich. Sonnenschein trug dazu bei und konnte auch nicht durch Becky Lees Anwesenheit getrübt werden. Am Kircheneingang wurde ich dem Reverend und all seinen beglückten Seelen vorgestellt. Sie freuten sich, happyendlich Michelles *Partner* kennen zu lernen. Und ich stellte fest, dass der Reverend eines der attraktivsten männlichen Geschöpfe Gottes war, das von ihm kreiert und von mir erblickt wurde. Deshalb vermutete ich, dass sein Aussehen mit dem überaus hohen Anteil weiblicher Seelen in seiner Messe zu tun hatte.

Nachdem Reverend Jerry Sosda, von allen liebevoll *Rev. JeSos* genannt, in einer rosa Kutte seine Bühne betreten hatte, begrüßte er die Community mit erhobener Faust.

Ohne groß auszuholen, trat er sofort voll in die christlichen Rhetorik-Pedale, indem er in ausgedehnter Leidenschaft die schlimmste aller Sünden (neben der Bad Language) verteufelte. Und während er diese mit Worten steinigte, zwinkerte ich Michelle zu, weil einiges von dem, das Rev. JeSos mit unendlicher Verdammnis abstrafte, Michelle durchaus genießen wollte.

Rev. JeSos streckte seine Arme von sich und donnerte, alles Unheil aus der Hölle mit dem *rosa flammenden Schwert der Reinheit* in die Knie zwingen zu wollen. Er jauchzte den heiligen Jubelruf und seine Lichtgestalten stimmten mit noch lauterem Halleluja ein.

Ein zulahaftes Mädchen wurde während dieses Rituals von einem groben Kerl, der aussah wie der allamerican Quarterback einer College-Football-Mannschaft, vor den Altar gezerrt und vor die Füße des Revs. gestoßen. Der Quarterback sank in die Knie, winselte, er hätte unzüchtigerweise gesündigt und verwies mit seinem Mittelfinger, der sehr groß war und gewiss seinen Teil zur Unkeuschheit beigetragen hatte, anklagend auf das zulabare Geschöpf auf dem kalten Kirchenboden.

Rev. JeSos fragte sie nach der *Color of Immaculateness* und bekam vom Quarterback „Pink" als Antwort. Die Community bejauchzte die Farbe der Reinheit mit Halleluja und ein paar Seelen sackten bewusstlos zu Boden. Der Quarterback warf seine Arme gen Himmel, der wie es in Kirchen so ist, von einem Plafond verdeckt war, erstarrte in dieser Position und beteuerte halb schreiend, halb singend, dass er bereute. Das Mädchen verharrte mit hängendem Köpfchen stumm wie eine Kirchenmaus am Boden. Ihr Quarterback drehte die Handflächen zum Himmel, der noch immer durch die Kirchendecke verdeckt blieb, und ihm so die Sicht auf Gott weiterhin verwehrte. Die anderen sangen „Help" von den Beatles, gospelig interpretiert und mit abgeändertem Text. David sang mit und schwang seine rosa Badehose im Rhythmus durch die fromme Luft. Während dieser Darbietung riefen einige „Halleluja", „Amen" oder huldigten die Farbe Rosa, bis am Ende des Liedes alle kraftvoll „Help, Halleluja" und „Amen" schrien, dass es mir kalt den Rücken runter lief.

| | PAUSE | |

Wäre Leeloo dabei gewesen, hätte sie den Kopf geschüttelt und ihre Zöpfe wären aufgegangen.

< PLAY >

Ich fühlte eine ungeheure Kraft aus dieser rosa Litanei strömen und war mir nicht sicher, wie ich darauf reagieren sollte. Just als ich mich etwas kritisch dazu äußern wollte, drückte Michelle sittsam meine Hände und lächelte mich mit glänzenden Augen an.

Nach der Messe stand Rev. JeSos am Kirchenausgang und verabschiedete sich von jedem seiner wonnetrunkenen Schäfchen mit Handshake. Auch ich kam in den Genuss seines stahlharten Händedrucks. Dabei ließ er Michelle, ohne mich anzusehen, wissen, dass er erfreut darüber sei, endlich ihren *Fiance* kennen lernen und bei den Pretty Souls willkommen heißen zu dürfen. Mir war bis dato nicht bewusst, dass ich mit Michelle verlobt bin und schlussfolgerte, der Rev. kannte sich in meinem Leben besser aus als ich selbst.

Vor der Kirche kumulierte strahlendes Lächeln, um, wie im heiligen Buch verlangt, den Nächsten zu lieben, aber auch gesehen zu werden. Einige umringten das zulabare Mädchen und gratulierten ihr und ihrem Quarterback zum keuschen Schritt in Richtung eines viel versprechenden Lebens während des Todes. Becky Lee, meine Tutorin stand mit Becky Lou abseits der Gruppe und visierte Michelle und mich an. Sie tuschelte Becky Lou ins Ohr und dann steuerten sie auf uns zu. Becky Lou wirkte wie Becky Lees Farb-Kopie. Beide trugen ein bauchfreies T-Shirt auf dem *Mrs. Jesus* in Glitter funkelte und beide hatten rosa Pupillen. Becky Lou war etwas kleiner und um einen distinguierten Hauch blonder. Wahrscheinlich wirkten ihre Brüste deshalb größer.

Ohne mir Beachtung zu zollen, begrüßten sie Michelle und streiften mich nur beiläufig mit ihren rosa-gestählten Blicken. Dann wurde der Look der anderen bewundert:

Michelle: „I love your T-Shirt!"
Becky Lou: „Thanks, we love it too!"
Michelle: „You look fantastic!"
Becky Lee: „We know, but you look so good too!
Becky Lou: „And we like you nails!"
Michelle: „Thank you, I like you hair!"
Becky Lou: „Don't even get me started on that!"
Ich: „Honey?"
Becky Lou: „It's him?"
Michelle und Becky Lee: „Yeap!"

Darauf beschwatzten die beiden Beckys mit Michelle meine Affinität zur Bad Language. Ich schenkte ihrer Diskussion keine Aufmerksamkeit, da es mir mehr Vergnügen bereitete, das zulahafte Mädchen zu beobachten, zwischen deren Lippen irgendetwas hervor blitzte. Ihr entsündetes Männchen schmatzte ihr einen trockenen Kuss auf die Backe und signalisierte den anderen glücklichen Seelen, sein Diesseits steuerte auch ohne **PEEP**en der Erfüllung entgegen. Dem Gesichtsausdruck seiner Freundin nach zu urteilen, war diese nicht hundertprozentig davon überzeugt. Ganz verloren in ihrem zulamäßigen Face, das so traurig wirkte, als hätte sie gerade König der Löwen gesehen, bemerkte ich nicht, dass Becky Lee & Lou auf meine Beantwortung von Michelles Frage warteten. Die wollte wissen, warum ich weder auf Becky Lees noch Lous *Issues* einginge. Mit meinen Gedanken noch immer beim funkelnden Mund dieser Zula, antwortete ich „Nice..." und dann „**PEEP**!!!"

„See?!?", sagte Becky Lee triumphierend und untermauerte ihre These, geringes Selbstwertgefühl, Kommunikation im Allgemeinen und Vulgarität im Speziellen wären mein Problem. Ein Therapie-Termin wurde vereinbart und ich fühlte meine Gesichtsmuskulatur spontan erschlaffen. Ich musste ähnlich tot ausgesehen haben, wie Zula im Supermarkt, nachdem sie von einem gefrorenen Huhn am Kopf getroffen und *nach Hause geschickt* wurde.

FORWARD >>| (bis zum Abend)

Beim Abendessen focht ich mit Michelle einen Disput über ihre glücklichen Seelen im Allgemeinen und die Beckys im Speziellen aus. Wir schlitterten von einem Thema ins andere und ich kam auf die nicht wegdenkbaren Silikonbrüste Becky Lees & Lous zu sprechen. Zum einen war ich fasziniert und zum anderen verstört, wie freizügig sich die hübschen Seelen gebärdeten. Ich stellte fest: in ihrer religiösen Studenten-Community lag ein unübersehbarer Widerspruch. Ich fand es diskrepant, sich wie Pornodarstellerinnen zu präsentieren, aber gleichzeitig auf enthaltsam und spirituell zu machen. Michelle verstand nicht, was ich nicht verstand und die Diskussion entglitt uns immer mehr bis sie schließlich in den sittlichen Prinzipien der plastischen Chirurgie, aus der Sicht der theologischen Ethik, versandete.

„Aufpassen, Todesfrage!", flüsterte David und kaute an einer roten Badehose, als Michelle mich fragte, was ich an ihrem Körper ändern würde, wäre ich Gott. Leeloo meinte dazu, ich sollte mir und anderen Körpern gegenüber ehrlicher werden und zündete sich aus Protest die Haare an. Michelle musterte mich todernst und versuchte jedes Zucken meiner Mimik, jede Unregelmäßigkeit meines Atmens als Verrat an ihrem Aussehen zu entlarven. Da es auf eine derartige Frage keine richtige Antwort gibt, beschloss ich, die ehrliche hinter einem Kompliment zu verstecken. Ich zog Michelle an mich (ihr Körper war steif und widerstrebte) und flüsterte ihr „I love U… So wie du bist“ ins Ohr.

Leeloo schrie entsetzt: „**PEEP**, **PEEP** und **PEEP**!“, ihre Zöpfe öffneten sich und ihr Haar sank wallend auf die Schultern nieder. Michelle reagierte mit „**PEEP** You!!!“ und teilte mir mit, dass ich ein **PEEP-PEEP** sei und sie die nächste Zeit nicht mit mir teilen wolle. Und so verbrachte ich die Nacht ohne Michelle.

| | PAUSE | | < PLAY >

Am nächsten Morgen fand ich mich um Punkt 8 a.m. vor den psychotherapeutischen Pforten Becky Lous, dem Girlfriend & Soulmate von Becky Lee, meiner Tutorin, ein. Diese forderte mich nach einem kurzen einleitenden Kleingespräch über Australia und **PEEP**ing auf, ihr mein Problem genauer zu erläutern. Das veranlasste Leeloo aus voller Lungenkraft zu schreien:

„Du und deine insane Psycho-**PEEP** seid unser Problem… **PEEP**, **PEEP**, **PEEP** und **PEEP**!”

David stellte fest, dass jeden ein Problem plagte und behauptete, er bildete sich mich und Leeloo nur ein. Er forderte uns auf zu verschwinden und stickte einen Smiley mit Zauberstab auf seine Badehose. Becky Lou, meine Kommunikationstherapeutin goss sich währenddessen seelenruhig einen Jasmin-Tee in eine rosa Tasse und erklärte nonchalant die Thematik ihrer Abschlussarbeit. Der Titel ihrer Masterthesis lautete frei ins Deutsche übersetzt: „Verbale Gewalt gegen jede Art weiblicher Formen und wirksame Gegenstrategien zum Erhalt der abendländischen Normen.“

Dann eröffnete sie, sie forsche an neuartigen Methoden, um positive Suggestionen[8] effizienter über audio-visuelle Medien zu verbreiten und im Rahmen dessen wolle sie *something new* an mir ausprobieren. Massentherapie im Dienste einer besseren Gesellschaft, wie sie meinte. Durch ein Video sollte ich in einen sogenannten Somnambulism versetzt werden, der mein Bewusstsein ihren Suggestionen öffnete. In meinem Fall wollte sie an dem Way, wie ich mich artikulierte, sprich meiner hohen Frequenz bad beziehungsweise *dirty language* zu gebrauchen, arbeiten. Becky Lee, meine Kommunikationstherapeutin führte mir ein Video vor, in dem eine halbnackte hübsche Seele von zehn rückwärts zählte. Ich musste mich auf das Halskettchen mit Fischanhänger, das zwischen ihren Brüsten pendelte, konzentrieren. Bei drei angelangt, setzte mein Bewusstsein aus und Filmriss ein. Ich fiel in einen Schlafzustand ohne Träume – so wie ich ihn seit Spanien nicht mehr hatte – und kam erst wieder zu mir, als ich Becky Lee hörte:

„Three! Open your eyes! Open your eyes! Open your eyes!
Two! Open your eyes! Open your eyes!
One! Open your eyes!
You feel good, relaxe!!!"

| | PAUSE | |

Selbst fiel es mir nie auf, wenn ich zum Beispiel anstatt **PEEP** zu sagen nur piepste. Nicht einmal die verstörten Blicke, die ich erntete, wenn ich **PEEP** sagte, um Ärger

---

8 Anmerkung meines semantischen Gedächtnisses: Als Suggestion wird die manipulative Beeinflussung einer Vorstellung oder Empfindung mit der Folge bezeichnet, dass die Manipulation nicht wahrgenommen wird oder zumindest zeitweise für das Bewusstsein nicht abrufbereit ist.

Ausdruck zu verleihen, ließen mich einen derartigen Hinterhalt auf mein *Mind* vermuten. Jetzt weiß ich, dass mir meine ver**PEEP**te Kommunikationstherapeutin einiges in mein Unterbewusstsein gepflanzt hatte, dem ich auf keinem Fall zugestimmt hätte. Ich kann keine Wörter der F-, S- oder ärgerer Klasse aussprechen. Das Experiment sollte der CHMABL helfen, an mir Gegenstrategien zur verbalen Gewalt und neue Methoden von Massenhypnose zu testen. Dafür hatte Becky Lou die sogenannte *MBC* (Mind Based Censorship) entwickelt, bei der im Kopf zwar Gedanken ungehindert entstehen (somit behält das Individuum den Eindruck des freien Willens), aber nicht verbal nach außen dringen können. Ohne dass der Betroffene es bemerkt, werden durch MBC Wörter, die auf der *Bad Black List of Bad Language* gelistet sind, isoliert und bevor sie ausgesprochen werden, durch ein anderes vordefiniertes Wort ersetzt (wie zum Beispiel in der Talkshow *No Dirty Small Potatoes* bei Billy Bob mit *Halleluja*!). In meinem Fall war es Piepen wie im Fernsehen, das dem Publikum die Sprache des Alltags vorenthalten sollte. Doch das alles sollte ich erst vor ein paar Tagen über Becky Lous rosa jPhone in einem Heaven's Gate erläutert bekommen. Hätte ich das alles schon damals gewusst, wäre ich nicht auf die Party der Pretty Souls gegangen.

< PLAY >

Nach unserem Hypno-Experiment fragte mich Becky Lou, meine Kommunikationstherapeutin ob ich am Abend für sie und Lee frei sei. Da Michelle noch immer sauer war, nahm ich die Einladung zu einer der legendären Verbindungspartys der Pretty Souls in der Delaware Avenue, Downtown Buffalo, an. Im Glauben, therapiert geworden zu sein, freute ich mich auf den versprochenen BJ.

FORWARD >>| (später Nachmittag, Blowjob oder Jesus Blood)

Den Nachmittag verbrachte ich in der Walden Galleria Mall in Cheektowaga/ Buffalo/ NY, wo ich die taufrische CD der Chemical Brothers erstand und als Versöhnungsgeschenk für Michelle, ein Halskettchen mit fischförmigem Anhänger aus Rosenquarz. Leeloo fand es kitschig und David erklärte, der Fisch wäre ein altes christliches Symbol, welches durch das Kreuz abgelöst worden war.

FORWARD >>| (zwei Stunden später)

Ich traf zu früh in Downtown Buffalo ein. Da mir nichts Besseres einfiel, als in einer Sportbar mit amerikanischem Bier und Billard meine Zeit totzuschlagen, trank ich in einer amerikanischen Bar Sport-Beer und schlug mit einem Queue Stunden tot.

FORWARD >>| (ein paar wässrige Bier)

Als es dämmerte, stand ich in der Delaware Avenue auf einer fischförmigen Fußmatte. Durch die Eingangstür drang der Heavy Metal einer christlichen Hardrock-Band namens Tourniquet, die mit ihrem Hit „Solar Jesus" die Pretty Souls rockte. Noch bevor ich die Glocke betätigen konnte, öffnete sich die Tür und das zulahafte Mädchen aus der Kirche lächelte mich an. Auf ihrem T-Shirt war vertikal Fishpower zwischen zwei Fischsymbolen gedruckt, was wie ein Kruzifix aussah.

Kleine Superfunken blitzten ihre Zahnspange entlang, als sie mit ihren Lippen eine Botschaft für mich formte, die aber jäh gehemmt wurde, weil Becky Lee, meine Tutorin auftauchte. Das Mädchen warf Becky Lee einen genervten Blick zu und ging ins Haus zurück. Becky Lee drehte sich um ihre Achse und transportierte so den knackigen

Hintern, dessen Form sich in ihren Superstring-Jeans vollkommen entfaltete, über die Sehnerven in mein Gehirnareal der unvergessenen Momente.

Sie hakte sich bei mir ein und lotste mich ins Herz der Party. Was ich dort an hübschen weiblichen Seelen erblickte, hielt mich in einem Gefühl zwischen Begeisterung und Angst gefangen. So hatte ich mir immer eine Party in Hugh Hefners Playboy Manison oder den Himmel vorgestellt.

„If you are beautiful …", hauchte mir eine Stimme ins Ohr und riss mich aus meinem kataleptischen Staunen, „…it's even harder to stay on the right path!"

Becky Lou, meine Kommunikationstherapeutin stand hinter mir und gab mir den von Becky Lee versprochenen BJ. Ich kam mir dabei etwas ver**PEEP**t vor, da ich ein Getränk für das gehalten hatte, was der Name implizierte. Becky Lees *BJ* war nichts als Orangensaft mit einer abgeschälten Banane, die über den Glasrand hervorlugte und *Big Jesus* hieß. Dieser alkoholfreie *Drink* hatte den, bei Pretty Souls äußert populären, aber zu unchristlichen, **PEEP** On The Beach abgelöst.

Während das Rot in meinem Gesicht ins Rosa verblasste, erklärten mir Becky Lee & Lou, an der Banane lutschend, Gottesschöpfungen wie sie und die Pretty Souls würden besonders von Unzucht in Versuchung geführt. Aber gerade das mache sie zu besseren Christinnen, da sie der tägliche Kampf mit den Verlockungen des Bösen in ihren Glauben nur noch mehr bestärkte. Becky Lee bezeichnete ihre Beauteousness als Challenge und *Workout for the Soul.* Als sie das erklärte, strich sie über die Brüste meiner Kommunikationstherapeutin, die leise „Indeed – a real hard workout!" stöhnte. Dann ließen beide die Banane, wie der Eisvogel seinen Fisch, ihre anmutige Kehle runter flutschen.

| | PAUSE | |

Die Party der Pretty Souls war mehr als nur *clean fun.* Sie diente dazu, neue Mitglieder zu rekrutieren. Männer wurden dabei besonders streng in die Mangel genommen, weil sie erfahrungsgemäß den Pretty Souls nur beitreten wollten, um außergewöhnlich gutaussehenden Chicks an die Wäsche zu gehen. Das erklärte auch den geringen Anteil männlicher Hetero-Mitglieder.

< PLAY >

Nachdem die Bananen in den Tiefen ihrer Throats verschwunden waren, erkundigte sich Becky Lee, meine Tutorin, während Becky Lou mit Jesus Blood nachspülte, wie ich meine Hypno-Session experienced habe. Ich wählte den Weg der Ente und bestätigte, was sie hören wollte.

„Say **PEEP**“, verlangte Becky Lou und ohne darüber nachzudenken befolgte ich ihr Kommando. Beide Beckys lachten und prosteten sich zu. Ich erkundigte mich, was daran lustig wäre, worauf mir Becky Lee, meine Tutorin die Wange tätschelte und mir „You‘re cute… My dear white rabbit!“ zuzwinkerte.

Ich wollte dieser nonsensationellen Wortspende auf den Grund gehen, doch die Zula aus der Kirche erschien und ließ mich die beiden Beckys bis an den Rand meines Universums vergessen. Sie unterhielt sich bei einem Becher *Gospel Punch*[9] mit einer anderen hübschen Seele, warf mir einen scheuen Blick zu und sagte: „If I were a horse …“

Der Rest dieser glückverheißenden Aussage wurde durch ein „Say it again! Say **PEEP**!“ übertönt und ließ mich

---

[9] Anmerkung meines deklarativen Gedächtnisses: Eine Kirschbowle, die Sekt, Weißwein, Weinbrand, Zucker und Kirschen beinhaltet.

„**PEEP**“ schimpfen. „Perfect“, jubelten Becky Lee & Lou, stießen sich gegenseitig mit ihren Hintern an und schnellten vom Rande meines Universums zurück. Dabei krümmten sie mit ihren Superstring-Jeans – schon damals ihr Markenzeichen – nicht nur meine Raum-Zeit.

| | PAUSE | |

Wenn ich jetzt an Becky Lee & Lou denke, wirkten sie damals wie schwedische Zwillinge aus einem Hochglanzporno ab dem Jahre 2004. So weit waren sie damals ihrer Zeit voraus.

< PLAY >

PEEPy Heiligenerscheinungen in engen Jeans und knappen rosa T-Shirts mit aufgedruckten Fischen tanzten, schmiegten sich aneinander, hielten Jesus Blood, BJs oder Gospel-Punsch in der Hand – und einige rauchten Joints mit Gras, das sie *Pinkshot* nannten.

„Not very christian!“, wagte ich das zu kommentieren.

| | PAUSE | |

Sieben Sekunden füllten den Raum mit verachtender Spannung.

< PLAY >

„Listen, my dear white rabbit!“, fauchte Becky Lee, meine Tutorin und behauptete, sie hätte trotz Enthaltsamkeit Spaß am Diesseits. Dann gab Becky Lou, meine Kommunikationstherapeutin die LSD-WiSi-Regel preis, die hübsche Seelen unterstützte, Lust am Dasein zu haben, ohne der Option, ins Paradies eintreten zu dürfen, beraubt zu werden. Lust Sensuality Desire - Without Sin beinhaltete folgende Punkte:

1) A blowjob is no **PEEP**! It is pure affection, makes everyone happy and is no **PEEP**ual intercourse!

2) Wine is no alcohol! It is Jesus' blood and enlightens your mood and body!

3) Smoking dope is not smoking! It brings you closer to god and gives a new perspective to your soul.

| | PAUSE | |

Von da an verstand ich Baywatch und die Moral hyperaktiver Religionssysteme. Und als Becky Lee & Lou so vor mir standen, in ihren knappen Superstring-Jeans und ihrem impertinenten Aussehen, beschloss ich, einen Beruf anzustreben, der mit Brüsten zu tun hatte. Ein Medizinstudium schloss ich aus, weil es sich in meiner Vorstellung Xalvadoras Mutter am Gynäkologenstuhl gemütlich gemacht hatte. So kam ich auf die Idee, Produktmanager von Miss Mai oder zur Not eines anderen Monats zu werden.

„Warum gerade Miss Mai?“, fragte mich Leeloo und flocht sich einen Zopf.

< PLAY >

Becky Lee & Lou frohlockten, wie sie aus den Pretty Souls eine internationale Bewegung machen, die die Welt verändern und zu einer besseren umgestalten würden. Frei von unnötigem **PEEP**en, unchristlichem **PEEP**en, moralisch verwerfliche **PEEP**s und der alles vergiftenden Bad oder Dirty Language!

„Schade“, flüsterte Leeloo, „um all das schöne dirty talking!“ und kitzelte mit ihren Zöpfen meine Lippen. David kaute auf seiner Badehose herum. Ihm schien der Plan der beiden Beckys zu gefallen. Er jodelte entzückt: „A better world, a better world", tanzte im Kreis und warf seine Badehose in die Luft. Leeloo verdrehte die Augen und führte mich in einen anderen Raum. Und da war es wieder, das zulahafte Mädchen… und… sie küsste Rev. JeSos nicht so sündenfrei wie es möglich und mir lieb war. Ihren allamerican Quarterback schien es weder im Dies- noch im Jenseits mehr zu geben.

„Mach dir nichts draus, Zulas gibt es viele!", tröstete mich Leeloo und streichelte mit ihrem Zopf meine Nase, sodass ich niesen musste. „Gesundheit!", wünschte Rev. JeSos' Zula und ich watschelte enttäuscht zu meinen beiden Beckys zurück, die sich für ein Foto aneinander schmiegten. Nach ihrem Posing drückten sie mir einen Plastikbecher Gospel Punch in die Hand und fragten, ob ich bereit wäre.

„For what?", antwortete ich.

„For us!", sagten sie und ich spürte meinen Mund sich zu einem Fragezeichen verformen.

„The Pretty Souls", detaillierten sie.

„Eine Prüfung!", glaubte David und ölte seinen Körper.

„Eher Falle", warnte Leeloo an ihren Zopfspitzen kauend.

Mit einem kräftigen Schluck aus dem Becher tankte ich Mut und sang „Let's rock and roll!" Ich holte Anlauf und rutschte auf meinen Knien in Richtung Becky Lee & Lou, bis ich unter ihnen abstoppte. Aus dieser Froschperspektive sah ich vier riesige Brüste, die Becky Lou & Lees Gesichter verdeckten und ich stellte mir die Frage, wo sich die weibliche Seele befindet.

Die Party wurde hot und wir grindeten unsere Körper aneinander, was die Fotografin erneut anlockte. Eine der beiden Beckys, ich weiß nicht mehr welche, nahm meine Pfoten und führte sie an ihre Silikon-Füllungen. Aus einem unerfindlichen Grund ließ ich mir das gefallen. So hielten wir posend inne und in dem Moment als der Flash uns erhellte, imitierte eine der beiden Beckys Edward Munchs *Schrei* und die andere Roy Lichtensteins *Girl with Hair Ribbon*. Ich zeichnete mich durch weniger Kunstverständnis aus und gebärdete mich wie die *Grinsekatze* aus Alice in Wonderland. Als der Lichtblitz verglommen war und wir wieder abdunkelten, meinte eine der beiden Beckys, während sie ihre Brüste aus der Umklammerung meiner Hände befreite, man habe mit diesen Körperteilen *smart* umzugehen, da sie sensibel und potente Waffen wären.

Becky Lee & Lou fragten mich, ob ich finally die LSD-WiSi Regel ausprobieren wolle.

„How?“, fragte ich.

„You'll see…“, meinte Lou.

„Here?“, staunte ich.

„In the church!“, verriet Lee.

„Das wird ein Spaß!“, jubelte Leeloo und ihre Zöpfe schimmerten silbern. David schlüpfte in eine Badehose und holte sich einen Gospel Punch. Es war das erste Mal, dass ich David saufen sah.

FORWARD >> | (ein paar Stunden und Becher Gospel Punsch)

Mit einer Lee zu meiner Linken und einer Lou zu meiner Rechten saß ich im Taxi. Vor den Pforten der Church of Pretty Souls hielten wir an. Bevor ich fragen konnte, warum um diese Uhrzeit noch Licht in der Kirche brannte, erlosch dieses und ließ mich an meinen vom Gospel Punsch benebelten Sinnen zweifeln. In der Church of Pretty Souls überfiel mich ein komisches Gefühl. Des Nachts wirkte dieses Gotteshaus noch erhabener, aber auch beängstigend. In mir stieg der Wunsch auf, etwas finden zu wollen, das meinem Leben, wenn es nicht mehr ist, einen Sinn verpassen würde. Außerdem war ich mir nicht mehr sicher, ob das Praktizieren von LSD-WiSi mit Becky

Lee & Lou mein Seelenheil langfristig gewährleistete.

Wir machten es uns am Boden vor dem Altar gemütlich und eine der beiden Beckys zauberte einen brennenden Joint aus ihrem Ausschnitt. Als sie mir diesen reichte, bemerkte ich wieder ein paar Schmetterlinge um meinen Kopf schwirren und ich lehnte freundlich ab.

„Chicken!", lachten sie und eine pustete der anderen rosa Rauch in den Mund. Danach kam eine der beiden auf mich zu und presste ihr THC-hältiges Gewölk langsam, zart, idyllisch, phänomenal, erotisch, endlos, beruhigend, verführerisch, ungezwungen, aufdringlich, bestimmend, flauschig, gleichgültig und vor allem betäubend in meine Lungen. Sie hauchte „Pinkshot brings you closer… to Jesus!" und wir husteten gemeinsam. Ich wurde flaumig und musste mich auf den Kirchenboden legen. Becky Lee & Lou wurden energetischer und entblätterten sich gemächlich gegenseitig. Dabei blitzten mir Halskettchen mit Rosenquarz-Fischanhängern von den baren Hälsen der Beckys entgegen. Doch als sich die beiden befummelten und sie gleichzeitig mit rosa funkelnden Augen in meine Seele blickten, vergaß ich alles, was Sinn beziehungsweise keinen Sinn ergeben sollte. Auch war es mir unmöglich zu entscheiden, was mein Empfinden für erotische Ästhetik mehr stimulierte; die Bewegungen ihrer Körper, Superstring-Jeans oder Pinkshot. Ich wünschte mir unter dem Altar liegend, Michelle besäße solche und freute mich, als Produktmanager von Miss Mai einmal genug Geld zu verdienen, um Michelle zwei perfekte neue Busen schenken zu können. Auf meinen Gedanken sitzend, flocht Leeloo einen Zopf und meinte, es sei unökonomisch seiner Freundin teure Silikon-Implantate zu kaufen, wenn man Produktmanager von Miss Mai ist. „Perlen vor die Säue werfen!", nannte sie das.

Als meine Beckys ihre Brüste endgültig zur Sichtung freigaben, winselte ich wie ein Seehundbaby, das gerade von Handlangern der kanadischen Pelzindustrie erschlagen wird. Nicht einmal der Umstand, dass ihre Brustwarzen mit schwarzen kruzifixförmigen Pflastern überklebt waren, hielt mich ab, meinen Enthusiasmus nicht zu zügeln. Leeloo bestand darauf, natürliche Titten seien schöner und David lallte von Tattoos, die er für Baywatch bräuchte, dass K.I.T.T. ein rechthaberisches **PEEP**loch wäre und eine neue Fernsehserie mit ihm der Menschheit zugute käme.

| | PAUSE | | < PLAY > !ERROR!

Ein silbriger Lichtschein fiel vom Plafond und lullte Becky Lee & Lou ein, mutierte zu einer kreuzförmigen Wolke und zersprang in Hunderte Teile, aus denen noch mehr Schmetterlinge schlüpften. Jeder war, wie üblich, mit nichts Geringerem als Schönheit, Grazie und Künstlichkeit beladen. Ihre Flügelschläge glitzerten silbrig und kitzelten mich wie gewohnt an der Nase. Sie schienen gut gelaunt und füllten innerhalb kürzester Zeit die Kirche aus. Becky Lee & Lou bekamen nichts von meinen beflügelten Freundinnen mit. Sie entblätterten sich weiter und meine Falter jauchzten, hauchten, jammerten, schrien „Alles, alles und viel mehr …“ und ich verstand, was sie meinten. So erhob ich mich vom kalten Boden und ging, umflattert auf die tanzenden Beckys zu. Ich schloss mich ihren sinnlichen Bewegungen an, machte zweimal eine Pirouette und sagte „Euer Wille geschehe!“ Dann zwickte ich Becky Lou, meiner Kommunikationstherapeutin in die linke und Becky Lee, meiner Tutorin in die rechte Brustwarze. So hielt ich ein paar Sekunden inne und glaubte an Gott in mir, bis Leeloo „Mach schon!“ schrie. Ich war folgsam und riss an den Pflastern, die sich durch simultane Schmerzensschreie als Tätowierungen entpuppten. Die Schmetterlinge verpufften als Rauchwolke, so wie sie Düsenjets erzeugen, wenn sie die Schallmauer durchbrechen. Leeloo und David verkrochen sich. Ich fiel rücklings auf den Altar und versuchte mich festzuhalten. Dabei bekam ich ein Kreuz zu greifen, das sich wie ein Schalter mit mir umlegte. Das löste einen Mechanismus aus, der die Kirche der hübschen Seelen mit rosa Licht flutete und eine Falltür neben dem Altar öffnete. Die beiden Beckys hielten sich schmerzschreiend ihre Hände vor die Brüste und Rev. JeSos schwebte durch die Falltür aus dem Boden empor. Er stand da, ich stand da. Wir alle standen entgeistert da und überall rot. Becky Lous linke und Becky Lees rechte Brustwarze lagen am Boden und Blut lief über ihren Bauch, zwischen die Beine, bis zu den Knien. Auch an Rev. JeSos Händen, die in Chirurgenhandschuhen steckten, klebte Blut und er hielt zwei Silikon-Implantate.

Ich reagierte als erster auf diese Situation und ergriff die Flucht.

| | PAUSE | |

WARUM PFERDENASEN PFERDENASEN HEIßEN

Die darauf folgende Lawine von Ereignissen schaffte es kaum in die Öffentlichkeit. Im Interesse aller Beteiligten wurde der Church of Pretty Souls-Vorfall mitsamt der anschließenden Verfolgungsjagd, die ich allein mit Hilfe zweier Steaks für mich entscheiden konnte, tot geschwiegen. Aber die auf ihren verlorenen Brustwarzen fruchtende Rache der beiden Beckys ließ nicht lange auf sich warten und holte mich Schritt für Schritt ein.

< PLAY >

Das *Spectrum*, die Unizeitung der University at Buffalo, veröffentlichte einen Artikel: „The Horny Kangaroo". Darin wurde ich als australischer **PEEP**istischer Serien-Schwerenöter gezeichnet, der auf harmlosen Verbindungspartys engelsreine Studentinnen **PEEP**uell belästigte. Auf dem Foto pfotete ich im Blitzlicht neben der Lichtenstein Lee, im Grinsekatzen-Style an den Brüsten von Munch Lou, herum. Kurz darauf wurde ich zum Rektor der University at Buffalo beordert, wo mir nahe gelegt wurde, die Uni *voluntarily* zu verlassen. Verabschiedet wurde ich mit: „**PEEP**ing Nazi-**PEEP**!" Das Board der Universität zeigte mich außerdem wegen **PEEP**ueller Belästigung, Erregung öffentlichen Ärgernisses, Unsittlichkeit, unerlaubter Darstellung pornografischer Posen, Trunkenheit in der Öffentlichkeit, Drogenbesitz und Verschwörung an.

Michelle schäumte über vor Wut und meine Erklärungsversuche verebbten in: „Wie konntest du mir das antun?"

Sie suchte Rev. JeSos und die Beckys auf. Nach zwei

Tagen kehrte sie zurück und ließ mich glückselig lächelnd wissen, dass sie mir nicht nur Glauben schenken sondern sogar zu mir nach Vienna ziehen würde. Gleich nachdem sie ihr Studium beendet hatte, wollte sie mir folgen.

Ich flüchtete noch am selben Abend vor den erbarmungslosen US-Gesetzesmühlen.

| | PAUSE | |

Eigenartig fand ich, dass mein Fall mehr öffentliches Interesse erweckte als ein brutaler Mord innerhalb der christlichen Studenten-Community. Das zulabare Mädchen aus der Church of Pretty Souls wurde mit verstümmeltem Oberkörper am Friedhof nahe ihrer Kirche aufgefunden. Trotz Alibis[10] wurde der allamerican Quarterback ein paar Wochen später wegen Mordes verurteilt. Motiv: Eifersucht.

FORWARD >>| (In einer 747 der Lufthansa)

David steckte in einer derart engen Badehose, dass seine Schläfen pulsierten und er Schwierigkeiten hatte, seinen Whiskey zu trinken. Leeloo starrte aus dem Flugzeugfenster und ihr darin reflektiertes Spiegelbild sah mir tief in die Augen. Dabei rotierten ihre Zopfspitzen und erzeugten einen aus Herzen bestehenden Regenbogen, der sich von einer bis zur anderen Seite ihres Hauptes erstreckte. Nachdem sie sich wieder beruhigt hatte, flüsterte sie das Unvorstellbarste, das jemals eine Frau geflüstert hat. Wahrscheinlich das Unglaublichste in der Geschichte der Menschheit. Ich bin sogar überzeugt, dass das, was sie innig und von Herzen beteuerte, das Eindrucksvollste im

---

[10] Anmerkung meines episodischen Gedächtnisses: Das Alibi war eine Cheerleaderin, die ihre Aussage zurückzog, spurlos verschwand und Jahre später als CHMABL-Jüngerin wieder auftauchte.

gesamten Universum war. Was zwischen ihren feudal geschwungenen Lippen hervor geschmeichelt kam, war so bodenlos schön, flaumig und mit noch mehr beladen, dass sie ihre Zöpfe dabei völlig außer Acht ließ.

„Und wenn dir das einmal eine Zula ins Ohr flüstert, das kannst du dir auf denen **PEEP** tätowieren, ist ihre Liebe zu dir ein in sich abgerundeter Kreis", erklärte Leeloo und begann zu weinen.

„Du denkst nur mit deiner Pferdenase!!!", meinte David und verzog angeekelt das Gesicht.

„Vielleicht hast du nicht einmal so unrecht" , schluchzte Leeloo,

„aber ich bin halt so, wie er mich will!"

Leeloo schnappte meine Hand und ließ nach wie vor ihre Zöpfe aus dem Spiel. Dann schwiegen die beiden und warteten auf meine Reaktion. Und ich reagierte:

„Was ist eine Pferdenase?! Ver**PEEP**t..."

„Schau, eine missvergnügte **PEEP**pitmaus!", lenkte Leeloo ab, als eine solche vor mir stand und meinem Ausruf schroff entgegen hielt, Pferde hätten keine Nase, sondern Nüstern. Dann zischte sie, ich sollte aufhören, wirres Zeugs in *ihrer* 747 herum zu kreischen. Ich entschuldigte mich höflich, aber halbherzig bei ihr.

„Nüstern!", kicherte Leeloo aufgeheitert und ihre Zopfspitzen hakten sich in ihre Mundwinkel ein, um diese zu einem breiten Grinsen bis knapp vor ihren Ohren zurückzuziehen. David verkroch sich indes mit der Whiskey-Flasche unter den Sitzen. Ich blieb eine Weile still und schaute in die Dunkelheit hinaus. Nach ein paar Minuten fragte ich erneut, aber wieder nicht leise genug, was mit Pferdenasen gemeint wäre. Im Augenwinkel sah ich die **PEEP**pitmaus, wie sie mich mit einer Kollegin fokussierte und mit ihren Fingern vor ihrer Schläfe kleine

Kreisbewegungen vollzog.

„Erklär's du ihm!",verlangte Leeloo und nie zuvor war ihr Lächeln schöner. David rasierte verlegen seine Beine, als er mich fragte:

„Hast du schon mal eine Pferdenase berührt?" und bevor ich bejahen konnte, fuhr er fort:

„Dann ist dir sicher nicht entgangen, wie weich und zart sich so eine anfühlt. Oder?"

„Nüstern!", kicherte Leeloo erneut. „Du magst sie halt sanft und fein, so wie Pferdenasen!"

„Was? Was ver**PEEP**t mag ich?", schnaubte ich wutentbrannt.

Gleich mehrere **PEEP**pitmäuse starrten mich an und schüttelten die Köpfe.

„Die **PEEP**!" sagte David kleinlaut und hielt beschämt die Hände vor seine rosa Badehose.

„Die was?", fragte ich nach.

„Die **PEEP**, wenn sie rasiert ist. Du magst sie, wenn sie rasiert ist. Genau so sanft und weich wie die Nüstern (Leeloo musste wieder kichern) der Pferde", erklärte Leeloo und ihre Zöpfe glühten.

„Deshalb! Verstehst du?"

„Ihr redet die ganze Zeit von rasierten **PEEP**s. Von der weiblichen **PEEP**? **PEEP**? **PEEP**? Oder wie es die Katholiken nennen, **PEEP**?"

„Ja!", schrie Leeloo und buchstabierte das primäre Geschlechtsorgan der Ladies in fünf Buchstaben.

„Bitte zähmen Sie ihr ordinäres Mundwerk, sie unaussprechlich vulgärer **PEEP PEEP**!", schäumte die **PEEP**pitmaus.

„Was man sagt, ist man selber!", entgegnete ich und dann klatschte eine zarte **PEEP**pitmäusehand weniger sanft auf meine Wange. Konsterniert beschloss ich, mich in mich zurückzuziehen, um jede weitere Konfrontation zu meiden.

Leeloo flocht sich einen Zopf und begann eine Pferdenase auf ihr Shirt zu sticken.

< PLAY >

Ich kauerte im Flugzeugsitz, zog mir eine Jacke über den Kopf und hatte eine Vision.

| | PAUSE | | beziehungsweise eine Prophezeiung < PLAY >

Beim Verlassen der Maschine zeigte Leeloo den **PEEP**pitmäusen die Zunge, während David auf den Knien an ihnen vorbei kroch. Keine wünschte mir einen schönen Aufenthalt in Frankfurt, noch erwiderten sie meinen zurückhaltenden Abschiedsgruß. Eine zitierte allerdings – laut genug, dass ich es hören musste – einen letztklassigen Möchtegern-Schriftsteller mit den Worten, die er an einen der vielen Literaturkritiker richtete, die sein erstes Buch – verdienterweise, aber mehr als nötig – verrissen hatten:

„Wenn ich den erwische, jage ich ihn mit einem nassen Fetzen durch die Goss´n!“

FORWARD >> | (meine Wohnung in Wien)

Ich fühlte mich erschlagen, war aber glücklich den US-Behörden entkommen zu sein. Vorm Schlafengehen, checkte ich meine Mails.

From: MICHELLE [michelle@prettysouls.com]
Sent: 04.05.1999 15:52
To: a9401847@unet.univie.ac.at]
Subject: I'm oh, so happy!

Hello my Dear!
I can't wait to come to Austria. Great challenges are waiting.
Dein Michelle

„Lass sie nicht kommen! Such dir lieber eine echte Zula!“, empfahl mir Leeloo und die Haare gingen ihr aus. Sie wirkte müde und so war es für David ein Leichtes, seinen Willen dahingehend durchzusetzen, mich auf Michelle zu freuen. Außerdem fühlte ich mich dazu verpflichtet: wegen dem, was sie mir vor über einem Jahr am Telefon offenbart hatte.

Ich wollte eine neue Basis für sie und mich schaffen und Michelle ein paar Dinge an mir erklären. Ich nahm vor meinem PC Platz und begann über meine bizarren Wahrnehmungen, unzählige Schmetterlinge mit Brüsten und fröhlich schimmernde Farben, zu tippen. Ich beschrieb lachende Wolken, die ich jeden Tag am Himmel sah und Brüste, die meine Gedanken lesen konnten. Ich klopfte in die Tastatur, sie nicht mehr zum **PEEP** zu drängen, mein sinnloses Herumstudieren aufzugeben und Arbeit zu suchen. Leeloo und David vergaß ich ganz zu erwähnen.

FORWARD >> | (drei Monate)

Umgeben von grimmig blinzelnden Schmetterlingen stand Michelle vor mir. Es waren nicht mehr so viele wie gewohnt, aber ihr Geruch nach Lakritze machte mir Angst.

TRACHTEN, PORNOSTARS UND VOLKSDÜMMLICHE MELODIEN

Im Laufe der Zeit wurde Michelle langsam beiläufiger. Mir fehlte es immer mehr an Dopamin, das Menschen einredet, verliebt zu sein. Ob Bequemlichkeit, das spanische Lysergic Acid Diethylamid, Pinkshot oder ein genetischer Defekt Verantwortung dafür trugen, wusste ich nicht. Ich überlegte oft, was meine Halluzinationen, die unter anderem Leeloo und David beinhalteten, verursachte. Immer wieder beschlichen mich Vermutungen, die erst Jahre später widerlegt werden würden; von Xalvadora, die mich aufklärte, was unser Oh-it's-a-Feh-hafter Strand-Cunnilingus lostrat.

< PLAY >

Michelle war ständig gereizt. Vor allem das Thema Pretty Souls, die sich seit Kurzem CHMABL nannten, löste unsere Sympathie füreinander gemächlich auf. Die Beckys boten Michelle an, für ihre *fresh* Organisation Jünger in Europa zu casten.

Und da mir Leeloo und David auch zu heftig wurden, nahm ich kurzerhand professionelle Hilfe in Anspruch.

FORWARD > (eine Woche)

Ein Facharzt für Psychiatrie diagnostizierte mir freundlicherweise eine Schizophrenie mit Positiv-/Plus-Symptomen. Ich bekam Antipsychotika und Neuroleptika verschrieben, dazu einen Zauberstab, mit dem ich Leeloo, David und alles, was sonst nicht dazugehörte, wegzaubern könnte. Mein Psychiater empfahl, den Stab zu schwingen, wenn sie auftauchten, bis drei zu zählen und zehn Mal laut zu denken: „Es gibt nur mich."

Leeloo grunzte wie ein Igel: „Denk lieber an Zebras, die in Zeitlupe rückwärts laufen oder an eine Zula! Außerdem irgendwie phallisch!?!“ Und ich schwang meinen Stab und versuchte ihr einzureden, es gäbe nur mich. Leeloos Zöpfe öffneten sich, um wie in einem Werbespot für Haar-Conditioner wallend auf ihren Schultern nieder zu gehen. David stickte einfach nur einen Smiley auf die Badehose.

FAST FORWARD >>| (ein paar Monate)

Nachdem ich das Studieren aufgegeben hatte, fand ich in einem Call Center Anstellung. Michelle entdeckte das Internet und diskutierte in Foren, ob es eine Todsünde wäre, mit mir vier Wände zu teilen oder sie ihrem Leib abgesehen von Rotwein andere alkoholische Getränke, wie zum Beispiel Moscato d'Asti, zuführen dürfe. So machten Michelle und ich im Trott unseres einsamen Zusammenlebens mit einer Routine Bekanntschaft, die so hinterfotzig und schnell die Seele entleerte, wie sonst nur harte Drogen oder eine einwöchige Busreise zu antiken Ausgrabungsstätten. Weder Michelle noch ich decodierten die Warnzeichen, die sich anfangs als gemeinsame Langeweile tarnten und uns häufig streitend noch weiter auseinander driften ließen, als wir ohnehin schon waren.

Wenn unser PC für mich frei wurde, weil Michelle fernsah oder schlafen ging, holte ich mir Bilder von Models, Playmates, Penthouse Pets und nackten Celebrities im Internet runter. Und wenn ich in der Arbeit war, interagierte Michelle online und fromm mit ihren Beckys. Angeblich wurde meine Person dabei nie thematisiert, da Vergebung eine große Tugend der Christen und somit der der CHMABL sein sollte. Die einzige Info, die mir Michelle gewährte, war, dass ihr eine weitere ehrenvolle Aufgabe übertragen wurde. Sie sollte in Europa noble und adäquate Standorte für Heaven's Gates finden.

FAST FORWARD >>| (ein paar Monate)

Michelle arbeitete an Plänen der CHMABL, sich in Europa niederzulassen. Deswegen ging es mir nicht besser.

| | PAUSE | |

Ein Hoffnungsschimmer war ein bevorstehendes Jobinterview als Marketing-Assistent bei einem major Plattenlabel und ein Gramm Gras, das ich von einem Freund geschenkt bekam.

< PLAY >

Während ich *Lady Limbs* vor Michelle zerkrümelte, lief Baywatch im Fernsehen. David verkrümelte sich hinter dem Bildschirm, schimpfte uns Öko-Hippies, trank einen neoliberal gefärbten Wodka-Mix, der nach Gummibären schmeckte und zog demonstrativ seine Badehose enger. Da weder Michelle noch ich genug Fingererfahrung besaßen, um Joints zu rollen, kramte ich Kate Moss hervor. Die kleine Bong wartete unter dem Sofa, in einem vergilbten, staubigen Plastiksackerl, zwischen allerhand anderen Dingen und einer kleinen goldenen Dose. Ich stellte Kate Moss als Kate Moss vor und Michelle reagierte, wie so oft, humorlos und verlangte harsch nach einer Entschuldigung. Für sie war es antifeministisch, eine Wasserpfeife nach einem weiblichen Wesen zu benennen. Ich klärte Michelle auf, nicht ich, sondern ein paar Amigos in Spanien hätten sie so getauft. Michelle fand es trotzdem inakzeptabel und zwang mich unter Androhung von noch mehr Liebesentzug den Namen der Bong zu ändern. Sie bestand darauf, Kate Moss als das zu bezeichnen, was sie war. Das wiederum gefiel mir aber nicht. Deshalb buchstabierten wir das *Ahhh & Ohhh* einer jeden funktionierenden Beziehung, die kurz vor dem Ende stand und einigten uns auf einen

Kompromiss. So kam es, dass in jener Nacht aus Kate Moss Prinz Charles wurde. Von da an verspürte ich nie wieder das Verlangen, dieses Ding auch nur in die Nähe meines Mundes zu führen. Ich packte Charles am Hals und ließ ihn unters Bett verschwinden, danach rauchte ich mit Michelle ein paar verwackelte Lady Joints und entschwebte ihr.

FORWARD >>| (nächster Tag)

Auf dem Weg zum Vorstellungsgespräch bemerkte ich eine Fußgängerin an der gegenüberliegenden Straßenseite, die mich anstarrte. Da sie nicht schlecht aussah, begutachtete auch ich sie von oben bis **PEEP**. Aber erst als sie sich ihre Bluse vom Leib riss, diese in eine Wasserlache tauchte und damit auf mich zugestürmt kam, erkannte ich die missvergnügte **PEEP**pitmaus.

Mit dem nassen Fetzen hetzte sie mich, nur in einem recht hübschen BH, einem engen schwarzen Rock und auf hohen Stöckelschuhen über zehn Minuten durch die Straßen Wiens. Ich war überrascht, wie schnell sie ob dieses Outfits flitzen konnte. Ich entkam ihr nur knapp, weil sie mit ihrem rechten Schuhabsatz im Kanaldeckel hängen blieb und unsanft den Asphalt entlang schlitterte.

Am Boden liegend spuckte sie mir Blut nach: „Irgendwann erwisch ich dich!“

FORWARD >>| (20 Minuten)

Verschwitzt erreichte ich die Pforten meines möglichen Arbeitgebers. Nachdem ich mich am Empfang angemeldet hatte, holte mich eine Kaugummi kauende Assistent Managerin namens Mimi und setzte mich in einen Meeting-Raum ab.

„Red Bull?“, fragte mich eine Dame, noch bevor sie am anderen Ende des Tisches Platz genommen hatte.

„Nein danke“ , antwortete ich und sie wollte wissen, warum ich für ihre Company arbeiten möchte.

„Um Geld zu verdienen!“, maulte Leeloo und wickelte eine Zopfspitze um den kleinen linken Finger.

„Ich kann singen!“, prahlte David, bevor er sich die Badehose hinten hochzog, sodass sie aussah wie ein Superstring-Tanga und seine Stimme um eine Oktave höher klang.

„Weil ich Musik mag!“, antwortete ich.

„Mögen wir das nicht alle?“, fragte die Dame.

„Da bin ich mir nicht so sicher“, hielt ich entgegen.

Meine mögliche Chefin notierte in ein Formular und meinte, man sähe mir an der Nasenspitze an, dass ich fürs Music Biz nicht unbedingt die optimalen Voraussetzungen mitbrächte.

„Die da wären?“, fragte Leeloo.

„Einen guten Riecher und…“, meinte die Dame, was Leeloo mit „Hang zum Dekonstruktivismus kreativer Strukturen und diskreten Faschismus?“ ergänzte und meinen Hals mit ihren Zöpfen kitzelte.

„Wo sehen sie sich in zehn Jahren?“

„Zwischen den Beinen irgendeiner Miss Mai“ , scherzte Leeloo.

„Erfolgreich in Ihrer Firma!“, entschuldigte sich David.

„Was sind Ihre Stärken und Schwächen?“

„Seine Schwächen sind meine Stärken!“, kicherte Leeloo und ich dachte: „Ich sehe das, was Sie nicht sehen!“

Die Dame notierte, forderte mich auf, meine größten Miss- und Erfolge preis zu geben und wie mich meine zukünftigen Arbeitskollegen beschreiben würden. Ich erzählte ihr brav, was sie hören wollte.

„Und wo sehen sie Potenziale im Musikvertrieb brach liegen?“, finalisierte sie mich und begutachtete ihre Fingernägel. Meine Gedanken beschränkten sich sofort auf ein rasant populär werdendes Datenkomprimierungsverfahren. Und so beantwortete ich selbstbewusst und über zehn Minuten lang ihre Frage. Die Dame schaute mich entsetzt an und fragte, ob das mein Ernst sei. Ich bejahte und stellte das Internet als *den* zukünftigen Vertriebskanal für Musik dar.

„Erstens“, knurrte die Dame „habe ich nie von etwas wie Mpedrei gehört. Und zweitens haben wir bald Y2K. Das verlangt gerade in unserem Biz nach Leuten mit echten Visionen! Sorry, für meine Straightness!“

Dann verabschiedeten wir uns höflich, aber abgeneigt voneinander und eine gute gelaunte Mimi geleitete mich nach draußen.

| | PAUSE | |

Mimis Minirock war so kurz, dass er das Wort Mini neu für mich definierte und Mimi nach dem Ableben sogar Platz in meinem Himmel einräumte.

< PLAY >

Im Fahrstuhl ließ Mimi eine Kaugummiblase platzen und stellte fest: „War wohl nichts?!“

„Mhm“, brummte ich und senkte meinen Blick.

„Schade, schade, schade“, murmelte Mimi vor sich hin und ich bemerkte zu meiner Freude, dass der Fahrstuhlboden verspiegelt war. So ließ ich meinen Kopf weiter hängen. Leider schafften es die zentralen Details unter dem kürzesten Mimirock der Welt nicht so zu reflektieren, wie sie es verdient hätten. Der Spiegel hatte zu viel Anstand und war viel zu dreckig dafür.

Im Erdgeschoss trotteten wir zum Ausgang, der von draußen betrachtet der Eingang war.

„Vorsicht Stufe!“, warnte mich Mimi.
„Danke.“
„Bitte.“
„Gerne.“

Ich beugte mich vorn über und tat so, als schnürte ich meine Schuhbänder. Vor lauter Unter-den-Rock-schauen war mir nicht bewusst, dass ich mich dort bückte, wo die Eingangstür nach innen schwang, wenn jemand von außen eintrat. Diese Unachtsamkeit schlug mir prompt gegen den Schädel.

„Vorsicht!“, hörte ich Mimi noch rufen.

FORWARD >>| (Paar Sekunden unter einer Pferdenase)

Benommen lag ich am Boden. Etwas Wunderschönes, einer vom Himmel gefallenen Pornodarstellerin ähnlich, stand im aufgemotzten Trachtenoutfit über mir und beratschlagte sich hysterisch mit Mimi.

„Der wird Smerzensgeld verlangen. Ein gefundenes Fressen für die smierigen Smierfinke. Sau, seine Augen sind zu, der Suh aber offen.“

Meine Sinne waren zu stumpf, um zu erkennen, wer dieses Trachten-Porno-Lookalike – mehr über sich, als über mich besorgt – war. Noch dazu befand sich Mimi im Minirock über meinem Gesicht und zwang mich förmlich, ihre Pferdenase zu fixieren. „Und kein Höschen!“, freute sich Leeloo, wieherte wie ein Pferdchen und ihre Zöpfe schimmerten einmal mehr deutlich silbern.

„Ist er hin?“, fragte das Trachten-Porno-Lookalike und ich erkannte jetzt, wer sie war.

|| PAUSE ||

Leeloo machte sich über die volksdümmliche Musikszene gerne lustig. Sie meinte, deren Künstler gingen mit ihren Namen als Darsteller für Erwachsenen-Filme durch und zählte singend ein paar Beispiel auf:

Caroline Reiber, Kastelruther Spatzen, Astrid Harzbecker, Lisa Del Bo, Semino Rossi, Pia Isabella, Nik P., Alexandra Lexer, Marina Votzi, Heino, Angela Wiedl, Lili Ivanova, Joe Stecher, Peggy March, Tony Marshall, Corinna May, Blaskapelle Charisma, Michelle, Rudi Giovannini, Edina Pop, Toni Putrino, Joy Fleming, Daniela de Santos, Die Zipfelbuben, Diana Sorbello, Claudia Jung und nicht zuletzt Melanie Melody™. Udo Jürgens hob sie explizit hervor, da sich seine pädophilen Titel wie *17 Jahr blondes Haar*, *Der Mann mit dem Fagott* oder *Ich weiß, du könntest meine Tochter sein* nur für Soundtracks von Kiddy-Pornos eigneten.

< PLAY >

An ihren Zopfspitzen kauend, empfahl mir Leeloo, meinen Fokus langsam von Mimis Pferdenase abzuwenden und aufzustehen.

| | PAUSE | |

Melanie Melody™ galt in der volksdümmlichen Szene als Ausnahmeerscheinung, da ihr Erfolg, glaubt man Medienexperten, großteils auf ihrem Sprachfehler basierte. Außerdem erschwerte ihr Management den Journalisten, an Live-Interviews zu kommen. Diese Strategie, mit der Melanies Sprachfehler vernebelt werden sollte, ließ sie exklusiver und in Klatschundtratsch-Gazetten nur gefragter werden. Und ihr Körper war ein angesehenes Objekt bei Paparazzi.

„**PEEP**! Bei keiner **PEEP** brauchen die **PEEP**

Fotografen so ein langes **PEEP** Teleskop wie bei Melanie. **PEEP!**", gab Karl Moik ein paar Jahre vor seinem skurrilen Tod in einem Interview für eine News & Tits Sonderbeilage mit dem Titel „EXKLUSIV! Die hottesten Volksmusik-Stars in Bildern" bekannt.

Für das einzige Fernsehinterview, das Natascha als Melanie Melody™ je gab, musste ein TV-Sender vertraglich zustimmen, die Fragen so zu formulieren, dass SCH-frei geantwortet werden konnte. Obwohl dieses Fernsehinterview, das auf Melanie Melodys™ erste Goldene Schallplatte (im Interview als Goldener Tonträger bezeichnet) zugeschliffen war, SCH-frei gelang, stand der Aufwand nicht dafür. Es sprach sich unter Journalisten schnell herum, wie viel Arbeit ein Interview mit Melanie Melody™ bedeutete. Darum verzichteten sie darauf und erfanden ihre Stories oder begnügten sich mit schriftlichen Interviews im Multiple-Choice-Format, die von der Plattenfirma ausgefüllt wurden. So entstand um Melanie Melody™ ein skurriler Mythos und unzählige Gerüchte, Vermutungen und Verschwörungstheorien begleiteten ihre volkdümmliche sowie nachfolgende Karriere. Ein Germanistikstudent erregte zum Beispiel mit seiner Doktorarbeit Aufsehen:

„Liedertexte der neuen deutschen Volksmusik im Kontext zu Immanuel Kants Kritik der reinen Vernunft."

Darin wurde behauptet, Track sechs und fünfzehn ihres Debut-Albums wären eine Liebeserklärung an Lysergic Acid Diethylamid, allgemein auch als LSD bekannt. Wohl eine weit hergeholte Interpretation ihrer intellektuell gezügelten Texte. Dieser umstrittene Tonträger, in Fachkreisen nicht als Melanie Melodys™ bestes Werk gepriesen, wurde innerhalb eines Tage vergoldet.

Der *Adlerjunge liebt die Berge* beinhaltete folgende Titel:

01. Und ewig werd'n uns're Herzen glühen
02. Amore Mio, Renault Clio
03. Für meine Heimat würd' ich bluten
04. Das Paradies liegt in deinem Herzen
05. Wenn der Himmel die Berge küsst
06. Liebes, süßes Damwildfleisch
07. Auf Wiedersehen, Adlerjunge
08. Hello. My Name is Melanie Melody™
09. I steh auf di – John Bon Jovi
10. Einst mir wurd' ein Herz geschenkt
11. Ein weißes Kleid und rote Rosen
12. Einst mir wurd' das Herz gestohlen
13. Tränen sind das Blut der Liebe
14. Mein Glück, das liegt im Sternenmeer
15. Liebe säet Dornen

|<< REWIND (zirka eine Sekunde)

Nachdem Melanie Melody™ „Ist er hin?“ gefragt hatte, verabschiedete ich mich geistig „Hoffentlich auf bald!“ von Mimis Pferdenase, stand auf und begrüßte Natascha.

||PAUSE || Sieben Natascha-Sekunden. < PLAY >

„Sit, du bist's! Der Bruder deiner Swester!“, stieß Natascha aus und verblüffte mich, als Erwachsene eines der Schimpfwörter zu benutzen, das sie als Jugendliche vermied, da sie Gefahr lief von den anderen Kindern ausgelacht zu werden.

„Hi, Natascha“, wiederholte ich.

„Melanie Melody™“, korrigierte Natascha.

„Stimmt“, pflichtete ich ihr bei.

„Hast du Smerzen?“, fragte sie.

„Nein, aber der Kopf tut mir ein bisserl weh“, scherzte

ich, worauf Natascha lachte und unser Gespräch vertiefte:

„Erst gestern habe ich die Depes Mode angehört, die du mir gesenkt hast.“

Leeloo fragte: „Hat sie die nicht stibizt?“

Natascha schlug vor, uns in einer Stunde – Melanie Melody™ hatte in der Plattenfirma noch zu tun – in einem Café - Bar - Restaurant zu treffen, das sich *Blaustern* nannte. Und Leeloo sang:

„Ich bin's die Melanie Melody™
Keine singt so schön wie i
Wie ein Supermodel schau i drein
Und zig Millionen, die sind mein
Weder reden noch denken kann i gscheit
Trotzdem hat die Volkdümmlichkeit mit mir a Freit
Trallali und Trallala, ein neuer Musi-Pornostar ist da“

Ich empörte mich über Leeloos Verächtlichkeit und war überrascht, wie leicht ich Prinzipien (in dem Fall Ablehnung volksdümmlicher Musik im Stil Melanie Melodys™) über Bord warf, nur um einer **PEEP** de luxe zu gefallen.

„Rückgratlose Ratte“, schimpfte Leeloo, peitschte mir ihren Zopf ins Gesicht und verschwand mit David, der sich bemüßigt fühlte, traditionelle Musik und den Film *The Sound of Music* zu loben.

FORWARD >>| (zirka 3 Stunden)

Ich fühlte mich im Café - Bar - Restaurant nicht wohl, da mein Kellner demonstrierte, wie weit man auf jemanden hinabschauen kann, wenn auch in punkto Körperlänge deutlich kürzer. Dazu bediente er sich klarer Signale und deutete zur Ausgangstür, als ich nach den Toiletten fragte.

FORWARD >>| (einmal gepinkelt und nicht geschüttelt)

Als ich vom Klo zurückkam, saß Natascha an meinem Tisch, las ein Buch und rauchte genüsslich eine Zigarette. Verdutzt fragte ich, woher sie wusste, wo ich säße.

„Von Tsoe!“, sagte sie und klappte Sophies Welt zu.

„Wer ist Joe?“

„Der nette Kellner von hier!“

„Welcher nette Kellner?“, fragte ich, aber Natascha hörte mich nicht. Sie formte ihre Finger zu einem V, was dem Peace-Zeichen zwar ähnelte, aber nichtsdestotrotz zwei Gin Tonic bedeutete.

FORWARD >>| (zirka zehn Gin Tonic und betrunken)

Nachdem Melanie Melody™ ihr neues Album detailliert erläutert und erklärt hatte, warum *Tanz auf glühenden Gletschern* zum Kampf gegen den Treibhauseffekt und *Auffrisieren* ihres Karmas beitrug, verließ ich mit Natascha das Café - Bar – Restaurant. Joe hielt uns die Tür auf und gab Melanie ein Bussi rechts und eines links.

Melanie schlug vor, im Hotel noch etwas *Sampus* zu trinken. Ich war einverstanden und David freute sich, endlich eine ihrer CDs hören zu dürfen. Leeloo kreischte deswegen und versuchte David mit ihrem Zopf zu erwürgen.

Nach einer turbulenten Taxifahrt erreichten wir Melanie Melodys™ Hotel. Dort blitzte in meinem episodischen Gedächtnis kurz Michelle auf, verschwand aber mit dem Ping, das die Fahrstuhltür beim Öffnen machte, um Natascha und mich in Melanie Melodys™ Stockwerk zu entlassen. Wie ein Spielzeughündchen hechelte ich ihr nach und stand Sekunden später in einer Suite. Eine gekühlte Champagnerflasche, die nur nach Momenten wie diesen lechzte, stand auf einem gläsernen Tischchen hinter zwei brillanten Tulpengläsern und flötete unmissverständlich: „Nimm mich!“

„Was wird der Sampus heut Nacht aus uns machen?“,

gluckste Natascha, während sie den Dom Perignon graziös in die Tulpen füllte und erläuterte:

„Der Besichtigung der Perlen darf nichts im Wege stehen. Weder Sliffe noch Verzierungen."

Ich verstand nicht, wünschte mir aber, Natascha würde ihren Mund halten und in der gleichen Weise aus der Bouteille trinken wie Shoshana aus Corona-Flaschen. Doch Natascha tat nichts dergleichen und wankte in Richtung Stereoanlage. Dort drehte sie sich zu mir, steckte den kleinen Finger der rechten Hand zwischen ihre perlenweißen Eckzähne, ließ ihr linkes Knie leicht einknicken und strich sanft über die Tulpe:

„Die Form soll harmonis sein und ist so abgestimmt, dass sowohl Auge wie auch Nase sich ihr dediziert widmen. Aber du bist doch nicht hier um Sampus zu slürfen und meine CDs zu lausen?"

„   !", schrie ich, doch die Lautsprecher übertönten meine Worte. Ich war froh, mich nicht mehr hören zu müssen. Es hätte in unserem alkoholisierten Zustand ohnehin nicht viel Sinn ergeben.

Natascha stimmte synchron mit dem Sound aus den Boxen „Hello. My Name is Melody™" an und tänzelte auf ihr Handtäschchen zu. Daraus kramte sie ein hübsches Fläschchen mit weißem Pulver hervor. Ihre Lippen bewegten sich zum Refrain „I bin die Melanie und sing dir eine Melodie" und sie kniete sich vor das Tischchen, auf dem die Flasche Dom Perignon hinter den Sampus-Tulpen noch immer „Nimm mich!" flötete. Dann verteilte Melanie Melody™ das weiße Pulver neben der Sampus-Flase. Mit der Mitgliedskarte eines Fitnessclubs brachte sie das Ganze flink in Linie, rollte eine 5000 Schilling-Note und sang etwas, das sich anhörte wie: „Hello. My Name is Melanie. Meine **PEEP** entlockt dir jede Melodie!"

Sie hielt mir das Papierröhrchen entgegen.

Leeloo meinte, das wäre typisch für volkdümmliche

Musiker, die sich so wie deren große Vorbilder, die *Stones*, *Dion* oder *Elton*, gerne den Schädel blöd koksen. David sprang im Bett auf und ab und wehklagte „Michelle, Michelle“. Im Sound-Gemisch der Boxen hörte sich das wie „My shell, my hell!“ an.

Melanie Melody™ streckte mir nach wie vor das Röhrchen entgegen. Weil mir ihr Kokain aber noch mehr Angst machte als sie selbst, deutete ich auf die Uhr, um auf die fortgeschrittene Zeit hinzuweisen und wankte in Richtung Ausgang. Ich drückte die Türklinke, als Melanies Melodie aus der Stereoanlage verstummte und einer kurzen Stille Spielraum gönnte. Dieser legte ein zartes Niesen und geschmeidiges „Oooops“ frei, was mehr erotische Energie, als die größte **PEEP**messe der Welt in meine Richtung schlenzte. Und wie es jeder Mann von Welt täte, wandte ich mich dem Klangbild aus Melanie Melodys™ Goldkehlchen zu und das nächste Lied nahm ungebremst Anlauf: I steh auf di…

Nataschas Nase war angestaubt und das Koks friedlich über ihren Dirndlrock verteilt.

„Oooops“, hauchte sie erneut und blinzelte. Ich konnte die Wimpern klimpern hören und ihre Pheromon-ertrunkene Seele wittern. Und das war einfach zu betörend, als dass ich das Hotelzimmer überstürzt verlassen konnte. Melanie Melody™ klopfte sich den weißen Staub vom Dirndlrock und ächzte noch mal ganz, ganz langsam und wunderwundersüß:

„Ooooooooooooooooooooooooooooooooooops!“

Wie durch Geisterhand, die über Jahrhunderte hinweg Sonette verfasste, glitt ein trachtiger Superstring-Tanga unter ihrem Dirndlrock die Beine abwärts und landete in einem kleinen Grande Finale auf ihren Knöchel, die in hohen Highheels auf meine Zunge zu warten schienen. Dann tauchte wieder ein Schmetterling auf, machte es sich auf Melanie Melodys™ Schuhspitze gemütlich und schob sich die Brüste zurecht. Die Falterdame sang, begleitet von leichten Flügelschlägen, *Lili Marleen*, in der Version von Lale Andersen. Hundert weitere marschierten, mit rosa Helmen bestückt, im Gleichschritt vom Himmel herab und stimmten in das Lied mit ein.

„Smetterlinge fühlen sich im Bauch besser an als auf Suhen!“, ätzte Leeloo und pustete einen von meiner Nase.

„Warum tragen sie Helme?“, fragte David. Und ich konnte an nichts anderes denken, als an die spezielle Relativitätstheorie Albert Einsteins und wie die Zeit dazu in Bezug steht.

| | PAUSE | |

Soweit ich weiß, ist ihr entscheidendes Postulat, Naturgesetze müssten für alle bewegten Beobachter unabhängig ihrer Geschwindigkeit gleich sein. Das traf in diesem Fall auf jeden Fall nicht zu und brachte mich zum Grübeln.

|<< REWIND & < PLAY > (zirka sieben Sekunden)

„Ooooooooooooooooooooooooooooooooooooops!“

In einem kleinen Grande Finale schwebte Melanie Melodys™ winziger Trachten-Tanga nieder und rastete auf ihren Knöchel ein. Obwohl ich wie angewurzelt dastand, war ich bewegt und gleichzeitig Beobachter. Die Geschwindigkeit des fallenden Höschens war objektiv betrachtet für Natascha und mich die gleiche. Da aber ein Mann kaum objektiv sein kann, wenn Seide nackte Haut entlang gleitet, bemerkte ich, die Zeit an sich müsse wirklich nicht unbedingt absolut sein. Diese eine Sekunde, in der das zierliche Stück Stoff Nataschas Beine entlang rutschte, um auf Melanie Melodys™ Knöchel hängen zu bleiben, kam mir nämlich wie eine Vorschau auf eine ganze Geschichte vor.

| | PAUSE | |

Im Film verwendet man gerne Zeitlupen, um undramatische Momente dramaturgisch aufzupeppen. Doch das war kein Film und gerade, weil für den Slip und höchstwahrscheinlich Natascha dieser Moment nur eine einzige Sekunde gedauert hatte, für mich aber wie ein Trailer, machte ich mir über Einsteins spezielle Relativitätstheorie ernsthafte Gedanken.

„Während dieser Vorschau wäre Zeit genug gewesen, an Michelle zu denken!“, warf mir David vor. Leeloo spielte mit ihrem Zopf und argwöhnte:

„Die denken nicht, wenn sie an so was denken!“

Doch sie lag falsch. Männer sind durchaus imstande komplexe Dinge wie die Relativitätstheorie zu reflektieren, auch wenn ein Superstring unerwartet endlose, glatt rasierte Beine entlang gleitet und einfach nicht damit aufhören will.

< PLAY >

Und so rutschte verschwindend wenig Stoff glänzende Schenkel abwärts, während ich versuchte mich zu erinnern, wie das mit der Relativitätstheorie so war.

| | PAUSE | |

$E=mc^2$! Jawohl. E ist Energie, M die Masse und C die Lichtgeschwindigkeit. Physiker würden sich wurmen, weil ich wagte, Melanies fallenden Slip absolut leichtfertig durch Einsteins heilige Theorie zu ergründen und das relativ absurd. Doch Schulmeinungen sind nur Schulmeinungen, fallende Schlüpfer hübsch anzusehen und verursachen noch dazu eine gewöhnliche Ursache mit gravierender Wirkung. Und das minimierte die Wahrscheinlichkeit, dass ich nicht auf allen Vieren zurück zu Natascha gekrochen kam, ihr nicht das Höschen von ihren Knöchel knabberte und sie mich dann nicht **PEEP**te.

Es hätte sich auch anders zutragen können. Zum Beispiel besännen mich meine relativitätstheoretischen Gedanken und ich ginge zur Tür hinaus, um auf das Ping des Fahrstuhls zu warten. Schmetterlinge tauchten zwar keine auf, aber ein gewisser Effekt würde sich trotzdem hervor tun. Nachdem ich die Tür von außen geschlossen hätte, wäre Melanie Melody™ zuerst geschockt, dass jemand wie ich, das exklusive Angebot einer singenden Halbgöttin ablehnte. Nach ein paar Minuten begriff sie ihre Demütigung und schleuderte gekränkt die Sampus-Flasche gegen die schweigende Ausgangstür. Und weil ich das Höschen nicht mit meinen Zähnen von ihren Knöchel geknabbert hatte, wären diese zusammengebunden gewesen und brächten Melanie Melody™ zum Stolpern, als sie zur Tür laufen wollte, um mir „Du swuler **PEEP**!“ nachzuschreien. Sie schlüge mit dem Gesicht im Scherbenmeer der Flasche auf, ein „Sit!“ schnitte ihre Gedanken ab und die Glassplitter den Hals auf. Mit Aussicht auf die spitzen Absätze ihrer hohen Highheels läge sie flach am Boden und verblutete ohne SCH-Laut lang- und einsam. Das hätte die Welt verändert, überraschenderweise nicht zum Guten, wie lange von mir vermutet. Und ans Herz gewachsen, wäre sie mir tot nie im Leben.

|<< REWIND & < PLAY > (zirka sieben Sekunden)

Direkt vor Nataschas Knöchel vergaß ich endgültig darauf, meine Ambitionen $E=mc^2$ beziehungsweise Melanie Melody™ = Natascha x **PEEP**^{2} weiter zu ergründen.

Stattdessen verfing sich Nataschas trachtiger Superstring zwischen meinen Zähne und ich besang ihre Schuhspitzen wie ein kleiner Delfin seinen Tiertrainer. Die Schmetterlinge, die mit ihren Helmen um mich schwirrten und „Lili Marleen" sangen, ignorierte ich, da sich mir Nataschas Pferdenase offenbarte und ich begriff, was ich schon lange vermutete. Eine rasierte **PEEP** ist das $Hoch^2$ und quadratisiert die Anziehungskraft einer weiblichen Seele in alle Unendlichkeit. Doch bevor ich diesen Geistesblitz fassen konnte, sprengte Melanie Melody™ meinen **PEEP**uellen Horizont. Zwei sehr spezielle Pirouetten, in weißes Plüsch eingefasste Handschellen und ein umweltfreundlicher Gummi-Presslufthammer waren das Bescheidenste, was sie mir in nur einer Nacht bot.

| | PAUSE | |

Meine Untreue gegenüber Michelle rechtfertigte ich vor Leeloo und David durch den mildernden Umstand, nicht ich hätte Natascha, sondern Melanie Melody™ hätte mich ge**PEEP**t. Aber Michelle sollte nie von mir davon erfahren, da sie nicht die Größe besaß, so etwas zu verzeihen. *Natasa* übernahm das Jahre später und machte damit unseren gestrigen Hubschrauberflug zum UNAUSSPRECHLICHEN KAFF nicht unbedingt angenehmer. Sich selbst tat sie damit auch nichts Gutes.
Die Nacht mit Melanie Melody™ kann ich nur in folgende Worte fassen:

„Alles was du dir an Schweinereien ausmalst, kommt nicht im Geringsten an das heran, was für mich nur Realität war und für dich nicht einmal in einer versteckten Falte der Raum-Zeit-Diskontinuität im Strukturraum des Weltallgefüges existiert."

Die Tatsache, dass Melanie Melody™ während ihres

Höhepunktes Metallicas *Nothing Else Matters* trällerte, lässt zumindest Unvorstellbares erahnen. Sie tat dies zwei Mal hintereinander – ohne Pause. Zuerst leise als Natascha und dann lautstark als Melanie Melody™.

FORWARD >> | (keine Ahnung wie lange)

Als alles, und das war wirklich alles, was es an **PEEP**uellen Möglichkeiten in der damaligen Wirklichkeit gab, abgeschlossen war, ging Natascha zur Stereoanlage, legte die neueste Melanie Melody™ CD ein und kuschelte sich an mich, so als wäre sie ein verliebtes Kätzchen.

„Zum Kotzen", fauchte Leeloo, die auf David kniete und ihre Zöpfe hängen ließ. Sogar den Schmetterlingen war mein **PEEP** mit Melanie Melody™ zu viel. Sie lösten sich in Luft auf, bevor sie vor Erschöpfung noch flink ihren Mageninhalt – kleine rote, herzförmige Wolken – über den Boden verteilten. Natascha summte *Wennst mein Herzerl fängst, dann geh I....* und schmiegte sich noch enger an mich. Ich begann ihre Zuneigung zu genießen und schlummerte ohne schlechtes Gewissen ein.

FORWARD >> | (nicht so lange wie der **PEEP** zuvor)

Als ich aufwachte, telefonierte Natascha in voller Trachtenmontur vor dem Glastischchen und gönnte ihrem Näschen eine Line. Komischerweise war auch ich wieder bekleidet und verspürte ein ungutes Gefühl, als ich an die leere Betthälfte neben Michelle dachte. Natascha zog das Koks hoch und fragte, ob ich Lust hätte, in ein paar Tagen ein Konzert von ihr zu besuchen. Ohne nach-, zurück- oder vorzudenken, fragte ich, ob ich jemanden mitbringen dürfte. Natascha schaute etwas verdutzt, doch Melanie Melody™ stellte grinsend fest: „Du kleiner **PEEP** hast eine Freundin!"

ANGEL'S TITS UND MUSIK AUS DER DOSE

Der Morgen graute, als ich einem räudigen Erdmännchen gleich unter Michelles Bettdecke kroch. Schlechtes Gewissen legte sich dazu und hinderte mich am Einschlafen. Obendrein traumpalaverte Michelle von der CHMABL und einem *rosa flammenden Schwert der Reinheit* mit dem sie.., was ich nicht mehr verstand. Ich vergrub mich löffelnd in Michelles Kniehöhlen und log ihr leise ins Ohr, was Männer ihren Frauen flüstern, nachdem sie diese betrogen haben.

"I love u!"

Michelle seufzte und Leeloo peitschte mir ihren Zopf ins Gesicht. „**PEEP**! knurrte sie und David nagte an seiner Badehose.

FORWARD >>| (unzähliges Hin- und Herwälzen)

Michelle wachte auf und erkundigte sich nach meinem Verbleib in der letzten Nacht. Ich berichtete vom desaströsen Vorstellungsgespräch und dass mir danach eine alte Freundin meiner Schwester über den Weg gelaufen war, mit der ich zwischen ein paar Drinks die Zeit übersah. Für das gescheiterte Jobinterview brachte Michelle kein Mitgefühl auf, bezüglich meines Fernbleibens wurde ihr Ton auch nicht sanfter und sie ließ mich wissen, dass nächtliches Herumstreunen von mir, von ihr kein zweites Mal geduldet würde. Um nicht mehr Öl ins Feuer zu gießen, enthielt ich Michelle die Einladung zu Melanie Melodys™ Konzert.

FAST FORWARD >> >> | (ein Tag & wenig Text mit Michelle)

Mimi rief im Auftrag von Melanie Melodys™ Plattenfirma an und erwischte Michelle, die so über unsere Backstage-Pässe in Kenntnis gesetzt wurde.

FAST FORWARD >> >> | (zwei Tage & null Text mit Michelle)

Melanie Melodys™ Chauffeur holte uns in einer weißen Edelkutsche ab. Erst am Rücksitz sprach Michelle wieder und ich bemerkte, dass sie herausgeputzt war wie seit Ewigkeiten nicht. Das überzog sie mit lange vergessenem Glanz.

FORWARD >> | (ein paar Bussis am Rücksitz eines Cadillacs)

Abgesehen davon, dass, wie bei volksdümmlicher Musik üblich, das Konzert Playback war, wirkte es als reines Spektakel an sich durchaus interessant. Fans in Lederhosen und /innen in feschen Dirndln grölten, schunkelten, lachten und weinten zu Melanie Melodys™ Melodien aus der Dose. Ich machte mich über den Einheitslook ihrer Fans lustig, den aber Michelle nichts Außergewöhnliches abgewinnen konnte. Sie meinte, Metallica-Fans wären das Gleiche in Schwarz.

„Warum nennt sie gerade gerade Metallica als Beispiel?“, fragte David nervös.

„Puuuhhuuuuu! Weil sie alles weiß…“, ärgerte ihn Leeloo und kitzelte mit ihren Zöpfen seine Nackenhaare.

Nach der fünften Playback-Performance *Wenn Engel Diamanten weinen* setzten wir uns in den VIP-Bereich ab.

FORWARD >> | (Kaviar- und Lachsbrötchen, vier Bier und eine Flasche Moscato d'Asti)

Wir waren betrunken und amüsierten uns, weil sich im VIP-Bereich fast keine sehr wichtigen Personen auf-, jedoch viele dafür hielten. Die einzige mir bekannte Persönlichkeit war der Medienmogul Dirk Feldherr.

Melanie Melody^{TM} erschien im Stilmix aus vergoldetem Ausseer Dirndl und glamourösem Abendkleid, dessen Ausschnitt erst unter dem Bauchnabel aufhörte Blicke auf sich zu ziehen. Ihre Augen funkelten postkoital wie sonst nur bei Rockstars aufgrund von Adrenalin, körpereigenen Glückshormonen und chemischen Substanzen üblich. Nach einem ausgedehnten Bussi-links-und-Bussi-rechts-Gelage mit all den very important Personen und denen, die gerne um diese schwirren, kam Melanie Melody^{TM} auf uns zu. Michelle war von der Erscheinung des volksdümmlichen Musikstars eingeschüchtert. Doch Melanie Melody^{TM}, die gewohnt war, anderen Frauen alleine durch ihre Taille das Selbstbewusstsein zu rauben, gebar sich taktvoll. So wie es sich für eine *Celebritine*, die am Boden geblieben ist, gehört, schüttelte sie Michelle die Hand und flunkerte, schon viel von ihr gehört zu haben und dass ich mit keiner Silbe Michelles *fantastises* Aussehen erwähnt hätte. Dabei zwinkerte mir Natascha zu und ein Kleingespräch, das bis zuletzt die Stimmung innerhalb der CHMABL trüben sollte, nahm Anlauf.

Michelle: „Thanx!“

Melanie Melody^{TM}: „Und? Wie hat euch das Konzert gefallen?“

Michelle: „Die Brötchen waren yummy!“

Melanie Melodys^{TM} postkonzertuales Augenfunkeln erlosch.

Michelle: „Aber diese eine Song – ich hab vergessen wie der ging – war gar nicht so schlecht!“

Melanie MelodyTM zwitscherte: „Hello, my Name is Melody^{TM}?”

Michelle: „Ja, genau. Right!“

Beide schwiegen zu laut um nicht Nichts zu sagen.

Michelle: „Mein Fiance hat mir nie von dir erzählt!“

Melanie Melody™: „Ach!?! Das enttäust mich. Als Teenatser war er ja sehr in mich verliebt. Aber er hat sich nie getraut…Sade für ihn!“

Michelle lächelt: „Meinst du pride is stronger than love… oder… We all have our time machines. Some take us back, they're called memories. Some take us forward, they're called dreams.“

Beide verstummten noch lärmender als zuvor und ich verstand nicht, worüber sie sprachen.

Leeloo: „Dein Herz schlägt zu schnell.“

Ich: „Wollt ihr was zu trinken?“

Michelle: „Champagner!“

Ich: „Champagner?“

Michelle: „Champagner!“

Melanie Melody™: „Für mich keinen Sampus. Bekomm Halssmerzen von dem Zeugs. Ich will Ansel‘s Tit!“

Leeloo: „Warum ver**PEEP**t hat die nie einen Lieblingsdrink ohne SCH?“

Ich holte zwei Engelsbrüste.

| | PAUSE | |

Ein Angel‘s Tit besteht aus 3 cl Creme de Cacao (weiß), 3 cl Schlagobers, 3 cl Maraschino, Eiswürfel und einer **PEEP**tailkirsche. In einem Shaker wird diese Brühe in Eis aufgelöst, in eine Sektflöte gefüllt. Anschließend wird es etwa eine halbe Stunde ins Tiefkühlfach gestellt und mit einer **PEEP**tail-Kirsche auf und von einem Sahnehäubchen serviert.

< PLAY >

Weil sich Melanie Melody™ ihr Dekolleté zurecht rückte, drückte ich nur Michelle einen Angel’s Tit in die Hand.

„Du blöder Depp“, zischte Leeloo und Michelle

ignorierte meinen Affront, indem sie einen großen Schluck nahm und lallte:

„Munden son sehr künstlich an... deine Ansle´s Tits!"

David rief entsetzt: „Michelle!!!"

Natascha stocherte auf ihrer **PEEP**tail-Kirsche herum und musterte dabei Michelles Angel Tit, den sie knapp unterhalb ihres Ausschnitts hielt.

„Und noch dazu viel zu wenig!"

Michelle leerte ihren Angel's Tit in einem Zug. Melanie Melody™ zerbiss die Kirsche und entschuldigte sich: „Ich muss mal kurz dort rüber… Tsüss."

FORWARD >>| (eine halbe Stunde Herumsticheleien)

Nach einem ausgedehnten Wortgefecht drängte Michelle, unsere gegenseitigen Anschuldigungen[11], die schon zu lange zwischen uns schwelgten, zuhause detaillierter auszutragen. Am Weg nach draußen trafen wir aber nochmal auf Natascha mit Dirk Feldherr im Schlepptau. Melanie Melody™ stellte zuerst Michelle als die US-Freundin einer Jugendsünde und dann mich als die Jugendsünde itself vor. Michelle und ich wussten nichts Besseres als „Guten Abend" zu wispern. Herr Feldherr erkundigte sich bei Michelle in akzentfreiem Englisch, aus welcher Ecke der Staaten sie komme, wie lange sie schon im Lande sei, wie ihr Österreich gefalle, ob sie News & Tits läse und was ihre Profession sei. Natascha zwinkerte uns zu und erklärte, wir wären beide noch auf der Suche. Dann erinnerte sie Feldherr an etwas Spezielles, wegen dem sie

---

[11] Bestehend aus: Fremde Brüste begaffen, ständig alte Geschichten aufwärmen, die Nacht mit Melanie Melody™, engelsgleiche Brüste, Michelles Kontakt mit Becky Lee & Lou und Rev. JeSos, meine Gottlosigkeit, ihre Tätigkeit für die CHMABL und was ein rosarot flammendes Schwert der Reinheit ist.

noch Einiges bei ihm gut hätte. Leeloo kicherte und ihre Zöpfe wurden rot.

Feldherr musterte Michelle. Ohne den Blick von ihr abzuwenden, fragte er sie, mit seinem Daumen in meine Richtung deutend, was *den* so interessiere. Dann schaute er Natascha an und erzählte, dass News & Tits seinen Internetauftritt launche und er immer auf der Suche nach Neuem sei. Er zauberte einen Zettel hervor, kritzelte eine Nummer drauf und legte Michelle nahe, ich solle mich am nächsten Montag dort melden. Für sie und ihr unverbrauchtes *Gesichterl auf diesem bezaubernden Körper* ließe sich bestimmt auch etwas finden, fügte er hinzu. Ein zufriedenes Grinsen zog über Melanie Melodys™ Gesicht.

PRADA-ZÄPFCHEN, ZULA UND MEIN ERSTER JOB MIT BRÜSTEN

Der Portier schickte mich in das vorletzte Stockwerk des News & Tits Verlages. Ebene 8 war geräumig, stylisch und voll großbusiger Blondinen und Nichtblondinen, die emsig Dinge verrichteten ohne mich dabei wahrzunehmen. Zwei dieser humanoiden Büroaccessoires fielen mir dabei besonders auf. Eine unechte Blondine, die Blumen goss und dabei, wie in einem Prada-Zäpfchen-TV-Werbespot, den Hintern raus und den Oberkörper dazu im rechten Winkel streckte. Und dann noch eine echte Zula mit dick geflochtenem silbrigen Zopf, die küssende Gurami in einem Aquarium fütterte.

David entdeckte bei ihr Ähnlichkeiten mit Leeloo, wogegen Leeloo selbst Zulapotenzial bei dem Mädchen isolierte.

„Ist nur dieser dämliche Zopf“, murmelte David und verlor sich in den Tiefen des Aquariums.

| | PAUSE | |

Mit Ausnahme der Zula waren alle weiblichen Arbeitskräfte bei News & Tits unverschämt aufgemotzt. Leeloo vermutete News & Tits-Dienstverträge verpflichteten dazu und das Budget für Mitarbeiter-Entwicklung auf Ebene 8 würde in Eigenfettinjektionslippen oder Silikontitten gepumpt.

< PLAY >

Nach wie vor im Aquarium verloren, fragte sich David, warum ich dieses Silberzopfgirl der Prada-Zäpfchen-Blondine mit größeren Brüsten vorzöge.

„Lass mich in Ruhe!“, zischte ich.

„Ich mag, wie sie mit Fischen umgeht."

Und Leeloo beschützte mich mit vibrierenden Fragezeichen davor, den Dialog mit David fortzusetzen.

Die Prada-Zäpfchen-Dame stand mit Gießkanne vor mir und fragte: „Kann ich helfen?" und rief fast gleichzeitig dem Fische fütternden Mädchen zu.

„Zula, kümmere du dich um den! Die Mimosa pudica muss fertig gegossen werden."

Und so kam ein zulabares Mädchen, das auch Zula hieß, in meine Richtung getrabt, schaute mich mit *dich kenn ich doch von irgendwoher* Blick an, nieste und fragte:

„Hey! Wie kann ich helfen?"

Ich stotterte, ich sei Dirks Freund und solle auf der Ebene 8 warten.

„Ein Freund vom Feldherr? Kenn ich dich deshalb?", fragte sie.

„Eher nicht", antwortete ich, worauf sie indolent mit den Achseln zuckte und mich durch einen gigantischen Büroraum führte.

„Was ver**PEEP**t sind Prada-Zäpfchen?", murmelte David und Leeloo klärte ihn vergnügt auf.

„Die sind für gewöhnlich nur für ungewöhnlich reiche Menschen leistbar und werden rektal, wie es bei Marken-Suppositorien halt so ist, verabreicht. Durch das goldene Zäpfchen im **PEEP**loch fühlst du dich sofort besser, schöner, allen Zeitgenoss/innen überlegen und überhaupt fast so wie Gott. Dieser Effekt basiert aber ausschließlich auf Placebo. Außerdem gibt es diese analen Ego-Erheller mittlerweile auch von Gucci, Armani und all den anderen Marken für Menschen mit mehr Gespür für Geld als Stil."

„Die Marketingabteilung", erklärte Zula, als wir ein Büro mit Menschen passierten, die offensichtlich zu Konsumenten dieses Produkts zählten. Sie saßen mit

Zigarette im Mund und Kaffeetasse in der Hand da und diskutierten über Mini Cooper, In-Restaurants, Burnout, Greenpeace, Sushi, Lifeball, Buddhismus, Toskana, Yoga und Malediven.

„So will ich niemals werden!“, flüsterte ich Leeloo zu und griff ängstlich nach ihrer Hand.

„Hey!?“, schnaubte Zula und piekte mich mit einem Kugelschreiber in den Handrücken.

„Sorry!“, entschuldigte ich mich „Ich bin nervös!“

„Irgendetwas ist an dir…“, stellte sie fest und musste wieder niesen. Dann lächelte sie und klopfe an eine Glastür.

FORWARD >>| (dreißig Minuten)

Der Chefredakteur erzählte von sich und dem News & Tits Onlineangebot. Bei Kaffee und Zigarette erläuterte er die Herausforderungen und Verantwortung, die ich als Online-Redakteur für den Erotik-Channel haben würde. Und ich sah mich auf Firmenpartys, umringt von News & Tits Models, Angel‘s Tits schlürfen, bis sich die Miene meines möglichen Chefs verfinsterte. Eine Augenbraue senkte sich, während die andere sich hob. Dann gab er mir zu verstehen, dass es unzählige andere Bewerber gäbe, die für diese Stelle besser qualifiziert wären. In meiner erhofften Welt zerschellten Angel‘s Tits klirrend am Boden und meine Models lachten mich aus.

„Aber des Feldherrn Wünschen nicht Folge zu leisten, ist wie in die Luft kotzen!“, seufzte er, schlug mit der flachen Hand auf den Tisch und fragte ob ich mit 28.000 Schilling netto zufrieden wäre. Ich suchte nach einem passenden Wort, das nach Ja klingen sollte, aber mein Chef kam mir zuvor und murrte: „Okay, dreißig!“

FORWARD >>| (sieben Minuten)

„Nächste Woche geht's los."

„Super!"

„Ja!"

„Übrigens, ich bin die Uschi...", sagte sie, „...aber alle nennen mich Zula" und nieste.

Auf dem Weg zur HR-Abteilung begegnete uns Dirk Feldhorr. Ich grüßte ihn erfreut und wollte mich bedanken. Doch er beobachtete lieber Luftballons, die vor einem Fenster vorbei flogen, kratzte sich irritiert am Hintern und ging weiter. Uschi meinte:

„Er hat viele Freunde, die er nicht kennt. Mich hat er jeden Tag noch nie gesehen!"

Leeloo boxte mich in den Bauch und flüsterte: „Ich glaub, ich bin verliebt."

David spielte gleichgültig mit einem Gurami im Aquarium. „Alte Gewohnheiten", blubberte er.

FAST FORWARD >> >>| (ein paar Wochen)

Der Job bei News & Tits gefiel mir. Mein Aufgabengebiet bestand aus Internetrecherche (Yahoo, Altavista oder Webcrawler), Nacktbilder weiblicher Models, die ich herunterlud, mit kleinen feinen Texten zu garnieren und auf www.newsandtits.at zu stellen. Zusätzlich initiierte ich Gewinnspiele, bei denen Brüste ob ihrer Künstlich- oder Natürlichkeit beurteilt werden mussten. Dieser Job barg aber einen schleichenden Suchtfaktor, der mich im Laufe der Zeit mehr und mehr dazu veranlasste, Arbeit nach Hause zu bringen. Außerdem störte mich der mangelnde Kontakt zu den verlagsinternen Models, die ich liebevoll betextete. Persönlicher Umgang mit sogenannten VI Models, die von News & Tits Coverseiten runter **PEEP**ten, war mir und meinem Ego nie vergönnt. Diese Titelblatt**PEEP**en waren VIP-Events der Chefredaktion und dem Management ab Ebene 9 vorbehalten. Auf Ebene

8 hatte man am ehesten als Printjournalist die Chance, bei einem VI Shooting ein VI Model und ihren für die damalige Zeit revolutionären Landingstrip zu erspähen.

| | PAUSE | |

Wäre Leeloo noch bei mir, schnalzte sie mit ihrem Zopf auf meine Nase und rügte mich, weil ich es nicht lassen kann, bei jeder Gelegenheit rasierte **PEEP**s zu thematisieren.

„Na und?", würde ich motzen, „Dieses Thema ist halt spannend, außerdem interessierte meine Lebensgeschichte niemanden, ginge es bei Pferdenasen nur um Nüstern eines bei Mädchen überaus populären Reittiers."

< PLAY >

Als Erotik-Online-Redakteur fühlte ich mich geradezu verpflichtet, dieses haarlose Phänomen zu thematisieren und verfasste einen wissenschaftlichen Artikel. Dieser ging aber eher in die Hose; der Chefredakteur nannte ihn *schlichtweg Hirnkotze*. Ich war meiner Zeit einfach zu weit voraus. So wie Mozart auf seinem Gebiet als Virtuose gilt, war ich es auf meinem.

| | PAUSE | | Der Artikel

Schritt für Schritt zur Pferdenase. Eine anthropologische Zeitreise zwischen die Beine der Frau.

Uralte und coole Kulturen, wie die der Ägypter, wussten bereits vor tausenden von Jahren ihre haarigen Probleme zu lösen. So entlarven alte Grabmalereien einige Sklavinnen, nur mit Perlengürtel bekleidet, vor ihren Pharaonen tanzend, als Pferdenasen. Und etwas später im Mittelalter brachte der Islam viel Gutes, denn mit seiner Streuung wurden rasierte **PEEP**s in weiten Teilen Nordafrikas, im Mittleren Osten und in Südeuropa hip. In den Serails moslemischer Herrscher lebten sogar speziell ausgebildete Eunuchen, die den Konkubinen täglich und gerne ihre Körper rasierten. Obwohl dabei hygienische Motive im Vordergrund standen, stiegen Pferdenasen zwischen all den Kreatin-Hornfäden schließlich als Schönheitsideal empor. Darum spielt heutzutage in Ländern mit ausreichend sanitären Einrichtungen Sauberkeit im Kontext mit Pferdenasen keine bedeutende Rolle mehr. Übrig geblieben ist pure Ästhetik, was bedeutet, dass **PEEP**uell aktiven Menschen des westlichen Kulturkreises bis in die 90er nicht viel Ästhetik vergönnt war. Alte Soft- und Hardcore-Erotikfilme aus den 70ern und 80ern bezeugen das als grauenhafte Zeitdokumente.

In der zweiten Hälfte des letzten Jahrhunderts agierte der Bikini als Entwicklungshelfer der Pferdenasen. Mit seinem Aufkommen wurden kleine Schritte in Richtung Haarentfernung und große für die Weiblichkeit gesetzt. Denn Nachkriegs-Sonnenanbeterinnen, die immer mehr weniger verhüllt in öffentlichen Badeanstalten zu sichten waren, fanden sich durch diesen winzigen Zweiteiler in einer mehr als haarigen Situation wieder und trimmten ihre Bikini-Zone. Dennoch setzten sich Pferdenasen erst Anfang des 21. Jahrhunderts durch – das Internet half dabei als globaler Katalysator. Eine Korrelation mit zunehmenden Internetanschlüssen und dem Trend zu Pferdenasen ist belegbar. Dazu veröffentlichte Ende der 90er Jahre ein Frauenarzt eine beeindruckende Studie: *The Net between the female legs*.

Letztendlich konnte ich durch ein spezielles, von mir entwickeltes Verfahren, gestützt auf Bildanalysen, die lendennahe Haarbeschaffenheit aller *Playmates of the Month* seit Dezember 1953 genau unter die Lupe nehmen und einen deutlichen Trend ab den 80ern nachweisen. So brachte meine Bildanalyse bei Deanna Baker (Miss May

1972) und Jamie Westenhiser (Miss May 2005) 150 cm^2 Unterschied an Körperbehaarung zwischen ihren Beinen zu Tage. Das ist viel, in Anbetracht der Tatsache, dass Jamie nicht mal eine hundertprozentige Pferdenase war, jedoch einen anbetungswürdigen Landingstrip besaß.

!ERROR!

„Warum immer nur Miss Mai? Auch andere Monate haben schöne Missen!“, fragte mich Leeloo und flocht sich einen Zopf.

| | PAUSE | | Weiter…

Internet und Pferdenasen hatten sich gegenseitig befruchtet. Laut CIA wurden in den Jahren zwischen 1994 und 2000 Bilder von sanften Pferdenasen und haarigen Schweinsrüsseln im Verhältnis von 92 zu 7 downgeloadet. Ein Trend, der früh von Internet-Nackt-Models erkannt und übernommen wurde. So gab es im Cyberspace bald nur noch rasierte **PEEP**s zu sichten und ihr Ansehen in der Welt stieg rasant. Das IIUB ging sogar davon aus, dass 99,9 % aller Userinnen zwischen 14 und 46 einmal im Monat im World Wide Web ein Nacktbild aufrufen, um sich bezüglich der *Wie habe ich als Frau nackt auszusehen-Frage*? up-to-date zu halten. Männer laden sich im Monat durchschnittlich 9348 Nacktbilder von rasierten Cyberfräuleins aus dem Netz. Frauen, die dem keinen Glauben schenken, sollten den PC ihres Partners einmal etwas genauer inspizieren.

Es gibt nach wie vor kritische Stimmen, die Pferdenasen mit fadenscheinigen Argumenten wie nachgeholtes Erlebnis der nie bewusst gelebten Unschuld, Lolita-Komplex oder gar pädophile Tendenzen totschlagen wollen. Weiter bewerten sie eine Wechselbeziehung von Internet und Pferdenasen als absurd und an den Haaren herbeizogen, da seit Jahrzehnten Magazine mit hüllenlosen Frauenkörpern erwerbbar sind. Das ist jedoch unerheblich, da erst das Internet der kritischen Masse – wie im Marketing so schön gesagt wird[12] – ermöglicht hat, Millionen von Bildern kostenlos und anonym aus dem virtuellen Raum zu saugen. Es öffnete die Pforten in die Welt der **PEEP**s, ist aber dennoch nichts anderes als eine gigantische Datenbank, bestehend aus **PEEP** und Titten. Darum dürfen Pferdenasen durchaus als die bedeutendste Triebfeder zum Erfolg des weltweiten Netzes erwähnt werden.

< PLAY >

Ein weiterer negativer Aspekt meines Jobs waren Kollegen vom Marketing. Drei davon versuchten mir meine kleine **PEEP**-WWWelt vor dem großen Bildschirm zu vermiesen. Diese Kerle, die sich gestern im BunnyClub vor Angst in die Hose gemacht haben, nannte ich mit durchaus böswilliger Absicht: I, Maus, der Bürohengst und Pfeife!

I mochte Bodybuilding, Hip-Hop (den er von News & Tits Musik-Redakteuren empfohlen bekam), schöne Frauen auf Hochglanzmagazinen und besonders sich selbst. I war überzeugt, der einzige Hetero auf unserem Planeten zu sein, der die mondäne Genialität besaß, sich wie ein Homo zu kleiden. Waren *Chickies* in seiner Nähe, bediente sich I einer übersüßten Wortwahl. Fast alles, das aus seinen Lippen plumpste, wurde durch „i" ergänzt. I glaubte bei einem *Hasi* damit besser zu punkten. So wurde bei I aus Super „Supi", aus Bier „Bierli" und aus **PEEP** „Schatzi".
Maus, den Bürohengst plagten andere Probleme – er war klein. So klein, dass er ständig der Größte sein wollte. Maus,

---

12 „Interessant, dass gerade das, was im Marketing als kritische Masse bezeichnet wird, besonders unkritisch ist!“, meinte Leeloo einmal nachdenklich und flocht sich die Zöpfe.

der Bürohengst glich einer DNA-geschädigten italienischen Spitzmaus, die griesgrämig lächelte, da sie im Schatten anderer die Sonne nicht sehen konnte. Außerdem mochte Maus, der Bürohengst ebenfalls Hip-Hop und litt an einer besonders stark ausgeprägten Form des **PEEP**neids.

| | PAUSE | |

PEEPneid der Männer hat wenig mit von Freud den Frauen angedichteten **PEEP**neid gemein. Der **PEEP**neid von Maus, dem Bürohengst war Missgunst auf einen zu ihm in **PEEP**ueller Konkurrenz stehenden anderen. Im Falle von Maus, dem Bürohengst offenbarte sich sein **PEEP**neid durch missvergnügte Blicke, Nachspionieren und unnötige Kommentare, wenn zum Beispiel Uschi mit mir redete oder sie mir zulächelte.

„Ihr Testosteronzicken unterstellt uns Stutenbissigkeit!", schnaubte Leeloo wie ein Pferdchen mit geflochtenen Zöpfchen, dem Haare auf der Nase wachsen.

Nicht zu guter Letzt war da noch Pfeife, der auf untrügliche Weise der Harmloseste und Gefährlichste zugleich war. Er mochte Hip-Hop und versuchte permanent I und Maus, den Bürohengst zu kopieren. Was seine Farblosigkeit verblassen ließ, war sein Stottern, wenn er nervös wurde und das nervige Pfeifen, wenn er sich konzentrierte.

Wenn I, Maus, der Bürohengst und Pfeife zusammen waren, brachten sie ihr kollektives Ego dadurch in Schwung, jede Person in ihrem Umfeld darüber in Kenntnis zu setzen, mit welcher B- und C-Prominenz sie in angesagten Wiener Clubs reden durften. Außerdem verband sie ihr *Ding* zu Hip-Hop, was ihnen letztendlich zum Verhängnis werden und meine Hinrichtung durch Michelle vereiteln sollte.

FORWARD, REWIND, PAUSE, RE-PLAY UND ERROR

Meine Arbeit folgte mir mehr und mehr nach Hause und ich legte Bilder der downgeloadeten Missen, alphabetisch nach Namen sortiert, auf unseren PC in Folder ab, die hießen:

- Formel1
- WM-Fußbälle sortiert nach Ländern
- Kampfflugzeuge
- Science-Fiction
- Biersorten
- Fotos Mama und Oma
- Fantasy

Beim Homeworking saß Leeloo auf dem Fensterbrett und fragte jedes Mal, was ich an *denen* fände. Sie forderte: „Schau mich an und hol dir endlich eine Zula!"

David trank immer öfter ein paar Tropfen zu viel und beachtete mich nur noch, wenn eine seiner ehemaligen Schauspielkolleginnen nackt auf meinem Computerbildschirm aufpoppte. Dann tauchte er tief in Nostalgie, der er durch den Moonwalk Ausdruck verlieh und beseufzte die Zeit bei Baywatch als zu lange vergangen.

FAST FORWARD >> >>| (ein Jahr und zwei Gigabyte Nacktbilder)

Michelle erledigte online ein paar CHMABLige Realestate-Angelegenheiten, als es an der Tür klingelte. Da ich nicht wollte, ging sie nachschauen, wer uns zu dieser Stunde noch störte. So konnte ich noch schnell einen Download des gerade amtierenden Playmate des Monats, Jennifer Walcott, abschließen. Als ich *Save ass* klickte, drang aufgebrachtes Diskutieren aus dem Vorraum. Gleich darauf stand eine um zwanzig Kilo gealterte Xalvadora vor mir.

!ERROR!

Ver**PEEP**te **PEEP**! Jetzt bin ich mir nicht mehr sicher, ob alles wirklich so war, wie es mir jetzt scheint. Viel vergaß ich zu erwähnen. Es passierte natürlich mehr als am Computer sitzen und Nacktbilder in den Tiefen der Festplatte zu versenken.

|<< REWIND (weniger als ein Jahr)

„Übrigens, ich bin Uschi…“, sagte Ursula, „…aber alle nennen mich Zula!“ Und nachdem mich Dirk Feldherr ignoriert hatte, weil er lieber Luftballons beim Vorbeifliegen am Fenster beobachtete, boxte mir Leeloo in die Magengrube und flüsterte: „Ich glaub ich bin verliebt!“

Wäre mein Leben ein schlechter Fernsehfilm, gäbe es ein Fade Out und ein Prada-Zäpfchen-TV-Werbespot flimmerte über des Rezipienten gelähmte Visage. Und der ginge so:

|| PAUSE ||

Mittelalter! Ein junges Mädchen in zerrissenen Lumpen ist über einem Scheiterhaufen an einen Pfahl gefesselt. Wütende Menschen, alle in Prada verhüllt, bespucken und verhöhnen sie. Dieser Designer-Mob schimpft sie stillose Hexe und gottlose Individualistin. Ein Henker, der aussieht wie ein Unterwäschemodel in zu viel Wäsche, steckt den Scheiterhaufen unter tosendem Jubel der Menge in Brand.

Fade Out! Das Mädchen am Scheiterhaufen wird aus ihrem schrecklichen Tagtraum gerissen. Sie steht im Büro und füttert rosa Gurami in einem Aquarium. Dabei wird ihr Hintern durch eine eigenwillige Kamerafahrt besonders zur

Geltung gebracht. Einer der Gurami beginnt zu knurren und bedroht sie mit einer Fackel. Doch das Mädchen lächelt cool in die Kamera, öffnet ihr kleines Prada-Täschchen und holt ein goldenes Zäpfchen hervor, dessen Logo verchromte Herzen schneller schlagen lässt. Dieses verschwindet, begleitet von einem angenehmen Plop, unter ihrem kurzen Rock, sie stöhnt kurz und zufrieden auf und wendet sich an die Zielgruppe: „Schützt vor sozialer Ächtung und macht Träume wahr!“

Fade Out! Das Mädchen sitzt mit einer Krone, deren Zacken goldenen Zäpfchen ähneln, auf einem Thron und schmaust einen gebratenen Gurami. Der Mann, der in der ersten Szene noch ihr Henker war, wäscht ihre Füße und der Mob betet sie an. Dann wird ein Text eingeblendet:

"Never stop trying to be less than you really are!"

|<< REWIND (Jahre zurück zum Tiefkühlfach)

Ich befand mich im Supermarkt und war sauer, weil die älteste Schwester Tampons (aber nur MMCL) auf meine Einkaufliste geschmuggelt hatte. Doch dann erschien dieses Mädchen aus dem Mutterschiff und leuchtete meine Stimmung hell aus. Sie schaltete mir alles, was mir an Wahrnehmung zur Verfügung stand, frei. Wahrlich, sie war eine leibhaftige Zula, so wie sie mich, mit fettarmer Milch an sich gepresst, neben frischem Gemüse anlächelte und feststellte: „Wenn wir Pferde wären,…“

„Oh my…!“, unterbrach jemand diesen zulamäßigen Annäherungsversuch und Michelle richtete eine knallrote Chili-Schote wie eine Pistole auf mich.

„… you‘re the punk from the U-Bahn in Wien!“ und Michelle seufzte: „Are you following me?!“ Und dann passierte das alles verändernde Standbild.

| | Das alles verändernde Standbild | |

Vor mir, neben frischem Gemüse, ein zulabares Mädchen und hinter mir Michelle bei getrockneten Tomaten.

| | PAUSE | | !ERROR!

PEEP, PEEP, PEEP… Warum sterben sie immer alle?

|<< REWIND und PLAY

Zwischen einem Mädchen, das eine Zula hätte sein können, und einer Frau, die mich für einen stalkenden Penner hielt und die in ferner Zukunft zur Godmother der CHMABL aufsteigen würde, stand ich im Supermarkt. Weil ich nicht wusste, wie ich inmitten der beiden zu reagieren hatte, dachte ich an Zebras, die in Zeitlupe rückwärts laufen und wandte mich von der, die es nie über eine Liebesabschnittspartnerin hinaus schaffen würde, weg und hin zu der neben dem Gemüse. Und die begriff, was ich für sie sein konnte und erstrahlte heller als eine kleine Galaxie. Doch das wurde durch „Schatz! Es ist nicht so, wie es aussieht! Susi ist nur meine hübsche Assistentin!“ abrupt unterbrochen.

Ein glatzköpfiger, untersetzter Fünfzigpluser, mit aus der Gesäßtasche hängendem Porsche-Schlüsselanhänger zitterte zwischen Sprudelwein und Dosenbier vor sich hin. In der einen Hand eine Flasche Prosecco und eine sehr junge Susi in der anderen. Vor dem Gefrierfach tauchte eine mit allerlei Schmuck behangene Dame auf, die das Pärchen mit Blicken festhielt, welches sich wiederum wie Matrosen an Segelmasten an eine Flasche Prosecco klammerte und die erste Sturmwelle eines herankommenden Schimpftiraden-Gewitters abwartete.

Alles drehte und bewegte sich um uns und ein Schrei des Zorns kroch das Gefrierfach entlang, der sich so gruselig anhörte, dass man fürchten musste, all die gefrorenen Speisetiere darin würden zurück ins Leben gerufen. Dieser sirenenhafte Laut der Gehörnten bohrte sich mit eisiger Kälte in die Gehörgänge aller Beobachter und vor allem in die ihres Angetrauten. Dieser war nämlich einfältig genug, mit der hübschen Susi im gleichen Supermarkt, in dem seine Ehefrau für ihn seit Jahren Fleisch, Bier und Klopapier besorgte, Zutaten für einen romantischen Abend, an dem er mit heimlich eingeworfenem Viagra seine achtzehnjährige Assistentin beeindrucken wollte, einzukaufen.

„Du kleine **PEEP PEEP PEEP**!!! Du kleine, kleine **PEEP PEEP**!! Du kleine, kleine, kleine **PEEP**!“, kreischte die Betrogene so schrill, dass die Flasche Sprudelwein zwischen den Griffeln des Mannes und seiner jungen Susi zersprang und der Inhalt ohne seiner Bestimmung gerecht zu werden, schäumend auf den Supermarktboden platschte. Dann fingerte die Hintergangene unter Ausstoß weiterer **PEEP**, **PEEP** und **PEEP**s im Gefrierfach herum. Ihre Stimme klang dabei, als hätte sie einem kleinen Kind den Helium-Luftballon gestohlen und daran ausgiebig genuckelt.

Das zulahafte Mädchen rief mir zu: „Hey! Lass uns verschwinden!“, als die Gehörnte unter lautem Klimpern ihrer Armringe ein gefrorenes Huhn (ein Ganzes wohlgemerkt) aus dem Tiefkühlfach schnappte. Das schleuderte sie in Richtung ihres Ehegatten und seiner Susi. Alle Beobachter dieses Schauspiels standen aufgereiht in der Schusslinie. Susi zog den Kopf ein und das Huhn flog wie ein Projektil aus der *Matrix* über den Ehemann hinweg. Michelle rettete sich mit einem Sprung in eine Wühlbox voller Schokoriegel-Sonderangebote. Ich vernahm ein Pfeifen in meinen Ohren, gefolgt von einem dumpfen Knacksen und einer dunklen Stille. Dann blickten vier geschockte Augenpaare durch mich hindurch, auf etwas, das sich hinter mir befand. Ich drehte mich um und musste eine regungslose Zula in einer Lacke Milch, die sich langsam mit Blut vermengte, liegen sehen. Neben ihr ein Manuskript.

FORWARD >>| (zur Schlagzeile) || PAUSE ||

Das war eine Topstory und dieser skurrile Tod wurde in News & Tits mit der Schlagzeile *Nummer 194 der 1.000 wichtigsten Österreicherinnen durch Tiefkühlhuhn erschlagen.* Wie es wirklich war! aufgemacht. Aus dem Artikel erfuhr ich den Namen der Toten. Lina Morgenstern galt als aufstrebende Kinderbuchautorin, die mit ihrer *Elfi, die Elfe*-Reihe bereits beachtliche kommerzielle Erfolge verbucht hatte und seit Monaten eifrig an einem ernsthaften Roman mit dem Titel *Raunächte* arbeitete.

< PLAY > & |<< REWIND (zu einer erschlagenen Zula)

Michelle kam aus der Wühlbox der Sonderangebote gekrochen. Ich setzte mich neben sie und pflückte ihr einen Schokoriegel aus den Haaren. Noch im Schockzustand verweilend beobachteten wir eine Angestellte aus der Feinkostabteilung beim aussichtslosen Versuch, meiner Zula wieder Leben einzuhauchen. Die Tiefkühlhuhn-Mörderin war fern all ihrer Sinne und kramte unter Klimpern ihrer Klunker weiter im Tiefkühlfach herum. Sie beschwerte sich über die Preise, der darin ruhenden Speiselebewesen und verlangte mit ihrer schwächlichen Stimme nach dem Geschäftsführer. Die junge hübsche Susi suchte heulend an der Schulter ihres Liebhabers Schutz, der trostspendend ihren Hintern kraulte.

FORWARD >>| (50 Minuten)

Die Frau ließ sich ohne Gegenwehr von der Polizei abführen. Susis Vater kam angestürmt und schwor dem kleinen, kahlen Elend mit Porsche, ihn *bei Gott* wegen **PEEP** mit einer Minderjährigen hinter schwedische Gardinen zu bringen. Der wurde panisch, beruhigte sich aber schnell und schluchzend am Busen einer jungen, attraktiven Psychologin, die für uns traumatisierte Beobachter zugezogen worden war. Nachdem die leblose Lina aus dem Supermarkt entfernt und das Blut mit einem Mob aufgewischt war, wurden Michelle und ich aufs Polizeirevier gebeten.

Nach der Zeugeneinvernahme erklärte ich Michelle das U-Bahn-Missverständnis und kramte ihre kleine Bibel aus meinem Rucksack. Sie wollte *alles*, inklusive des Supermarkt-Erlebnisses, bei einem Glas *sweet white* Wein verarbeiten. Ich schlug meine Lieblingsbar vor und hoffte, mit ihr über den Verlust meines Traummädchens reden und anstatt süßen Weißweins Bier trinken zu können.

Im Mutterschiff stürzten wir uns in intensive Debatten über das Sein, Tier-Bodenhaltung und den Tod. Michelle outete sich als Mitglied der christlichen Freikirche der Baptisten und erklärte die Bibel als alleinige Richtschnur für ihr Leben.

FAST FORWARD ->>| (eine Woche)

Über nur ein halbes Ohr in sie verliebt, brach ich mit Michelle zu einem Österreich-Cruise auf, weil sie mehr von diesem *tiny winy* Land sehen wollte, bevor sie **PEEP**ing entdeckte und mit einer Mission in die Staaten zurückkehrte.

|| PAUSE ||

Erst seit ein paar Tagen ist mir klar, was Michelle mit ihrer Geschichte vom rosa Erdmännchen gemeint hatte. Aber nie hätte ich vermutet, dass sie mich nur für ihre Zwecke benutzte.

PEARLY GATES, PIERCINGS UND TODBRINGENDE PFERDENASEN

FAST FORWARD ->> ->>| & < PLAY > Ein paar Tage bevor F... U... C... K... I... N... G... verdampft

Ich steckte nach wie vor im Supermann-Kostüm, das Uschi genäht hatte und der Schweinerüssel auf meiner Nase erschwerte mir das Atmen. Meine Augen waren verklebt durch den rosa Rauch, der zuvor in unsere Wohnung gepumpt worden war. Auf der Innenseite meiner Augenlider waren Uschis schwarze Flossen mit gelben Punkten, leblos über den Badewannenrand baumelnd, eingebrannt. Langsam öffnete ich die Augen und nach unzähligen Jahren wüteten Michelles Konturen wieder auf meiner Netzhaut. Mein Ex-Girlfriend war durch rosa Kontaktlinsen und optische Modifizierungen stark aufgeschmeichelt. Außerdem umhüllte sie eine rosige Aura, die nach Erdbeeren roch. Derselbe Duft, der schon in Amsterdam Verderbnis ankündigte.

Michelle saß kerzengerade, schillernd in ihrer Aurawolke, auf einem flaumig-flauschig schwarzen, mit rosa Ornamenten verzierten Sofa und ließ ihre Arme auf dessen kunsthaarigen Lehnen ruhen. Während Becky Lee, meine ehemalige Tutorin konzentriert Michelles Bluse aufknöpfte, fixierte mich Michelle. Neben den beiden blubberte lautlos eine erdbeerförmige Lavalampe, in der sich eigentümliche Formationen gemütlich bewegten. Und ich erkannte, wo wir unser Wiedersehen zelebrierten: in einem der legendären Heaven's Gates[13].

Mir graute vor den Schmetterlingen, die ich seit dem Amsterdamer Samstag nicht mehr gesehen hatte und die nun mit bis zur Unkenntlichkeit verbrannten Gesichtern tot

---

[13] Anmerkung meines ikonischen Gedächtnisses: Diese CHMABL-Kirchen waren Barbie-Häusern sehr ähnlich.

vor mir auf dem Boden lagen. Durch ihren leblosen Zustand ließen sie mich spüren, dass Unheilvolles erst im Begriff war, aufzubrechen. Ich konnte meine Situation kaum einschätzen, noch weniger einen Kommentar dazu abgeben, da Leeloo und David seit der Bombenexplosion in Amsterdam nicht mehr bei mir waren.

| | PAUSE | |

Eigentlich hätte ich mich geehrt fühlen sollen, mit einer der beiden Beckys im selben Raum sein zu dürfen. Immerhin waren sie zu internationalen Superstars herangewachsen. Ihre Reality-TV-Show *Personal Jesus* zählte nach Baywatch und **PEEP** in the City zu den erfolgreichsten TV-Produktionen der Welt und machte sie rund um den Globus berühmt.

Ein paar Monate nachdem ich vor der US-Justitia geflüchtet war, bekamen Becky Lee & Lou eine Talkshow bei einem christlichen Lokalsender in Buffalo. Dort wurden die beiden in ihren Superstring-Jeans, wider dem herkömmlichen christlichen Moralverständnis, schnell Kult. PR-Fachleute bezeichneten diese special Jeans als Motor ihres Erfolges. Ihre textilfreien **PEEP**backen wurden als marketingtechnische Glanzstücke stilisiert und die Erdbeer- und Chili-T-Shirts wurden von Prada sogar kopiert. So wurden Becky Lee & Lou schnell als *Hottest TV-Hosts ever seen on TV*, wie News & Tits vom People Magazin abschrieb, gefeiert. Die Art und Weise, wie sie über ihre christliche Sendung verlorene Seelen einfingen, interessierte dabei niemanden. Nur The Body war beziehungsweise is the Message, wie der Medientheoretiker Marshall McLuhan so treffend postulierte.

Becky Lee & Lou hosteten *No Dirty Small Potatoes*! In dieser trashigen Talkshow wurde mit Unzucht und anderen unchristlichen Schweinereien hart ins Gericht gegangen. Showgäste und Publikum waren größtenteils männlich, eher aus tiefergelegten Sozialschichten, hießen Jimmy, Willie, Billy oder Bob und waren der Rhetorik als auch dem Anblick der Beckys in Superstring-Jeans wehrlos untergeben.

Durch eine legendär gewordene Ausstrahlung, in der Becky Lou, meine ehemalige Kommunikationstherapeutin einen vom Teufel gerittenen Billy Bob, dessen Besessenheit medizinisch betrachtet als Tourette-Syndrom durchgegangen wäre, mit der von ihr entwickelten Hypnosetechnik MBC geheilt hat, erklomm No Dirty Small Potatoes! seinen Höhepunkt. Seit diesem Sendehighlight, das Becky Lee mit einem lasziven Tanz begleitete, kam nie wieder ein unartiges Wort aus Billy Bob hervorgestoßen. Seit dieser live TV-Heilung sang er nur noch Halleluja, wenn ihm zum Beispiel **PEEP** entfleuchte. Weil Billy Bob streng gläubiger Atheist war, der eigentlich nur die most beautiful tits ever seen on TV, wie Hustler schrieb, zum Greifen nahe beäugen wollte, störte ihn das Halleluja mehr als alle Schimpfwörter, die seiner neuropsychiatrischen Erkrankung noch bis vor Kurzem Ausdruck verliehen hatten. Darum verabschiedete sich Billy Bob von Becky Lee & Lou inklusive applaudierendem Publikum mit einem herzlichen „Halleluja You“ und stürmte wutentbrannt aus dem Studio.

In Psychologen-Kreisen sorgte diese TV-Heilung für herbe Kritik, was Becky Lou damit abtat, im Auftrag eines höheren Wesens zu agieren, das um den gesamten Erdball Gott, Jahwe, Al-Mumiit, Vishnu, Tyr, Anfänger und Vollender des Glaubens, Jehova, Allah, Herr, Brahma, Haupt jedes Fürstentums und jeder Gewalt, Al-Djabbaar, Melusine, Licht der Welt, Al-Qahhaar, den Namen, den niemand kennt, als nur er selbst, Al-Hakam, Saraswati, Al-

Matiin und Der Anfang und das Ende gerufen wird.

Leeloos Zöpfe standen waagrecht weg und sie fand, ich wäre im Vergleich zu Billy Bobs Halleluja mit **PEEP** gut ausgestiegen.

Ein großer US-Sender wurde schließlich auf die Beckys aufmerksam und bot ihnen an, eine nationale TV-Show zu hosten. Becky Lee & Lou waren sich ihres Mediavalues bewusst und zauberten ein Konzept aus dem Ärmel, das aufgrund ihres freizügigen Auftretens etwas adaptiert wurde, um massentauglich zu werden. Gemeinsam mit dem Sender schufen sie innerhalb von nur sieben Tagen ein Reality-Format, das sich *Personal Jesus* nannte.

In *PJ* residierten Becky Lee & Lou im *Pearly Gates*, einem Penthouse, das an 70er-Jahre-pornstyle-Glamour erinnerte und später den Stil von Heaven's Gate beeinflussen sollte. Das Inventar war gegenwärtigen Lifestyle- und diktierten Ästhetiknormen angepasst. Trotz viel Rosa wirkte das Set dieses Gottes-TV-Dachgeschoßes mit Swimmingpool und sonst so allerlei Luxus-Schnickschnack ziemlich cool. Nur die Signation von Personal Jesus war nicht besonders innovativ. Diese wurde dem gleichnamigen Hit von Depeche Mode entliehen, der später von Melanie Melody™ für den deutschsprachigen Ableger der Show neu eingespielt wurde.

Das Konzept von Personal Jesus war einfach. Weibliche B-, C- und P-Prominenz wurde ins Pearly Gates eingeladen, um dort von Becky Lee & Lou sieben Tage lang bekehrt und vor dem Fegefeuer gerettet zu werden. Die zwölf Starlets, auferstanden aus den Tiefen der medialen Vergessenheit, waren Pornostars mit Sympathiefaktor und schriller Stimme, Playmates mit hohem IQ und Liebeskummer oder gefallene Musikstars beziehungsweise

Schauspielerinnen mit unwesentlichen Alkohol- und Drogenproblemen. Vor ihren Auftritten wurden, wenn nicht ohnehin schon vorhanden, plastische Modifikationen vollzogen, um das Kamerakarma der Kandidatinnen ins rechte Studiolicht zu rücken. Um das Massenpublikum nicht zu überfordern, war PJ, wie bei fortschrittlichen TV-Produktionen eben üblich, sehr einfach gestrickt. Es basierte auf drei Säulen: Versuchung, Girlietalk und Tipps fürs ewige Leben.

Bei der Versuchung wurden PJ-Kandidatinnen Verlockungen durch den von Ben Affleck dargestellten Teufel präsentiert, denen es zu widerstehen galt. Eine dieser Versuchungen bestand beispielsweise darin, einer Demoteilnahme gegen die Tierpelzindustrie zu widerstehen, obwohl dafür vom Fürsten der Finsternis ein Interview auf CNN und ein teurer Nerz versprochen wurden.

Beim Girlietalk wurden, inmitten luxuriösen Interieurs, glaubenstreue Themen angeschnitten, die sich darauf reduzierten, ob Jesus Maria Magdalena liebte und welcher Jünger hottest war oder ob Judas homo**PEEP**uell war, weil nur Fags imstande wären, Christus aufgrund unerwiderter Liebe an die Juden zu verraten. Girlietalks fanden während Botox-Behandlungen, im Swimmingpool, bei einer Jesusbowle, beim Shoppen von Prada-Klamotten[14] unter Erdbeermasken, beim Beten um neue Filmrollen vor dem Schlafengehen, während Brust- und Po-Workouts, die ein Trainer coachte, der aussah wie Johannes der Täufer, zwischen rosa Polsterschlachten, beim Trinken bunter Frucht**PEEP**tails oder am Klo, das die Funktion eines Beichtstuhles inne hatte, statt.

---

[14] Prada war der Hauptsponsor von Personal Jesus und vermarktete exklusiv die Superstring-Jeans von Becky Lee & Lou.

Die Tipps fürs ewige Leben beinhalteten Ratschläge von Becky Lee & Lou für ein modebewusstes Dies- und Jenseits. Dabei erfuhr man unter anderem wie Frau sich **PEEP**y und doch züchtig kleidet oder warum nie ungestylt gestorben werden sollte.

Das vermeintliche Ziel der Sendung, den Messias in sich selbst zu entdecken, war für die Kandidatinnen belanglos, da sie viel lieber vom Publikum oder Produzenten wiederentdeckt werden wollten. Immerhin bekamen die meisten PJ-Starlets nach der Show Angebote für Seifenopern, Plattenverträge für Coverversionen alter 70er-Jahre- Hits oder für Nacktaufnahmen. Bei Personal Jesus erstanden totgesagte B-, C- oder P-Promis, wie bei allen dieser Sendeformate, kurz wieder auf, bevor sie dann noch vor Pfingsten für immer verschwanden.

< PLAY >

Michelle saß auf dem flaumig-flauschig schwarzen, mit rosa Ornamenten verzierten Sofa. Ihr Blick war auf mich gerichtet, während Becky Lee Michelles Bluse aufknöpfte.

| | PAUSE | |

Abgesehen von einer neuen Frisur, die wie Jane Fondas Barbarella-Perücke aussah, hatte sich Becky Lee im Laufe der Jahre nicht wesentlich verändert. Ihre Pupillen waren nach wie vor rosa aufgepeppt und die Superstring-Jeans betteten ihre Hüften wie gewohnt atemberaubend ein, sodass schwindelerregende Sinnesreize durch meine Synapsen pfiffen. Die Kruzifix-Tattoos, die ich in der Church of Pretty Souls fälschlicherweise für Pflaster gehalten hatte, waren durch Erdbeermotive ersetzt. Diese schimmerten durch das transparente, rosa Spitzennachthemd, das sie über die Superstring-Jeans trug.

Bunte Tinte kaschierte die fehlende Brustwarze und sprach den gigantischen Brüsten angebrachte Keuschheit zu, die ihre aufdringliche Existenz genug zensurierte, um im nationalen US-TV gezeigt werden zu können. Burstwarzen-Tattoos der CHMABL-Jüngerinnen waren, wie ein Religionsprofessor in einem Stern-Artikel treffend schrieb, das Zeichen der zeitlosen Keuschheit sowie eine Distanzierung heiliger Körper zur unheilbringenden Außenwelt und ein fruchtiger Wegweiser in eine transzendentale Medienästhetik.

Wäre Leeloo noch bei mir gewesen, hätte sie sich mit offenem, frisch gewaschenem Haar präsentiert und geschimpft, dass Burstwarzen-Tattoos die generelle Verlogenheit aller verweltlichten religiösen Gedankenfreiheitszerstörungs-Maschinerien anschaulich unterstreichen. Und dann hätte sie sich ihre Zöpfe angezündet, um so gegen all die radikalen Schwachsinnigkeiten der Welt zu protestieren.

< PLAY >

Wir übten uns trotzig in Schweigen. Becky Lee und Michelle warteten auf einen Impuls, die Konversation anzustoßen. Doch ich enthielt ihnen meinen Schrei nach Zula „Was habt ihr **PEEP**, **PEEP**, **PEEP**, **PEEP** mit Uschi in der Badewanne gemacht. Ihr **PEEP**, **PEEP PEEP PEEP PEEP**???“ vor.

Nur das Klicken der Knöpfe von Michelles aufspringender Bluse zerschnitt die Stille. Die Dimensionen von Michelles neuen Brüsten reichten weit über meinen Verständnishorizont hinaus. Zwar besaß sie als Anführerin der Pferdenasen nicht die todbringenden Implantate, aber das Volumen ihrer Oberweite[15] stellte sogar das von Becky Lee & Lou in den Schatten. Und das erdbeerförmige Bauchnabel-Piercing war mir auch neu.

| | PAUSE | |

Bald sollte ich erfahren, dass die Busen von CHMABL-Märtyrerinnen anstatt mit Silikon mit einer der tödlichsten Substanzen unseres Planeten gefüllt waren. Da sich Rev. JeSos in Medizin und Kernphysik auskannte, führte er die *Boobjobs* eigenhändig durch. Das erklärte die blutverschmierten Operationshandschuhe in der Church of Pretty Souls, mit denen er eine sehr wahrscheinliche Zula im Rahmen seiner Experimente brutal ermordet und die Tat ihrem allamerican Quarterback in die Schuhe geschoben hatte.

< PLAY > | | PAUSE | |

Ich mochte Michelles kleine Brüste lieber. Jetzt zogen sie alle Aufmerksamkeit auf sich, wie ein schwarzes Loch das Licht und hatten Michelles Persönlichkeit gravierend verändert.

< PLAY >

Becky Lee tastete Michelles Oberkörper mit der Professionalität einer Ärztin aus einem Krankenschwestern-Erwachsenenfilm ab. Michelle umgab eine erdbeerige Aura und sie genoss Becky Lees Hände auf ihrer nackten Haut.

---

15 Anmerkung meines Wissens aus der kleinen CHMABL-Fibel „Für ein besseres Leben vor und nach dem Tod“: Michelle war durch ihre neue Oberweite Pferdenasen-ready, sprich physisch vorbereitet, und solidarisierte sich dadurch mit ihren Märtyrerinnen.

Leider konnte ich dieses Bild nicht ausleben, da ich mit in weißes Plüsch eingefasste Handschellen dingfest gemacht war.

„Ich würde dir ja gern helfen. But Vergebung bedeutet Seelenheil und was soll das bringen, bei someone, dessen Seele bald verdampft ist!“, brach es aus Michelle heraus. Becky Lee schenkte Michelles Worten keinerlei Beachtung. Der Grund, warum Becky Lee nicht mit mir sprach, war eher infantil und hatte mit ihren fehlenden Deutschkenntnissen nichts zu tun. Becky Lee & Lou hörten einfach nie auf, beleidigt auf mich zu sein, weil ich ihnen ihre Brustwarzen abgerissen hatte. Beim rosa flammenden Schwert der Reinheit schworen sie, nie wieder ein Wort direkt an mich zu richten und mein Leben inklusive meine Seele zu vernichten. Michelle unterstützte ihren Racheplan bereitwillig.

„Soviel zur größten christlichen Tugend – der Vergebung“, würde sich Leeloo entrüsten und ihre Zöpfe würden wutentbrannt beben, wäre sie noch bei mir gewesen. David zeigte keine Reaktion, er stand ohnehin seit Langem auf der Seite der CHMABL.

Michelle zuckte zusammen, weil Becky Lee zu harsch an ihrer Brust herum fuhrwerkte. „Sorry“, entschuldigte sich diese und leckte Bluttropfen von einem Mini-Schraubenzieher.

„No prob!“, flüsterte Michelle, die als Becky Lees Sprachrohr agierend das wiedergab, was ihr zugetuschelt wurde. So erfuhr ich, dass gewisse Momente meines Lebens inklusive der darin eingebetteten Begegnungen auf reinen Zufall bauten, aber dann alles andere als zufällig weitergesponnen wurden. Meine Begegnung und die daraus entsprungene Affäre mit Xalvadora war so ein Zufall, der nicht nur Becky Lee & Lous Pläne gefährdete, sondern auch eine Grundregel der Pretty Souls verletzte: „Never ever **PEEP** an Ex**PEEP** of a Sister!"

Xalvadora wurde deshalb aus ihrem Zirkel verstoßen und ihr illoyales Bewusstsein wurde durch neu entwickelte Drogen zum Wohle der Sisters verändert und auch innerhalb ihres Freundeskreises getestet. Ich mischte mich als selbst einladender Selbstläufer, der fast vergessen war, dazu. Da ich auf ihre Substanzen aber am besten reagierte, wurde ich mit einer Geschichte über ein rosa Erdmännchen in die USA gelockt, um als Versuchskaninchen für die MBC programmiert zu werden. Während dieser Zeit gebaren Becky Lee & Lou, nach ein paar Gläschen Jesus Blut zuviel, die Idee F… U… C… K… I… N… G… von der Landkarte zu löschen und mich, ein unnötiger Bestandteil ihres Plans, bereits in der Church of Pretty Souls zu opfern. Da das aber eskalierte, ich Becky Lee & Lou entstellt und ihnen so einen gewaltigen Strich durch die Rechnung gemacht hatte, wollten sie mich einfach nur leiden und meine Seele verdampfen sehen.

„And we never really like you anyway“, schloss Michelle ab.

Ich nannte sie eine **PEEP**ige **PEEP** und Becky Lee eine **PEEP**!

„Not in this life...“, brummte Michelle und zeigte mir die Zunge, bevor Becky Lee zum Himmel brüllte.

„ Don't use foul or abusive language. Let everything you say be good and helpful, so that your words will be an encouragement to those who hear them."

„Der Brief an die Epheser 4,29!“, erklärte Michelle.

Ich wünschte, Leeloo wäre da gewesen, um diesen Wahnsinn zu kommentieren, irgendetwas mit ihren Zöpfen zu veranstalten oder zumindest eine Geschichte über Erdmännchen zu erfinden.

„Obscene stories, foolish talk and coarse jokes – these are not for you!", schrie Becky Lee und riss ihre Perücke vom Kopf.

„5,4", ergänzte Michelle.

Und dann betrat Becky Lou die Szene, schüttelte sich ihre künstliche Haarpracht vom Haupt, hielt ein erdbeerförmiges Rubin-Amulett über mich und jaulte:

„All have turned away from God; all have gone wrong! No one does good, not even one. Their talk is foul, like the stench from an open grave! Their speech is filled with lies! The poison of a deadly snake drips from their lips! Their mouths are full of cursing and bitterness! They are quick to commit murder! Wherever they go, destruction and misery follow them! They do not know what true peace is! They have no fear of God to restrain them!"

„Der Brief an die Römer, Kapitel 3,13 bis 17", übersetzte Michelle und sang in der Melodie von *Staying Alive*: „Ihre Kehle ist ein offenes Grab, / mit ihrer Zunge betrügen sie; / Schlangengift ist auf ihren Lippen. / Ihr Mund ist voll Fluch und Gehässigkeit. / Schnell sind sie dabei, Blut zu vergießen; / Verderben und Unheil sind auf ihren Wegen, / und den Weg des Friedens kennen sie nicht. / Die Gottesfurcht steht ihnen nicht vor Augen. Ah, ah, ah, ah, die Gottesfurcht, die Gottesfurcht! Ah, ah, ah, ah, die Gottesfurcht!"

„Der Brief des Paulus an die Kolosser" , seufzte Michelle, knöpfte ihre Bluse zu und sprach:

„Nun aber leget alles ab von euch: den Zorn, Grimm, Bosheit, Lästerung, schandbare Worte aus eurem Munde."

Dann frohlockten die drei CHMABL-Jüngerinnen händchenhaltend:

„But now is the time to get rid of anger, rage, malicious

behaviour, slander and dirty language!" Sie schworen auf das rosa flammende Schwert der Reinheit und The War Against Bad Language.

Meine Reaktion auf diesen rituellen Wahnwitz war „**PEEP**!"

Michelle erörterte die immense Bedrohung durch Schimpfwörter und aller schändlichen Ausdrucke für das neue Reich der Glücklichen Seelen. Bad Language war für die CHMABL, was Freiheit für radikale Islamisten ist. Mit dem War Against Bad Language wollte die CHMABL Erfahrung mit globalem Terrorismus sammeln. Die Austilgung des schändlichen Ortes in Oberösterreich, den keine CHMABL-Jüngerin auszusprechen wagte, sollte Symbol und Anfang für eine neue, bessere Ära sein. Weitere mediengerecht inszenierte Anschläge, die auch hübsch anzusehen wären und neue Anhänger sowie potente Finanziers anlockten, sollten folgen.

„Deshalb gehen unseren Märtyrerinnen die Haare aus", schnurrte Michelle und strich Becky Lee & Lou über ihre Glatzen.

„Anstatt Silikon tragen Pferdenasen Uran-235 vor ihren Herzen", konkretisierte Michelle und ich verstand noch immer nicht.

Ich fuhr sie an: „Ich will, dass du weißt, dass ich nicht weiß, wovon du sprichst!"

„Das brauchst du auch nicht!", höhnte sie. Der Frage nach dem Zweck von Uran-235-Brustimplantaten wich Michelle zunächst aus und vertiefte lieber mein Wissen um MBC.

„Du wurdest... du bist noch immer, my dear white rabbit, hypnotisiert!", gluckste Michelle. Ihre Aura wurde aktiver und die Augen leuchteten wie zwei Rhodochrosite. Ich fragte sie, ob sie alle mit einem Düsenflieger zu tief durchs Wohnzimmer geflogen wären.

Becky Lee & Lou wollten wissen, was ich so ungemein laut und deutsch von mir gab und Michelle übersetzte meinen Versuch der höflichen Beleidigung. Becky Lou, deren Vater am 17. Januar 1991 während der Operation Desert Storm in seinem US-Kampfjet über Bagdad abgeschossen wurde, fand diese Aussage nicht lustig. Wie Mr. Blonde in Reservoir Dogs auf den geknebelten Polizisten, kam sie auf mich zugetänzelt. Ihre scharfen rosa Fingernägel kratzten an meinem Hals, zugleich presste Michelle ihren Mund an mein Ohr. Becky Lou summte Michelle etwas zu und tanzte im Mr. Blonde-Style weiter um mich herum. Michelle wiederholte einen alten Hippiehit, der sich leise, schön und so sang:

„When logic and proportion
Have fallen sloppy dead
And the White Knight is talking backwards
And the Red Queen's ‚Off with her head!'
Remember what the dormouse said:
FEED your head“

Becky Lee kam auf mich zu und zog Michelle unsanft von meinem Ohr weg. Sie riss mein Supermann-Kostüm auf, stürzte sich mit ihrem Kahlkopf auf meine linke Brustwarze und nagte diese ab. Ich schrie genauso laut, wie es weh tat und versuchte mich aus den Handschellen herauszuwinden.

FORWARD ->> | (zehn lange schmerzverzerrte Sekunden)

Mit blutverschmierter Schnute setzte sich Becky Lee zu Michelle in das flaumig-flauschig schwarze mit rosa Ornamenten verzierte Sofa, während Becky Lou noch immer herumtänzelte. Als wäre nichts geschehen, bastelte Becky Lee an Michelles Bauchnabel-Piercing herum. Dabei bediente sie sich eines hochtechnisch wirkenden Geräts, das aussah wie ein Mikroschweißer und grell gleißendes Licht abgab.

„YOU…!“, platzte Becky Lee durch das Ohr-Mund-Medium Michelle heraus und beschuldigte mich, ich hätte sie und Becky Lou devaluated und ihre verheißungsvollen Karrieren bei der CHMABL gekillt. Ich trug Schuld, dass sie als Pferdenasen den Märtyrerinnen-Tod beschreiten mussten.

| | PAUSE | |

Für eine Karriere in der CHMABL war körperliche Perfektion obligat. Das erklärt auch, warum nur Models hohe Positionen belegten. Becky Lee & Lou waren ursprünglich von Rev. JeSos bestimmt worden, um die CHMABL als Godmothers anzuführen. Mit nur einem Nippel galten sie aber nicht mehr als perfekt genug und als *fallen angels*. Die einzige Chance mit addiert nur zwei Brustwarzen Unsterblichkeit zu erlangen, war der Weg der Pferdenasen.

< PLAY >

„At the beginning wurden unsere Märtyrerinnen nur CHMABL- intern Pferdenasen genannt! Seit dem Amsterdamer Samstag auch von Medien…“, gab Becky Lou durch Michelle bekannt, die grinsend fragte, ob ich *now* verstünde, was es mit Pferdenasen auf sich hat.

„Nein?“, wunderte ich mich.

„Again, stupid… Uran-235!!!“ und mir wurde erklärt, dass dieses radioaktive Isotop für den Bau von Nuklearwaffen verwendet würde und in die Brüste der Märtyrerinnen implantiert sei. So verfügten die Pferdenasen unter ihrer zarten Mädchenhaut über kompakte und perfekt getarnte Mini-Atombomben. Aufgrund der einhergehenden radioaktiven Verseuchung verlieren die Trägerinnen ihre Haare.

„Das ist halt so", zuckte Michelle gleichgültig mit den Schultern und erläuterte, wie das UNAUSSPRECHLICHE KAFF als erste, von vielen Locations, durch einen *holy* Terroranschlag von Selbstmord-Attentäterinnen mit Tits of Mass Destruction ausradiert werden würde. Mit Atombusen sollte ein Exempel gegen Bad Language und nebenbei scum, wie Rapper und Hip-Hopper, die diese in der Welt verbreiten, statuiert werden.

„Aber ihr werdet dabei auch draufgehen", wandte ich in Richtung der Beckys ein.

„Wer als Pferdenase stirbt, wird ewig und pompously weiter existieren", prahlte Michelle und erklärte, Pferdenasen erhielten in ihrem paradiesischen Jenseits unbegrenzt viele Einkaufsgutscheine bei allen führenden Designern und Modelabeln, täglich gratis Frisörstunden, eine eigene persönliche Einkaufsstraße mit Wellness- und Beautybereich, die 24 Stunden am Tag geöffnet hat, ein Schuhgeschäft von der Größe New Yorks und andere Dinge, die im diesseitigen Leben nicht mal erträumbar wären.

| | PAUSE | |

„Selbstmordattentäter sind doch alle gleich!", hätte Leeloo geschimpft und ihre Zöpfe vibrieren lassen.

„Was sie im echten Leben nicht bekommen oder anderen neiden, erhoffen die selbsternannten Märtyrer voller Gier im Paradies. Nichts als After-Life-Materialisten!"

< PLAY >

Michelle erklärte, die eigentümliche Namensgebung ihrer Märtyrerinnen fruchtete auf dem Mitleid von Rev. JeSos und Humor der CHMABL-Jüngerinnen. Obwohl Pferdenasen mit ihren körperlichen Defiziten an der Ästhetisierung einer neuen Welt keinen Beitrag mehr leisten konnten, wurden sie dennoch geliebt. Und als Michelle Rev. JeSos bei einem Glas Jesus Blood erzählt hatte, wie ich haarlose **PEEP**s gerne nannte, fand er das sweet und begann, die todgeweihten CHMABL-Elitekämpferinnen, denen wegen der Radioaktivität bereits die Haare zwischen den Beinen ausgegangen waren, liebevoll mit den drei Worten „meine kleinen Pferdenasen" zu trösten. Beim gemeinsamen Duschen kamen die CHMABL-Jüngerinnen auf die Idee, das als Decknamen für die tödlichste Spezialeinheit, die dieser Planet jemals gesehen hatte, zu verwenden.

Neben Superstring-Jeans bestand die offiziell inoffizielle Uniform der Pferdenasen aus T-Shirts mit Chili-Schote und HOTTER THAN HELL-Schriftzug. Ich glaube, außer Rev. JeSos verstand niemand die Bedeutung, die dem zugrunde lag. Aber immerhin schauten die Pferdenasen mega**PEEP**y darin aus und erregten die Fantasie der Medien.

| | PAUSE | |

In mir schwoll unangenehmer Stolz und die eitle Hoffnung, als Namensgeber der Pferdnasen in Geschichtsbücher einzugehen.

< PLAY >

Ich spürte eine Nadel im Oberarm und nickte ein.

| | PAUSE | | (Keine Ahnung wie lange) & < PLAY >

Becky Lou und ich waren alleine, als ich wieder zu mir kam. Mit einem blutverschmierten Handtuch und einem Kübel Wasser wusch sie mich und versorgte meine Bisswunde. Ihre rosa Pupillen stachen und ließen mich fürchten, sie hypnotisierte mich erneut oder bisse die andere Brustwarze auch ab. Aber Becky Lou schrieb stattdessen auf einen Zettel:

„Don't u wanna know how it worked?"
„What?", fragte ich.
„The Mind Based Censorship", kritzelte sie.
„No", lehnte ich ab.
„You're so ignorant!", fetzte sie auf Papier, stöpselte mir die Headphones ihres rosa jPhones in die Ohren und drückte Play.

| | PAUSE | |

Um mir ihre umfassende Genialität zu erläutern, ohne direkt das Wort an mich richten zu müssen, nahm sie das Manifest ihres Genies als MP3 auf, um es mir in Stereo mit ihrem jPhone in meine Ohren zu treiben.

< PLAY >

Becky Lous Stimme grüßte zu laut „My dear white rabbit!" Im Prolog behauptete sie, die CHMABL hätte alles ihrer Genialität zu verdanken. Sie betonte, wie begnadet sie sei und quasselte euphorisch über Hypnose und MBC. Währenddessen lief leise Meditationsmusik – Dan Gibson's Solitudes: *Angels of the Sea.*

Becky Lous Stimme erklärte bedächtig wie MBC festgelegte Worte filtert und dem Versuchskaninchen den

Eindruck lässt, sich frei zu artikulieren.

„Say **PEEP**!“, befahl mir Becky Lou wie einst auf der Party der Pretty Souls. Ich schimpfte „**PEEP** you!“ worauf sie einen Freudentanz veranstaltete und sang: „The white rabbit, my dear white rabbit… is all mine… You are still mine…“

Ohne auf den Punkt zu kommen, prasselten Becky Lous Erläuterungen über die Stufen und Arten von Hypnose auf mein Trommelfell.

| | PAUSE | |

Die leichte Hypnose, lethargisches Stadium genannt, beeinträchtigt das Bewusstsein nur minimal. Der weiße Hase nimmt alles wahr, bleibt ruhig, verliert aber seinen Eigenantrieb. Zugang zum Unterbewusstsein ist noch nicht möglich.

Eine Stufe tiefer liegt das kataleptische Stadium, auch mittlere Hypnose genannt, bei der Muskelspannung auftritt und das Bewusstsein stark eingeschränkt wird. Einfache hypnotische Befehle werden möglich, doch das Ich kann sich gegen Suggestionen, die gegen die Persönlichkeit arbeiten, nach wie vor wehren.

Dann wurde der Schlüssel zur dauerhaften Manipulation des weißen Hasen erwähnt. Im somnambulen Stadium, der tiefen Hypnose, wird das Bewusstsein fast vollständig eingeschränkt, die Kritikfähigkeit driftet gegen Null und Erinnerungen sind undenkbar. In diesem Zustand sind posthypnotische Befehle möglich, die erst nach der Hypnose – im Wachzustand – ihre Wirkung entfalten und dauerhaft ins Bewusstsein implantiert werden. Versteckt man derartige Suggestionen geschickt in den Tiefen des Bewusstseins, können sie kaum entdeckt und schon gar nicht rückgängig gemacht werden. Der weiße Hase bemerkt nichts von der Wachhypnose und deren Einfluss auf sein Verhalten.

< PLAY >

Becky Lou erläuterte, was mir per MBC in die Birne geschraubt worden war. Und damit meiner Person jegliche Bedeutung enthalten blieb, ließ sie mich wissen, dass ich und meine posthypnotischen Befehle für das Endziel der CHMABL belanglos waren. Ich diente nur als Versuchskaninchen, um MBC in ihrem frühen Entwicklungs-Stadium und die Möglichkeit zur Verbreitung über TV-Schirme zu erforschen.

| | PAUSE | |

Die Pretty Souls pflegten lange, bevor sie zur CHMABL wurden, eine geheime Allianz mit der FCC (Federal Communications Commission), die alle Kommunikationswege, wie Radio, TV, Kabel und Satellit, weltweit regelt. Unter anderem ist die FCC mit ihren fünf vom amerikanischen Präsidenten bestellten Mitgliedern (eins davon war Commissioner Rev. JeSos) für die Verhängung von Strafen für das Senden von als obszön eingestuften Wörtern verantwortlich. In den USA wird offiziell über sieben teuflische Wörter – „**PEEP**“, „**PEEP**“, „**PEEP**“, „**PEEP**“, „**PEEPPEEP**“, „**PEEPPEEP**“ und „Tits“ – ein Piepton gelegt. Zwar urteilte 2010 ein Berufungsgericht in New York, diese Regeln seien „von einer gegen die Verfassung verstoßenden Unbestimmtheit“, jedoch wurden die Regeln Jahre später auf Druck der Teaparty-Bewegung, auch ein Sponsor der CHMABL, wieder verschärft und der **PEEP** wieder eingeführt. Um neue Pfade für globale Sprachreinigung zu finden, hatte sich die FCC an der Weiterentwicklung von MBC beteiligt. Ziel war, alle Menschen nur noch wie im öffentlichen US-Fernsehen sprechen zu lassen. So wurde mir von Becky Lou per MBC suggeriert, dass ich keine vulgären Wörter der F-, S- oder ärgeren Klasse aussprechen und stattdessen nur noch **PEEP** piepsen kann. Das **PEEP** war mein MBC-Filter und im Gegensatz von Billy Bob in No Dirty Small Potatoes! war mir das nicht mal bewusst. Die geläufigen Bezeichnungen für Brüste kann ich deshalb aussprechen, weil sie eine experimentelle Kontrollvariable darstellten, um die Wirkung des MBC-Experiments zu überprüfen.

Leeloo meinte einmal, als sie gelangweilt mit ihren Zöpfen spielte: „Gute Zensur ist nur gut, wenn der Eindruck erhalten bleibt, dass jeder seine Meinung frei äußern kann!"

Nie wurde ich darauf aufmerksam gemacht, wenn ich anstatt **PEEP** zu sagen nur **PEEP** piepte. Ich glaube, man hatte Angst vor meiner Wirklichkeit und wie ich damit umging. Erst Uschi wies darauf hin, als sie nach meinem Lieblingsschimpfwort[16] gefragt und ich ihr darauf feucht **PEEP** ins Ohr geflüsterte hatte.

< PLAY >

Becky Lous Stimme im jPhone offenbarte mir, dass ich nichts anderes als Michelles Tarnung war. Auch sie war auf posthypnotische Befehle programmiert, die auf subliminale Botschaften, versteckt in Personal Jesus, Soapoperas, Popsongs, Handyklingeltönen, Kleinanzeigen und Werbespots von Produkten, hinter denen das CHMABL-Imperium stand, reagierten. Und an dem Abend, als ich

---

16 Anmerkung meines deklarativen Gedächtnisses: Uschis Stilgefühl für extreme Kraftausdrücke war sehr edel. Sie liebte das Wort **PEEP** über alles.

Xalvadora nach Jahren wieder meine Zunge in den Hals setzen durfte, wurde einer dieser Befehle durch eine Werbeanzeige im News & Tits für rosa MMCL-Tampons mit dem Slogan „Umarme die Welt“ aktiviert.

| | PAUSE | |

Und Natasa und Michelle sollten bald um die Vorherrschaft innerhalb der CHMABL kämpfen.

XALVADORA, LSD UND MICHELLES ABSCHIED

|<< REWIND (zum Tag als Michelle mich verlässt)

Während ich wieder einmal über die CHMABL herzog, blätterte Michelle teilnahmslos im aktuellen News & Tits. Als ich einmal mehr die Widersprüchlichkeit ihrer Schwestern darzulegen versuchte, zuckte sie, als hätte sie einen epileptischen Anfall und fiel seitwärts vom Sofa. Noch bevor ich mir Zeit dazu nehmen konnte, geschockt zu sein, stand sie auch schon wieder auf den Beinen. Sie murmelte apathisch „I'm the godmother and your not a brother!", setzte sich vor den PC und begann zu arbeiten. Mit einem rosa Getränk in der Hand sprach David einen Toast auf Michelles Feststellung aus, woraufhin ihn Leeloo mit bebenden Zöpfen und einem nassen Fetzen durch die Wohnung jagte.

Die einzige Chance um Michelle vor der CHMABL zu erretten, sah ich darin, ihr endlich die volle Wahrheit über die Nacht des Horny Kangaroo Skandals und was sich in der Church of Pretty Souls zugetragen hatte, zu beichten. Aber kurz bevor ich damit beginnen konnte, klingelte es an der Tür.

Da am PC noch ein appetitlicher Download im Gange war, den ich von Michelle unbemerkt, abschließen wollte, bat ich sie nachzusehen, wer uns besuchte. Sie knurrte genervt und trottete dann doch hinaus. Ich lud flink die restlichen Bilder von Jennifer Walcott, dem aktuellen Playmate des Monats in den Folder „c:/mypics/bergwelten/walcotts_peaks".

Dann schloss ich Netscape und überlegte, wie lange es wohl dauern würde, bis ich meine neue Bilderausbeute ungestört genießen könnte.

Ich hoffte, dass sich hinter dem Klingeln eine Model-Freundin von Michelle verbarg, die heulend darum bat, ihr Herz in irgendeiner Bar auszuschütten, da sie von Jacque, dem Fotografen wieder in den Sand[17] gesetzt worden war. Doch stattdessen vernahm ich aus dem Vorzimmer zwei Frauenstimmen, die aufeinander losfeuerten.

„Er spielt mit meinem Computer! You **PEEP PEEP**!“, hörte ich Michelle, dann knarrte zögernd die Tür und ich glaubte, Jennifer Walcott hätte sich aus dem Computerscreen vor mir materialisiert. Doch sie sah anders aus als im Internet. Ihre Haare waren dunkler, die Brüste kleiner und sie hatte unter jedem Auge eine Narbe. Ich kniff ein paar Mal meine zusammen und erblickte Xalvadora.

| | PAUSE | |

Nie hätte ich zu träumen gewagt, mit den beiden einmal allein zu sein. Ein sehr reformwilliges Bild entstand dabei in meinem Kopf. Darin musterten sich Michelle und Xalvadora nicht hasserfüllt, sie fummelten lieber ein wenig aneinander herum, bevor sie mich aufforderten, ihnen ins Schlafzimmer zu folgen, um die neue Videokamera, die ich außerhalb meiner Träume auch nicht besaß, zu zelebrieren.

< PLAY >

Michelle bohrte sich mit feindseligen Blicken in Xalvadoras Rücken und schimpfte: „Dass du noch lebst… **PEEP**!“

Und ich ließ perplex „Xalvadora?“ über meine Zunge spazieren und fragte, was sie hier suchte.

„Du bist halt ein scharfer Typ“, gab mir Leeloo als

---

[17] Wörtlich oder bildlich gesprochen ist in diesem Zusammenhang völlig egal und interessierte besonders Jacque, den Fotografen nicht.

Antwort.

„Aber nicht so hot wie ich", rülpste David.

„Reden wir müssen", erwiderte Xalvadora, deutete mit dem Kinn in Richtung Michelle und fügte „Alleine!" hinzu.

„Ich habe keine Geheimnisse vor... meiner Freundin!", wehrte ich diese Forderung ab, worauf sich Leeloo und David lachend auf dem Boden wälzten. Leeloos Zöpfe vibrierten und David kaute an seiner Badehose, die immer mehr ins Rosa verblasste.

„Ich glauben nicht, dass eure Liebe groß genuge ist, um alles von den anderen wissen zu wollen", stellte Xalvadora in den Raum.

„Wenn dieses Wissen beinhaltet, dass du fett geworden bist... I can see that!", antwortete Michelle.

Leeloo kicherte: „Ver**PEEP**t, diese Xalvadora spricht wie Yoda!"

„Wie wer?", fragte David.

Michelle ließ die Tür hinter sich zuknallen und einen Augenblick lang war nur mehr das dezente Rattern der Festplatte zu hören, das an den Folder "c:/mypics/bergwelten/walcotts_peaks" erinnerte.

„Gott sei Dank macht unser Hirn kein Geräusch, wenn wir an **PEEP** denken", dachte ich, wobei Xalvadora diejenige war, die ihre Gedanken scheinbar genug defragmentiert hatte, um unser Gespräch voranzutreiben.

„Michelle ist funesta."

„?No seas plasta!", rief Leeloo und ihre Zöpfe formten sich zu Speeren, bereit zum Zustechen. David meinte: „Du wirst nie eine Zula bekommen."

Ich versuchte meiner Verwirrung Ausdruck zu verleihen und schrie: „Was wollt ihr alle von mir?"

| | PAUSE | |

Dann kam es zu folgendem Dialog.

< PLAY >

Xalvadora: „Ich will dir warnen!“
Ich: „Vor was?“
Xalvadora: „Großes Gefahr!“
Leeloo: „Hast du etwa deine Mutter mitgebracht?“
Xalvadora: „Diese ist vor ein paar Años vergestorben!“
David: „Tut mir leid.“

„Meine Mujer.... Ich habe sie gehasst! Aber Igual... Ich bin wegen anderes hiere“, kam Xalvadora endlich zur Sache.

„Dieses Droge mit die Fisch hat uns alle verändert...“
Ich: „Ich hab sie aber nicht genommen.“
Xalvadora: „Hast du wohl!“
David: „Hab ich nicht!“
Xalvadora: „Doch!“
Ich: „Nein!“
Xalvadora: „Doch, doch!“
David: „Nein, nein, nein!“

Xalvadora: „Ich weiß besser. Und erzähl es mir nicht, dass seit damals alles mit dich normal ist.“

Leeloo: „Oh, jetzt wo sie es sagt.“
David: „Stimmt. Jetzt wo sie es sagt.“
Und Leeloo und David krümmten sich vor Lachen.

„Nach unsere Amore, mir fühlte sich alles muy komisch an...Ich musste von dir weg! Sofort in meine Kopf... Meine Kopf war nicht mehr richtig. Farben und Geräusche... Ich habe Sachen, peculiar gesehen... Und fliegendes bunte Fisch, Tausende. Das macht die LSD – hat das Krankenhaus gesagt.“

„Was kann ich dafür, wenn du dir so Zeugs reinwirfst?“, warf ich ein und Xalvadora wartete mit einer überraschend plausiblen Anschuldigung auf:

„Sehr viel du kannst! Mit deine Taschentüch. Dieses Droge wird ja aufgenommen über die… wie sagt man, diese…“

„Schleimhäute?“, ergänzte Leeloo.

„Genau! Die sind im Mund und dort unten bei die Chicas auch...

Aber ich habe geglaubte zuerst, der **PEEP** on the Beach tut das mit meine Kopf. Dann Jorge wurde loco und riss mir meine Kleid runter. Dann er schaute erschrocken auf meine **PEEP**. Er griff hin und eine kleines Papier mit kussende Fisch war in seine Hand. Dann schrie er mir an, wie dieses dort hinkommt und schlug in meine Gesicht.“

In mir kroch wieder das Bild hoch, wie Xalvadora mit einem frischen Schnitt unter dem linken Auge vor mir stand und mich daran hinderte Jorges Casa abzufackeln.

„Alle, die diese LSD mit den kussenden Fisch gegessen haben, bekommen haben ähnliche Alucinaciónas… Continuamente!“

„Du meinst Halluzinationen?“

„Alucinaciónas mit Baywatch-Menschen oder Film caracteres…. Und alle reden Cojonada.“

„Und wen halluzinierst du?“

„Meine Madre und General Francisco Franco. Und die wollen nächstes Woche heiraten!“

„Moment!“, hielt ich sie an: „Was ist mit Baywatch und Hollywood?“

„Das Unterbewusstsein bei Frauen scheint doch etwas komplexer zu funktionieren, als bei euch Hombres“, kicherte Leeloo: „Das sieht man eindeutig daran, was Drogen bei dir hervor holen…“

Xalvadora musterte mich ernst und fragte: „Wen siehst du?“

„UNS!“, jubelten Leeloo und David.

„Und Jorge?“, erkundigte ich mich.

„Britney Spears und Senior John Rambo. Und diese haben beschlossen, dass es wäre muy bien, dich zu toten… Wenn er wieder aus die Anstalt für Locos raus ist!“

Leeloo: „Wie lange haben wir noch?“

David: „Ich hab Angst!“

Ich: „Ruhe!“

„Deine Alucinaciónas sprechen aus dir!“, stellte Xalvadora fest, das ich mit der Frage ignorierte, was aus den anderen Amigos wurde.

„Alle loco, Absolutamente. Auch in Anstalt… Schneiden Chicas Coletas ab.“

FORWARD >> | (zirka fünf Minuten)

Leeloo flocht sich einen Zopf, David ölte sich mit Olivenöl ein und Xalvadora schwieg, bestärkt durch meine Stille. Kurz darauf lugte Michelle durch den Türspalt und fauchte: „Seid ihr endlich fertig?“ Xalvadora und ich verneinten im Duett.

FORWARD >> | (weitere fünf verwirrende Minuten)

Ich vernahm nichts als chaotisches Gekreische, fliegende Zöpfe, unkoordiniert vorbeischwebende, kränkliche Schmetterlinge und lärmende Bemerkungen seitens Michelle und Xalvadora. Nach einer Zickenschlacht epischen Ausmaßes, die mehr Informationen und Geschehnisse enthielt, als alles, was ich bis jetzt Revue passieren ließ, gab ich klein bei und bat Xalvadora, mit auf den Gang zu kommen. Am Weg dorthin standen zu meiner Überraschung zwei rosa Reisekoffer in einer Ecke. Xalvadoras Haare waren zerrüttet und meine Ohren sausten. Ich fragte erneut, was sie von mir wollte.

„Ich brauche dieses kleine goldene Dose, die du hast gestohlen“, erwiderte Xalvadora. Das Licht im Stiegenhaus ging aus und ich griff nach ihren Händen. Im Dunkeln glänzten ihre Narben wieder anmutig. Ich spürte die Zeit um uns herum abbremsen und dass etwas nach wie vor ihr Yin und mein Yang zusammen trieb. Noch immer an das denkend, was Xalvadora in den letzten Minuten von sich gegeben hatte, begann ich mich gegen diese Anziehung nicht zu wehren, raffte sie langsam an mich und steckte ihr spontan und einigermaßen ungewollt meine Zunge in den Mund.

| | PAUSE | |

Da mir in Momenten, in denen ich meine Zunge in einem weiblichen Maul nach und nach verschwinden lasse, die Welt außerhalb dieses Ereignisses halbwegs indifferent anmutet, war es mir konsequenterweise nur egal, dass Michelle sich auf der anderen Seite der Tür in unmittelbarer Nähe befand.

FORWARD >>| (ein paar Zungenschläge) < PLAY >

Xalvadora spuckte meine Zunge aus und schnaufte aufgebracht. Das Brennen auf meiner Zunge verriet mir, dass es sich bei dem Blut auf Xalvadoras Lippen nicht um ihres handelte. Mit dem Handrücken wischte sie es aus ihrem Mund und bat mich nun strenger, ihr die goldene Dose auszuhändigen. Ich fragte, warum diese für sie von so großer Bedeutung sei. Xalvadora erklärte, es könnte ihr bei ihrem Problem mit ihrer Mutter und Franco helfen. Mehr wollte sie dazu nicht sagen, weil ich es nicht ertragen würde.

„Du würdest auch vieles nicht ertragen!"

Xalvadora: „Wie du meinst das?"

Ich: „Willst du das wirklich wissen?"

Leeloo: „Sie hat ein Recht auf die Wahrheit!"

Ich: „Ich hab dich, als wir uns zum ersten Mal trafen, angepinkelt!"

Xalvadora: „Was? Wo?“
Ich: „Cabezal.“
Xalvadora: „Du meinst auf meinen Haare, du hast Pipi gemacht?“
Ich „Si.“
Xalvadora: „**PEEP**!“

Von meinem eigenen Geständnis angewidert, schlurfte ich zurück in die Wohnung, mit einem Zwischenstopp im Badezimmer, um mein blutiges Schandmaul auszuwaschen. Es war leer geräumt.

Im Schlafzimmer lag ein News & Tits, aus dem eine Tampon-Anzeige „Umarme die Welt!“ hervorschrie. Aber ich schenkte dem allen keine weitere Aufmerksamkeit und öffnete eine Kommode, um die mysteriöse Dose hervor zu kramen.

Xalvadora wartete noch immer vor der Tür und schnupperte an ihren Haaren. Sie ergründete olfaktorisch, was ich ihr gerade gestanden hatte. Ich hielt ihr die Dose entgegen und sie teilte mir mit:
„Michelle ist gerade vorbei gegangen. Und keinen Wort des Abschieds.“
Xalvadora legte die kleine goldene Dose vorsichtig in eine größere aus Holz, drehte sich um und verschwand im Fahrstuhl. Dieser Tag sollte der letzte sein, an dem ich Xalvadora lebend und Michelle mit kleinen herzerwärmenden Brüsten sah.

THE LAST DANCE UND USCHIS NIESEN

Zwei Tage saß ich auf dem Fensterbrett und suhlte mich in zerrissener Leere. David mixte einen klebrigen Drink mit allen wichtigen Zutaten, um das michelleförmige Vakuum angemessen betrauern zu können. Selbstmitleid, verletzter Stolz und verzerrte romantisierte Erinnerungsfragmente, gemischt im Verhältnis 1:2:3, hinterließen einen bittersüßen Nachgeschmack und das Trugbild, Michelle zu vermissen. Aber eigentlich fühlte ich mich nur einsam. Mir wurde klar, dass im Laufe der Jahre aus meinem Dasein etwas von mir los gelöst geworden war. All die Nacktbilder aus dem Pobu-Netz[18] waren nichts anderes als ein Ersatz für das *Mehr im Leben*. Eine Suche nach etwas, das Michelle bereits in der CHMABL gefunden hatte: Im Grunde etwas Ähnliches wie eine Zula.

| | PAUSE | |

Beim Gedanken an die freizügig beladene Festplatte packte mich schlechtes Gewissen. Dann versuchte ich ihrer Hyperrealität zu entkommen und löschte die Schmuddel-Dateien, um mein Leben wieder in den Griff zu kriegen. Hatte ich mein C: sowie Gewissen bereinigt, fühlte ich mich ob des immensen Datenverlustes für kurze Zeit befreit. Und obwohl Leeloo durch einen aufwändig und klug choreografierten Lapdance, verziert mit außergewöhnlich schönen Zöpfen, mich daran zu hindern versuchte, kreisten meine Gedanken bald wieder um die Pobu-Bestände im weltweiten Netz. Es dauerte nicht lange und ich besaß wieder eine kleine, aber feine Rekonstruktion der gelöschten Daten + Bonusmaterial. Leider förderte meine

---

[18] Anmerkung des Gehirnareals, in dem Leeloo wütete: Pobu = Popos + Busen.

Tätigkeit bei News & Tits diese Sucht nicht unwesentlich.

!ERROR! | | PAUSE | |

Das Schicksal, versuchte mich Leeloo zu trösten, besteht darauf eine Zula zu treffen. David sprach von Angst, die ihn plagte und Gewissheit, die seine Zukunft nur noch ungewisser machte. Ich wurde das Gefühl nicht los, dass wir uns alle auf einem Scheideweg befänden. Und als Leeloo von einer möglichen Zula erzählte, die in einem Schneeloch sterben sollte, fiel mir auf, dass ich schon lange keine Schmetterlinge mehr wahrgenommen hatte. Auch die übertriebenen Farben, die mich seit Spanien begleiteten, fingen an zu schwächeln. Die bunten Bilder, die mir meine Wahrnehmung über Jahre hinweg so spendabel beschert hatte, wurden behutsam trostloser. Zusätzlich verließ mich die Freude an der Arbeit als Erotik-Online-Redakteur. Das alleine war aber nicht der Grund, warum ich News & Tits unentschuldigt fern blieb, um auf meinem Fensterbrett sitzen zu bleiben, wo die infamsten Geistesblüten weiter wucherten.

< PLAY >

„Du hättest eine Zula im Mutterschiff kennen lernen sollen", seufzte Leeloo mit hängenden Zöpfen und berichtete über ein mögliches Leben, das sich vielleicht vor Milliarden von Jahren in irgendeiner Parallelwelt abgespielt hatte, welches sich schon sehr bald ereignen wird oder gerade jetzt erst passiert. Als Leeloo ihre, meine und Zulas Geschichte in einem Schneeloch beendet hatte, ringtonte mein Handy und riss mich aus der einsamen Stille. Uschis Stimme klang ähnlich besorgt wie der Herbst aus Joseph Haydns Jahreszeiten. Sie wollte wissen, warum ich seit Tagen der Arbeit fern blieb und niemanden, aus welchen Gründen auch immer, darüber in Kenntnis gesetzt habe.

Ich schluchzte nur: „Sie ist weg!"

„Oje…", sagte Uschi „Soll ich nach der Arbeit vorbei schaun?"

„Und du nennst eine Zula einfach nur Uschi?", fragte sich Leeloo.

FORWARD >> | (Vier Stunden am Fenster)

Eine von Uschis Tugenden war Unpünktlichkeit, um dann erst im richtigen Augenblick da zu sein. So stand sie eine Stunde später als angekündigt mit einem Papiersackerl, ähnlich wie Lina Morgenstern, bevor sie im Supermarkt durch ein ver**PEEP**tes Huhn so schnell und dramatisch aus dem Leben gestoßen wurde, vor der Tür. Ohne ein Sorry für die Verspätung machte sie mich auf üblen Geruch, den ich verströmte, aufmerksam und stellte klar, dass ich gegenwärtig nicht eines jener Geschöpfe Gottes sei, mit dem sie gerne essen und anschließend Wein saufen wollte. Da ich ihre Anspielung auf meine seit Tagen vernachlässigte Körperhygiene ignorierte und sie stattdessen lieber umarmen wollte, befahl sie mir noch etwas direkter, zu duschen. Sie hielt ihre Papiertasche vor meine Nase, schüttelte sie und versprach, daraus etwas Seelenkummer befreiendes zu entlassen, sollte ich mich im Badezimmer, ihrem Wunsch entsprechend, kultivieren.

Umgeben von Wasserstrahlen begann ich mich durch die bloße Tatsache, dass Uschi in meiner Nähe Essen tischfertig machte, besser zu fühlen. Und nachdem ich meine Zähne geputzt und mich rasiert hatte, petzte der Duft aus der Küche, ich sollte mich auf etwas Asiatisches freuen.

| | PAUSE | |

Und jetzt weiß ich, was ich damals noch nicht wusste:

Uschi mochte mich von Anfang an mehr als ihr lieb war. Doch diese Zuneigung umschiffte ich und nahm dadurch die Gefahr in Kauf, dass ich mit fortschreitender emotionaler Blindheit ihre Gefühle für mich nie entdeckte. Aber als sie vor mir stand und die Inhalte einer Papiertasche durchschüttelte, spürte ich eine frische Brise durch ein fast vergessenes Fragment meines Lebens wehen: innige Zuneigung.

< PLAY >

Während wir uns Misosuppe, Satéspießchen, Dumplings und andere fernöstliche Delikatessen einverleibten, lieferte ich Uschi meinen emotionalen Situationsbericht. Sie hörte nickend zu und nachdem sie sich zwei Maki gleichzeitig in den Mund gestopft hatte, tat sich in mir die Frage auf: „Warum war mir Uschi von Anfang an so vertraut?"

„Ist sie eine Seelenverwandte? Eine Zula, die Michelle immer sein wollte?", fragten mich Leeloo rechts und David links ins Ohr. Und ich betrachtete Uschis viel zu oft getragenes T-Shirt, auf dem Superfunken stand und wunderte mich, ob dieses Stück hundertprozentige Baumwolle mit meinem Gefühl für sie in Verbindung stand. So als spürte sie, was ich gerade dachte und als wollte sie mich vor einer Antwort bewahren, fragte sie: „Glaubst du...?"

Ich blieb stumm, da meine Gedanken nach wie vor in ihrem T-Shirt versanken.

„Ich meine *Das*, von dem alle hoffen."

„Ich bin mir nicht sicher."

„Ich schon."

„Warum?"

„Weil wir nur damit so sein können, wie du es willst."

„Bitte verwirr mich nicht!"

„Was wäre so falsch daran?", wollte sie wissen.

Uschis Blick fiel auf Michelles Edelstahlwandhalterung, an der zwölf Flaschen weißes Jesus Blood in gummierten Manschetten sanft am Hals fixiert waren. Dann urteilte sie trocken:

„Mädls niedrigen Geschmacks trinken das! Aber nicht so wir…" und sie zauberte zwei 97er Sauvignon Blanc Kranachberg aus dem Sackerl mit schier unendlichem Fassungsvermögen. Eine postlukullische Zigarette zwischen ihren Lippen hängend, archivierte sie für später eine Flasche im Kühlschrank und öffnete die andere, zwischen die Beine geklemmt, sofort.

„Und was ich eigentlich damit sagen will…", frohlockte Uschi weiter, hob ihr Glas mit dem steirischen Weißwein und bewunderte dessen Farbe.

„Sei froh, dass du die los bist."

„Du redest gerade wie Leeloo."

„Wie wer?"

„Wie ich?"

Und David schloss diesen ampelografischen Exkurs mit einem trotzigen: „Mir schmeckt Moscato."

FORWARD >>| (zum zweiten 97er Sauvignon Blanc Kranachberg)

Ohne zu bemerken, wie wir uns aufeinander zu bewegten und wie der Wein zwischen unseren Hirnwindungen herum sauste, schwafelten wir über Nichts und noch viel mehr heiter weiter. Aus unseren wolkenlosen Debatten kam, nach längerer Abstinenz, wieder ein Schmetterling hervor geflogen, setzte sich auf Uschis Nase und ließ sie niesen. Dieser hob sich von allen anderen seiner Artgenossen, die meine Wahrnehmung in erregten Momenten so oft ausgeschmückt hatten, ab. Ihn putzten zwar auch kleine Silikonbrüste auf, doch dieser Schmetterling war frei von Erwartungen an mich, sich selbst und an Uschi. Als er mit seinen Brüsten Herzen aus

Milch in Uschis Augen spritzte, sagte sie, sie sähe immer klarer und ich verspürte ein unfassbares Glücksgefühl im Ausmaß eines in absoluter Befriedigung vollendeten Kunstwerkes. Etwas, das alles in Schwingung versetzte, fuhr mir in die Lenden und ließ mich – mein Gesicht fühlte sich zumindest so an – herzlicher grinsen als eine knallgelbe, von Kinderhand gemalte, Sonne.

Bereits vor Mitternacht, als die zweite Flasche Kranachberg geleert war, mussten wir Uschis Prinzipien über Bord werfen und uns an Michelles white Jesus Blood vergreifen. Moscato d`Asti, nicht pur, sondern fairerweise für den Gaumen, gespritzt mit Sodawasser. Betrunken genug und die Betriebszeiten der U-Bahnen hinter uns gelassen, bot ich Uschi mein halb verwaistes Bett an. Sie nahm an, bat aber um einen Pyjama oder etwas Ähnliches. Während Uschi duschte, wühlte ich im Schrank nach einem schlafbaren Gewand. Eine kurze Zeitreise durch alte Kleidungsstücke später, fand ich den lange vergessenen Pyjama, auf dem es kleine rosa Schweinchen miteinander tun und war überzeugt, dass er Uschi passte. Ich legte ihn aufs Bett und mich auf die Couch, wo ein Shoppingkanal beim Einschlafen unterstützen sollte. Darin präsentierte ein Fitnessmodel einen sogenannten Abdominizer. Aber bevor ich glauben konnte, was das Gerät versprach, riss mich Uschi aus diesem zwischen Wachsinn und Schlaf gebetteten Kosmos und stand wohltuend duftend über mir. Der Pyjama erleuchtete Uschi und die Frage, die wir uns manchmal unabhängig voneinander stellten, wurde von rosa Schweinchen, die es miteinander tun, beantwortet.

„Glaubst du an *Das* auf den ersten Blick oder an eine ausgelöst...?“, fing Uschi wieder an und strich sanft über einen baumwollenen Schweinerüssel.

„Hatten wir das nicht schon?“

„Ja… Aber kein Ergebnis.“

„Wie gesagt..."

„Wie soll ich dann wissen, wie oft wir das noch müssen?"

„Du verwirrst mich schon wieder…"

„Ich weiß", grinste sie und nieste: „Dieser Pyjama gehörte früher mir!"

| | PAUSE | |

Würde ich an den Urknall glauben, dann stellte ich ihn mir genauso vor, wie jene Millisekunden nach Uschis tröpfchenschleudernder Feststellung. Meine totalen Erinnerungen und vergessenen Gedanken bündelten sich in einem Punkt, um im Bruchteil einer Nanozeit zu explodieren und als spontanes Wissen in alle möglichen Richtungen geschleudert zu werden.

< PLAY >

„Die Einsäumung im Schritt da… Schau… Die habe ich genäht, weil mir der Pyjama dort mal eingerissen ist, als ich… Das erzähle ich lieber nicht… Eher sogar nie… Den hab ich mir mit neunzehn in London gekauft – Sprachferien."

Ich dachte an Condoleezza, als Uschi fest stellte:

„Nackt beim morgendlichen Bad und jünger siehst du hübscher aus... Aber das fahle Licht auf Bahnhöfen lässt dich eher blass aussehen..."

| | PAUSE | |

Und Uschi erkannte.

< PLAY >

„Du warst auch das räudige Erdmännchen hinter dem

Zugfenster!“

„Wer?“, staunte Leeloo.

„Am Zollübergang. Du kannst dir wahrscheinlich gar nicht mal vorstellen, was für Scherereien wir wegen dir hatten. Weißt du, wo man in einem Menschen überall nach Drogen suchen kann?“

Leeloo kicherte und ihre Zopfspitzen hakten sich in ihre Mundwinkel ein, um sie zu einem breiten Grinsen bis knapp vor ihre Ohren zurückzuziehen. Dann streckte sie mir ein Two Thumbs Up entgegen.

„Ich war verwundert, warum ich die Bullen nicht auf dich aufmerksam gemacht hatte und woher ich dich kannte. Und als du mir nach meinem Niesen Gesundheit gewünscht hast, war ich mir sicher: Ich hätte dich gemocht… “

Noch bevor ich „Warum?“ fragen konnte, antwortete sie:

„Weil mich meine Nase selten an der Nase rumführt.“

In dem Moment hob der Schmetterling mit ein paar dezenten Flügelschlägen von Uschis Nase ab, umkreiste ihren Kopf, setzte sich wieder drauf und drosch, so fest er konnte, mit seinen zarten, bunten, staubigen Schwingen auf ihre Nasenspitze ein. Uschi musste niesen und errötete.

„Immer, wenn ich… du weißt schon… juckt mich meine Nase. Und wenn mich meine Nase juckt, dann muss ich halt niesen. Verstehst du?“

„Ahhhh“, staunte Leeloo, formte mit ihren Zöpfen ein großes Herz und kitzelte Uschis Nasenspitze, die das erneut mit „Hatschi!“ huldigte.

„Gesundheit“, wünschte ich und Leeloo stellte fest: „Niesen ist Lebensfunke.“

Und ein eben solcher blitzte dann vor meinen Augen

auf, brachte die Luft lautstark zum Knistern und ließ mein Hirn blutarm werden. Das trieb mich an, Uschi sofort küssen zu wollen. Doch sie wehrte mit einer gekonnten, fühlbar oft angewendeten den-Kopf-zur-Seite-drehen-Bewegung ab. Diese Reaktion rechtfertigte sie damit, sie wolle sich keinen chronischen Schnupfen einfangen und erst nach einer Desensibilisierungskur, in unserem Fall besseres Kennenlernen oder Ähnliches, weitere Maßnahmen zulassen.

Aufgrund der neuen Erfahrungswerte aufgekratzt, verschoben wir das Schlafengehen. Stattdessen köpften wir eine weitere Flasche Moscato d'Asti und setzten uns auf den Boden. Wir mussten alles, inklusive uns selbst, erst verarbeiten. Und das taten wir, indem wir unser Leben dem anderen Revue passieren ließen.

Um sechs Uhr morgens wollte Uschi schließlich wissen, was wir aus uns machen sollten.

„Tanzen", schlug Leeloo vor und ich gab diese Empfehlung weiter.

„Wozu?", fragte Uschi.

„Was magst du hören?", gab ich zurück.

„Keine Ahnung, ich weiß ja nicht mal, welche Musik du..."

„Wonach sehen wir aus?"

„Nach etwas Langsamen."

„Na dann…", sprach Uschi, stand vom Boden auf, ging zum Radio und suchte nach einer passenden Frequenz für uns, bis *Can't Help Falling In Love* anmutig erklang. Uschi hopste, geschmeidiger als Elvis' Stimme, in ihrem Pyjama mit den rosa Schweinchen, die es miteinander tun, zum Rhythmus der Musik. Ich schwankte auf sie zu und Stirn an Stirn tanzten wir Slowmo und flauschig zu:

Like a river flows surely to the sea

Darling so it goes
Some things are meant to be
Take my hand, take my whole life too
For I can't help falling in love with you
For I can't help falling in love with you

„Super funkig", flüsterte Leeloo und dann schlief ich stehend, mit meinem Kinn auf Uschis Nasenrücken, ein.

|<< REWIND (Jahre, kurz nachdem Uschi mir einen Föhn in die Badewanne geworfen hatte)

Uschi wollte ihren Lieblingspyjama nicht kampflos aufgeben. Weil sie sich aber erst anziehen musste, büßte sie zu viel Zeit ein, um meine Verfolgung aufnehmen zu können. Zu spät stand sie in der Kälte vor der Haustür und screente die Straße nach mir ab. Als Alternative für eine aussichtslose Verfolgungsjagd beschloss sie, lieber ihre Psychohygiene per Asanas, Pranayama, Yama, Niyama, Kriyas, Meditation und Askese wieder ins rechte Lot zu rücken.

Als sie das Fitnessstudio betrat, breitete sich jedoch eine eigenartige Empfindung in ihrer Bauchgegend aus. Etwas kam ihr anders, sogar verdächtig, vor. Der Raum, in dem die Yogastunden abgehalten wurden, war verändert worden. Alle Fitnessutensilien, die sonst vor der verspiegelten Wand gestanden hatten, waren verschwunden. Außerdem stand ein neuer Yogalehrer bereit, um all die geistigen und körperlichen Übungen aneinander zu reihen. Trotzdem nahm die Stunde umgehend ihren gewohnten Verlauf, bis sie dann doch eher bizarr wurde.

Während der Anfangsentspannung überkam eine Schülerin leichter Schluckauf. Der Ersatz-Yogalehrer ignorierte zunächst die lästigen Geräusche. Nachdem ein Hicks vier bis fünf anderen in die Ohmmm- Phase folgte, forderte er die schlucksende Yogianerin gereizt auf, sich zusammenzureißen. Diese erklärte, bei Schluckauf würde an einen gedacht und darauf hätte sie halt keinen Einfluss. Sie machte ihren Freund dafür verantwortlich und versprach, nach einem weiteren, alle bisherigen Hicks in den Schatten stellenden Schlucksen, ihm in Zukunft zu verbieten, bei handgemachten Schweinereien an sie zu denken.

So schaffte es die Gruppe ohne weitere Unterbrechungen zum Kapalabhati, einer Atemübung für mehr Energie, Sauerstoff und geistige Klarheit, bis ein lauter Schluckauf genau das unterband. Der Yogalehrer schrie das Mädchen mit dem verkrampften Zwerchfell an, ihre **PEEP** Schnauze zu halten. Für Uschi war die Entspannung damit endgültig zerstört. Wütend ließ sie ihn wissen, wie wenig sie seinen Umgang schätze. Doch der ignorierte sie. Und wie in Gruppen mit Dynamik üblich, hatte niemand den Mumm das unangemessene Vorgehen dieses wortbrutalen Yogis zu kritisieren. Perplex ging Uschi in die Knie und machte mit den anderen den halben Skorpion.

Das hicksende Mädchen gestand, quasi zwei Freunde zu bedienen, die voneinander nichts wüssten, und vermutete diese würden womöglich gerade gleichzeitig an sie denken. Dann schluckte sie so laut auf, dass der Trainer endgültig seine Contenance verlor. Er stürzte sich auf den promiskuitiven Störenfried, schnappte ihre Beine und zog sie über die Matten zur Tür hinaus. Die anderen Kursteilnehmer schauten sich nur in der Erwartung an, der jeweilige andere würde einschreiten. Außer Uschi, die haute dem Yogamacho mit der flachen Hand links und rechts eine runter. Dann stürmte sie raus, wo sie vom Mädchen mit Schluckauf und einem Mann, den sie von irgendwoher kannte, applaudierend empfangen wurde.

„Grandios! Grandios!“, gratulierten sie, während ein

paar Typen mit Fernsehkameras und Mikrofonen an ihr schmunzelnd vorbeistolzierten. Jetzt wurde ihr klar, dass sie Opfer eines drittklassiges Fernsehformats geworden war. Uschi hatte Versteckte Kamera noch nie lustig gefunden und schlug einen derartigen Radau, dass sie nicht nur ein Jahr Mitgliedschaft im Studio geschenkt bekam, sondern auch den Regisseur stark beeindruckte. Dieser empfahl sie daraufhin einem Freund, seines Zeichens Chefredakteur von News & Tits, für einen Job. Zudem hatte sie an diesem Tag ausreichend Aggression gesammelt, um aus Condoleezzas WG auszuziehen.

FORWARD >> | (Jahre) & < PLAY >

„Super funkig“, flüsterte Leeloo.

FORWARD >> | (ein paar Stunden)

Mit meinem Kinn auf Uschi gelehnt, wachte ich auf. Verdutzt und etwas peinlich berührt, hob ich meine Stirn von ihrer Nase, deren Flügel diskret flatterten. Still und heimlich fragte ich mich, wie es mit uns beiden nun weiter gehen sollte. Uschi nieste und bot mir die Lösung:

„Ich würd‘ gern verreisen…“

AUF DEN HINTERBEINEN STEHEN UND MIT DER NASE IN DIE LUFT SCHNUPPERN

| | PAUSE | |

Michelles derber Nachgeschmack verblasste schneller als vor ein paar Wochen am Fensterbrett erhofft. Außerdem bemerkte ich erstmals, wie räudig und viel zu übereilt die Zeit an mir vorbei schlich. Die Jahre, Wochen, Tage und Stunden hatten es mit zunehmendem Alter immer eiliger, einen klammheimlich hinterfotzig und irreversibel zu verändern. Feste Konstanten in meinen Leben waren eine abgerückte Wahrnehmung und Leeloo mit David, die als stabile Parameter jedoch immer öfter versagten. Leeloos Macken veränderten sich, indem sie anfing einer Zula immer ähnlicher zu sein. Am deutlichsten manifestierte sich das, indem sie ihren Gefühlen nicht mehr durch Zöpfe Ausdruck verleihen wollte oder konnte. Sie stellte mir ihre Emotionen anders, aber nicht uninteressanter, dar. Ganz anderes David – er gebährdete sich unverändert, nur dass es ihn immer weniger interessierte, wie sich sein nahes Umfeld entwickelte. Er klagte nur einmal, dass er Michelle und ihre edlen Werte vermisse. Im Trinken akzeptierte er das Heilmittel, um all seinen emotionalen Schmerzen Einhalt zu gebieten. Und ich glaubte ihm; alleine wegen meiner eigenen Erfahrung mit Alkohol.

Von dem Tag an, als ich auf Uschis Nasenrücken aufgewacht war, kamen wir uns immer näher, bremsten aber mit den Nasenspitzen touchierend rechtzeitig ab, um das Äußerste zu verhindern. Einmal die Woche trafen wir uns abseits der Arbeit, um ausschließlich heitere Gespräche zu führen und sich ohne Beschwerlichkeiten ein paar Glückmomente zu verpassen. Im Job, bei News & Tits, verhielten wir uns sehr distanziert, da uns eine gemeine Paranoia fürchten ließ, eine unbedeutende Geste oder ein zu kurzer Blick verriete Arbeitskollegen, dass wir uns gerade ineinander verliebten. Daran wollten wir niemanden teilhaben lassen; vor allem nicht I, Maus, den Bürohengst und Pfeife. Deshalb erlegten wir uns, spielerisch wie unernste Erdmännchen, die hingebungsvolle Bürde auf, im Büro erst wieder auditiv und visuell miteinander zu kommunizieren, wenn das füreinander Feuer fangen die kritische Zone überschritt oder einem von uns die zündende Idee käme, wohin wir an einem Wochenende gemeinsam verreisen sollten. Wir wollten Bedeutendes erfahren und eine Stadt, die unser gerecht war.

„Ver**PEEP**t, du verfällst ihr", seufzte Leeloo und beobachtete Funken über uns sprühen. Dann erzählte sie zwei Stunden lang von zwei beglückten Erdmännchen, von denen eines weiblich war. David bewertete diese, Leeloos neue Art, mir durch Fabeln ihre Gefühle preiszugeben, als zu langatmig und ließ uns wissen, dass ihm das Zöpfeabschneiden mehr behagte, da nicht so zeitintensiv. Und im Gegensatz zu Leeloos Berichten über eine südafrikanische Mangustenart wirkte *das mit den Zöpfen* sogar nach dem einhundertsten Mal immer wieder amüsant. Ich dagegen fand Leeloos Geschichten erheiternd und weise. Vor allem die, in der es darum ging, warum Erdmännchen glücklicher als Menschen sind, gefiel mir besonders gut und führte dazu, dass ich mich erstmals ernsthaft mit der Thematik *Auf den Hinterbeinen stehen und mit der Nase in die Luft schnuppern* auseinander setzte. Gerade darum hätte ich erkennen müssen, dass Veränderungen in Leeloos Verhalten Abschied ankündigten.

Und abgesehen davon, dass ich mich ernsthaft mit der Thematik des Auf-den-Hinterbeinen-stehen und mit-der-Nase-in-die-Luft-schnuppern auseinandersetzte und mich darüber freute, dass ich es zumindest zuhause vor dem Spiegel durch hartes Üben fast geschafft hatte, einer der vielen obligaten Konstanten, die nötig wären um Glück zu erfahren, näher zu kommen, fieberte ich dem Tag entgegen, an dem ich mit Uschi verreisen würde. Ich begehrte eine Metropole für Verliebte und jugendlichen Leichtsinn. So bereiste ich in Gedanken Rom, Paris, Venedig und Prag. Doch all diese Metropolen ließen mich mundtot mit einer weinenden Uschi in der Business-Class nach Hause fliegen.

„Warum wegfliegen? Eine Nummer könnt ihr zuhause im eigenen Bett und vor allem billiger schieben", spottete Leeloo und berichtete über ein Erdmännchen, das zwei Drittel seines Lebens in Freiheit verbringen durfte, bis es einfach so, ohne gefragt worden zu sein, von einem Menschen namens Joseph eingefangen wurde, um in einem Zoo bloßgestellt zu werden.

<PLAY>

Eines schönen Morgens, geschmückt mit Sonnenblumen draußen vor den Fenstern und bunten Südostwinden, stand Uschi in einem blaufunkelnden Sommerkleid vor mir und informierte mich, sie hätte eine Wochenendstadt, die sich, wie sie es ausdrückte, unserer mit großer Wahrscheinlichkeit nicht erwehren könne, gefunden. Als sie deren Namen preisgab, wollte Leeloo freudentrunken von drei Erdmännchen erzählen, die zu dritt in ihrer Höhle hausten und trotzdem friedvoll blieben, da ihr Wohnzimmer dank ausgeklügelter Architektur auch zwei Meter unter der Erde sonnendurchflutet blieb. Doch David unterbrach sie mit einem lauten Rülpser vor dem News & Tits-Verlagsaquarium, das ihn nach wie vor auf magische Art und Weise anzog. Er schwärmte wie viel zu oft von guten alten Zeiten und dass er anstrebte, spätestens in den nächsten paar Jahren eine Kinoversion von

Baywatch zu produzieren. Dann tauchte er ins Aquarium ab und behauptete, Fische vor dem Ertrinken retten und dabei gleichzeitig ein paar Erdbeer Daiquiris zwitschern zu können.

| | PAUSE | |

Trotz unserer Vorsichtsmaßnahmen nahmen I, Maus, der Bürohengst und Pfeife Schwingungen zwischen Uschi und mir auf. Vom **PEEP**neid getrieben, schrieben sie versaute Reime über uns, die sie Rap Lyrics nannten und am Klo publizierten.

„Zerquetsche ihre Schädel", meinte Leeloo, während David neben seinem geliebten Aquarium eine Dose Bier aufzischte, das sinnentleerte Wort Pamela aufstieß und vermutete, dass außer Uschi auch andere Verlagstussen Zulas sein könnten.

FORWARD >>| (Zwei Wochen) & | | PAUSE | |

Im Flugzeug befanden sich hauptsächlich junge Menschen, die darauf erpicht waren, sich in Amsterdam den Verstand weg zu kiffen. Zwischen ihnen schwelgten mucksmäuschenstill Businessleute und Anwälte mit Baseballcaps, die in der Midlifecrisis steckten und glaubten, in einer liberalen Stadt ihre Verspieltheit und somit sich selbst wieder zu finden. Das war von vorn herein zum Scheitern verurteilt, da auch ein Drogenrausch nichts weiter ist, als eine upge**PEEP**te Illusion, wie ich über Jahre hinweg feststellen durfte.

<PLAY>

Da wir als Letzte eingecheckt hatten, waren keine Sitzplätze nebeneinander frei. Eine Reihe vor Uschi ließ ich die Blätter eines Airline Magazins durch meine Finger fliegen, um den ausdrucks- und freudlosen Sicherheitsanweisungen der **PEEP**pitmäuse zu entgehen. Dabei brannte mehr als nur der dadurch erzeugte Windhauch einen kalten Schauder in meine columna vertebralis, wie man so schön sagt. Melanie Melody™ strahlte, getragen durch die Headline *Melanies Auferstehung als Natasa und ihre zehn Gebote*, mit gestählten rosa Augen und makelloser als je zuvor, wiedergeboren wirkend, vom Titelblatt. Gespannt las ich den Artikel und das in ein rosa Kästchen eingefasste Interview, das ungewohnterweise all ihre SCH-Sprachfehler mit abgedruckt hatte. Dadurch sollte, frech und frisch, Nataschas neues Selbstbewusstsein demonstriert werden, wie sie bald zwischen all dem Amsterdamer Wasser erklären würde.

| | PAUSE | |

In hochglänzenden Lettern promotete dieses Fliegerlifestyle-Societyporno-Magazin Melanie Melodys™ neuen Glauben und wie er ihr nach dem von News & Tits aufgedeckten Kokainskandal half, sich wieder zu entdecken und aus ihrer eigenen *Ase* aufzuerstehen. Dazu diente *Natasa* laut Interview auch ein Fotosooting für Playboy, das ihr und ihren Fans neue Selbstachtung *beserte*. Des Weiteren bekannte sie sich öffentlich zur *SMABL* und erklärte, warum sie die Welt für immer und zum Guten verändern werde. Abschließend wurde für eine neue innovative Realitysendung, die in den USA bereits erfolgreich lief, die Werbetrommel gerührt und verraten, dass Natasa aka Melanie Melody™ zur Zeit in einem Amsterdamer Studio den Titelsong für den europäischen Ableger aufnimmt.

<PLAY>

Neben Uschi machte sich ein gut aussehendes **PEEP**loch breit, das offensichtlich mehr als nur reine

Konversation mit ihr anstrebte. Er eröffnete ihr, er sei erfolgreicher Produktmanager eines noch erfolgreicheren Unternehmens und verdiene überdurchschnittlich viel. Dann erklärte er mit arroganter Bescheidenheit, ihm wäre bewusst, dass er auf junge Mädchen mit schlichter Lebenserfahrung, abgesehen von seiner immensen Anziehungskraft, konservativ wirke. Aber nur weil er gepflegt und gebildet sei, hieße dass nicht, dass er ab und zu kein *Jointerl* rauche beziehungsweise für wenig offen sei, was Spaß mache und mit Jugendlichkeit zu tun hätte. Was Uschi darauf erwiderte, konnte ich nicht mehr erlauschen, weil eine nervöse CHMABL-Jüngerin neben mir Platz und all meine Aufmerksamkeit in Anspruch nahm. In meinen Gedanken taufte ich sie wegen ihres T-Shirts Erdbeerchen. Und Erdbeerchen lächelte mir zu, bevor sie in das Magazin auf meinen Schoß gaffte. Mit einer zittrigen Stimme wollte sie in Erfahrung bringen, was darin so über die CHMABL und Natasa geschrieben stand. Ich erklärte, der Artikel enthielte nichts, was ein Gespräch wert wäre und für jeden Passagier läge ohnehin ein eigenes Magazin bereit. Erdbeerchens Miene verfinsterte sich, aber schon nach einigen Augenblicken schien sie meine Schroffheit vergessen zu haben. Unbeirrt fragte sie mich in altbewährter Kleingesprächsmanier und mit dem offensichtlichen Ziel, keine Langeweile während des Fluges aufkommen zu lassen, was ich denn so alleine in Amsterdam plante.

„WIR werden UNSER Bewusstsein FÜREINANDER erweitern…“, antwortete ich und versenkte meine Augen wieder im Magazin.

„Aha“, seufzte Erdbeerchen und kratzte sich am Bauch, auf den die Spitze der aufs T-Shirt gedruckten Erdbeere deutete. Ich ließ meine Blicke auf der roten Sammelnussfrucht über ihre enormen Wölbungen entlang gleiten. Erdbeerchen bemerkte das und mit rosa schimmernden Augen, die ihre Nervosität flüchtig überstrahlten, versuchte sie mich durch eine spezielle CHMABL-Jüngerinnen-Technik zu verwirren. Dazu bediente sie sich eines Zitats ihres Meisters, Priesters, Halbgotts und Chefs, Rev. JeSos, welches dieser angeblich zum Besten gab, nachdem er eine Heroinabhängige von ihrer Sucht befreit hatte.

„Natürlich lässt sich das Bewusstsein durch Drogen erweitern. Aber kann man die rosa Ebenen dann besser riechen?“

„Die ist ärger als die zwei Nonnen vom letzten Flug zusammen“, beklagte ich mich bei Leeloo und die flößte mir ein Zitat der US-Schauspielerin Lily Tomlin ein.

„Realität ist was für Leute, die nicht mit Drogen umgehen können“, hauchte ich genüsslich in eines von Erdbeerchens entzückende Ohren.

„Dann bist du also ein Freund von Dimensionen, die über die deine, deine eigenen um genau zu sein, hinausgehen?!“, war ihre Antwort, Frage und Urteil über mich, was eine bestimmte Reaktion in mir auslösen sollte, über die zu sprechen ich noch heute zu beschämt bin. Selbstzufrieden strich sich Erdbeerchen leicht und fruchtig mit ihren Fingern über die Ausbuchtungen ihres T-Shirts. Dann kratzte sie sich erneut dort, wo die Erdbeere, wie ein Wegweiser zu etwas Wichtigem, zusammenlief. Darunter blinkte etwas matt.

Um für den restlichen Flug meine Ruhe zu sichern und all die bunten Wolken und unbegreiflichen Pflanzen, die darauf wuchsen, zu genießen, versuchte ich Erdbeerchen wortkarg zu machen. Deshalb outete ich ihr meine Welt in einem langen und einem kurzen Satz: „Ein verrücktes Mädchen behauptet, ich sei auf mit küssenden Fischen bedrucktem Acid hängen geblieben, weil ich ihre **PEEP** an irgendeinen Strand geleckt habe. Und deshalb… Ich sehe was, das du nicht siehst…“

Aber dieses Geständnis brachte Erdbeerchens rosa gestählte Äuglein erst recht zum Leuchten. Und sie fragte interessiert:

„Gott?“

„Nein! Aber angeblich kann das vorkommen... Auf LSD.“, war meine Antwort und ohne mich zu versehen, hatte ich mich wieder in einem Kleingespräch mit Erdbeerchen verfangen. Und sie hakte nach: „Bedeutet das, wenn Gott Acid werfen würde, sähe er Menschen?“

„Die stiehlt Sprüche von Steven Wright“, rülpste David „den kenn ich. Mit dem wollte ich einmal *Die Dämonen* von Fjodor Dostojewski in einer Malibu Beach-Version im Auftrag von Disney neu verfilmen“ und zog sich die Badehose am hinteren Ende nach oben, sodass sie aussah wie ein Superstring.

„Wenn Gott einen Horrortrip hat, durchaus möglich“, fuhr ich Erdbeerchen an, die so tat, als verstünde sie nicht, was ich meinte.

Ich fürchtete, mein geistreiches Gespräch mit Erdbeerchen würde sich den restlichen Flug nicht mehr erschöpfen, als mich eine Reihe hinter uns ein gequältes Wimmern rettete. Uschis Kopf tauchte zwischen meiner und Erdbeerchens Lehne auf und mit einem Zitat von Timothy Leary, an Erdbeerchen adressiert, intervenierte sie.

„The Caterpillar cannot understand the butterfly.”

Dann schmatzte mir Uschi auf meine Wange und zog ihren Kopf zurück. Den makellos gepflegten Produktmanager bat sie, den Sitz mit mir, dem Schmetterling, zu tauschen. Ohne Widerrede, mit einer schockiert-verwirrten Visage und einer blutenden Nase, tat er, was sie verlangte. Erdbeerchen rutschte zum Fenster auf, damit er sie nicht vollblutete und schnappte sich mein Magazin. Uschi überließ mir ihren Fensterplatz. Den tieferen Sinn hinter dieser großzügigen Geste war ich nicht sofort imstande richtig zu deuten.

„Man könnte fast den Eindruck gewinnen, dass uns diese CHMABL-Bagage verfolgt“, bibberte Leeloo und erzählte während des restlichen Fluges von neun Erdmännchen, die gemeinsam einen Traum hatten, der aber zu guter Letzt scheiterte, weil einer, der ängstlichste von ihnen, die Augen öffnete, noch bevor der Traum fertig geträumt war.

Ich erkundigte mich bei Uschi, warum des Produktmanagers Nase blutete.

„Reingebissen“, knurrte sie, „hat meine Zopfspitzen betatscht.“ Dann lächelte sie verlegen und meinte: „Sowas kann ich partout nicht ausstehen... bei dir vielleicht mal irgendwann...“

FORWARD >>| (zirka 2 Stunden)

Uschi hatte direkt an der Rokin-Straße, in der Nähe des Paleis op de Dam (dem königlichen Palast am Rande des Platzes de Dam), ein Hotel gebucht. Das Hotel De Weed lag nicht unweit vom Rotlichtviertel entfernt und ermöglichte alle erstklassigen Ziele im Kern der Stadt problemlos zu Fuß zu erreichen. Das Zimmer hatte leider nur Substandard und war überteuert. Dafür war Amsterdam mehr als erhofft.

|| PAUSE ||

Leeloo verlangte von mir, auf einer der Brücken Amsterdams Uschi das erste Mal zu küssen. Und noch während mir Leeloo mit ihrer Zunge an Uschis Highheels Tricks dafür demonstrierte, driftete sie in eine Geschichte über ein Erdmännchenpärchen ab, deren kleine Herzen in entgegengesetzte Richtungen schlugen, weswegen sich die beiden nur in einem durch Mondlicht erhellten See, auf der spiegelnden Wasseroberfläche, verliebt betrachten konnten.

„Leeloo will doch nur, dass du Uschi **PEEP**st", tuschelte David, während er sich an einem Heineken abplagte und es durch das offene Fenster schleuderte, weil er feststellen musste, dass er in Amsterdam außerstande war, eine Bierdose zu öffnen. Er lehnte sich an die Wand, sank betrübt zusammen und flehte uns an, von psychodelischen Substanzen dieses versündigten Molochs die Finger zu lassen. Unser aller Bewusstsein, so fürchtete er, war ohnehin zu viel erweitert und das ginge auf Dauer einfach nicht gut.

Und während sich Uschi für die Straßen Amsterdams fertig stylte, berichtete Leeloo von Erdmännchen, diesmal drei, die nur glücklich sein konnten, wenn sie sich ihre kleinen süßen Pfötchen halten durften. Das Unglück dieser Geschichte nahm aber jäh seinen Lauf, als dem kleinsten und süßesten dieser drei Freunde bei einem Jagdausflug auf Skorpione das Mittelfingerchen des linken Pfötchens abgetrennt wurde.

Da mir Leeloos Geschichte zu grausig wurde und ich David als immer unnötiger empfand, fiel es mir leicht, die beiden ignorierend, in das Hotel De Weed-TV zu starren, um Uschi die nötige Privatsphäre zu gewähren, damit sie sich halbnackt neben mir unbeobachtet und wohl fühlen konnte. Das Badezimmer war fürs Umziehen, wollte man akrobatische Verrenkungen vermeiden, nämlich zu klein. So fixierte ich durch meinen Tunnelblick holländische Fernsehspots, damit sich Uschi für unser Amsterdam außerhalb des Hotel De Weed neben mir ausstaffieren konnte. Doch kurz bevor sie ihren Look vollendet hatte, übermannte es mich und ich äugte über den Rand meiner Diskretion hinaus. So ergaffte ich Uschi mit dem Rücken zu mir, beim sich ein T-Shirt-über-den-Kopf-streifen.

FORWARD >>| (zirka 10 Minuten)

Uschi und ich fanden uns desorientiert auf dem Platz de Dam wieder. Geschehnisse des Alltags, inklusive aller Reize von und durch Amsterdam prasselten auf mich ein. Um uns tummelten sich hektisch und *mellow* unzählige Menschen, schiefe Gebäude kokettierten mit ihrem Spiegelbild im Wasser. Die Luft war angenehm warm, unzählige Impressionen nahmen an Intensität zu und alles, inklusive Uschi, schien sich um meine Person zu drehen. Die gesamte Stadt war auf positiv und *let it flow* justiert. So schlug ich Uschi vor, den nahe gelegenen Bloemenmarkt an der Singel Gracht anzuvisieren. Und dort wurde mir wieder bunt vor Augen geführt, wie schillernd meine Realität sich mir an den Hals warf und wie sehr ich den Duft von Pflanzen sowie Uschis Nähe genoss. Der Bloemenmarkt wirkte mit all seinen Farben und Aromen auf mein Gemüt stimulierend. Doch das war nichts im Vergleich zum Gefühl, das mein erigiertes Ich durchfloss, als Uschi, die immer unaufhaltsamer in unterschiedlichen Schrittlängen alle Zulas dieser Welt zu repräsentieren begann, nach meiner Hand griff. Ihre Finger, die sich wie Zahnräder mit den meinen vereinten, überwältigten mich so sehr, dass ich erwartete, Leeloos Zöpfe würden rot aufleuchten, um kurz darauf in ein silbriges Schimmern abzukühlen und in einen Regenbogen zu münden, der sich über ihr gentiles Haupt von einer Zopfspitze zur anderen entspannte.

Doch Leeloo tat nichts dergleichen, sondern begann mit einer Geschichte über Erdmännchen, die jahrelang der einzig wahren Fährte zum Glück nachspürten, um schließlich feststellen zu müssen, dass sie nichtsahnend nur der Duftspur des jeweiligen anderen gefolgt waren. David unterbrach Leeloo, zog sich die rote Badehose über und inszenierte einen Kopfsprung ins Wasser. Er hatte seine Dose Heineken in der Gracht erspäht und hoffte sie und natürlich sich selbst, in alter Baywatch-Manier, zu erretten. Um seine Balance wieder zu finden, wie er während der **PEEP**bombe ins trübe Nass jaulte.

„Weißt du", stellte Uschi fest, „das was uns beiden anscheinend so fest an den Fersen klebt... Schicksal oder wie auch immer man das nennen möchte, ist etwas Unheimliches, meinst du nicht?"

Ich dachte an die Erdmännchenfabel von vohin.

„Schau uns doch an und stell dich nicht dümmer, als du warst", kommentierte Uschi dieses Schweigen und drückte meine Hand so fest, dass den Schmetterlingen die kleinen Joints aus ihren winzigen Mäulern plumpsten und sie erschrocken über den schrägen Giebeln Amsterdams davon flatterten.

„Nicht oben! Die Antwort liegt dort unten", seufzte Uschi, packte mich an den Ohren und dirigierte meine Aufmerksamkeit vom Himmel weg direkt in die Gracht. Mein Blick fiel ins Wasser und ich sah mein Spiegelbild neben Uschis, deren silbrige Haare, den in der Gracht mit der Bierdose kämpfenden David verdeckten. Und Uschi stellte fest: „Du bist jemand, mit dem ich mir eine Welt vorstellen kann... du weißt schon... auch das mit den Zöpfen! Trotz allem..."

Aber dann verfinsterten sich ihre Augen und ich erlebte etwas, das Uschis Persönlichkeit widersprach: Sie machte mir Vorwürfe – über lang Vergangenes.

| | PAUSE | |

Uschi hinterfragte, während wir uns auf der Wasseroberfläche spiegeln sahen, warum ich sie so leicht zum Niesen bringen konnte und sie fähig war, mir so unverblümt in Aussicht zu stellen, irgendwann irgendwas mit ihren Zöpfen machen zu dürfen. Nach all dem, was ich ihr und ihren Freunden an der französisch-deutschen

Grenze angetan hatte.

„Und alles, was sie von dir auf Condoleezza mitanhören musste“, merkte Leeloo an.

<PLAY>

„Warum fliegt sie dann mit dir nach Amsterdam?“, fragte sich und mich David in der Gracht, bevor Leeloo mit einer Kurzgeschichte los legte, die den großen Frisurenstreit zweier Erdmännchenstämme abhandelte, der ich aber kaum Aufmerksamkeit schenkte.

„Warum fährst du dann mit mir nach Amsterdam?“, fragte ich.

„Na weil…“, meinte Uschi kleinlaut, „ wir könnten hier… du weißt schon…“

Und ich wusste, was sie meinte. Ich kannte Uschi mittlerweile gut genug, um das neugierige Glänzen in ihren Augen als das, was es war, zu deuten. Doch ich hatte Bedenken, dass es sie und was zwischen uns war, veränderte.

„Idiot!“, schrie Leeloo und David versuchte mit Badehose am Kopf, die von ihm gerettete Bierdose, wie ein Seehund seine Muschel, am Rücken schwimmend, zu öffnen.

FORWARD >>| (Stunden)

Uschi und ich flanierten durch die Walletjes um nach Coffee-Shops Ausschau zu halten. Doch es fand sich nichts, wo wir uns wohl gefühlt hätten. Also geisterten wir ziellos durch enge Gassen und beobachteten Menschen, denen high oder down ins Gesicht geschrieben stand.

FORWARD >>| (einige Gassen und Grachten weiter)

Mir fiel eine Gruppe japanischer Männer auf, die sich vor einer Auslage über die darin auf Kundschaft hoffenden **PEEP**s lustig machten und Fotos schossen. Die **PEEP**worker, denen die übermütigen Demütigungen egal waren, kokettierten hüftknickend, machten interessante Bewegungen mit der Zunge oder zogen sich das Oberteil gerade so weit runter, dass fast noch nichts zu sehen war, aber ihre potenziellen Klienten genug anheizte, um in einem der Schaukästen zu verschwinden. Diese Fenstermädchen verstanden es, von allem Möglichen berauschte Männer in ihre rötlichen Kisten zu locken.

Als einer nach dem anderen in eine der **PEEP**auslagen verschwand, lichtete sich die Gruppe und ein Blinken tat sich hervor. Ein rosa Lichtimpuls reflektierte auf einer Fensterscheibe und hob sich dezent ab. Dieser entsprang aus der Mitte eines atemberaubenden Mädchenkörpers in Superstring-Jeans, das ein **PEEP**schaufenster nach dem anderen penibel begutachtete. Ich konnte nicht anders, als mit meinen Augen ihren Hintern zu touchieren. Dieser Zwang wurde durch Uschis beiläufige Erzählungen über das goldene Zeitalter Amsterdams wie ein Soundtrack begleitet. Und Leeloo nagte an meiner mit Uschis verzahnter Hand, weil sie mich darauf aufmerksam machen wollte, dass der Hinterteil dieser CHMABL-Jüngerin uns nicht unbekannt war. Dann eröffnete sie die herzzerreißendste aller Erdmännchenfabeln, die unsere Welt je gehört hat.

| | PAUSE | |

Das Ausspionieren der **PEEP**-Auslagen diente einem anderen Zweck als von mir vermutet. Mich blendete zuerst die stimulierende Vorstellung, eine CHMABL-Jüngerin hielte nach den darin gebotenen Dienstleistungen Ausschau. Das ließ Schmetterlinge auftauchen und wie kleine Düsenjets, Sorry, I'm a Lady! singend, durch die engen

Gassen der Walletjes pfeifen. Doch als sich das Mädchen umdrehte und uns mit rosa gestählten und abgrundtief traurigen Augen durchbohrte, lösten sie sich in Luft auf.

<PLAY>

Obwohl das Tourismusghetto Amsterdams überschaubar ist, überraschte es mich, auf Erdbeerchen zu treffen. Sie rauchte nervös eine Zigarette, was in Anbetracht der CHMABL-CI eigenartig wirkte. Normales Rauchen war für die Jüngerinnen streng verboten, da es ihr Erscheinungsbild und somit das Image der CHMABL gefährdete. Ohne Hallo oder So ein Zufall aber auch warf Erdbeerchen die halb fertig gerauchte Zigarette auf den Boden, kniff die Augen zusammen und wetzte davon. Uschi glaubte Tränen in ihren Augen entdeckt zu haben, was ich nicht bestätigen konnte, weil meine Blicke an anderen Stellen ihres Körpers haften geblieben waren.

FORWARD >>| (das Anne-Frank-Haus, ein Van Gogh Museum und das **PEEP** Museum später)

Wir saßen in der Abendsonne, schwelgten auf einer Bank an der Amstel dahin und futterten mit Stäbchen aus Papierbechern einen asiatischen Nudelmix einer Imbissbude namens Wok To Walk. Während wir genüsslich vor uns hin mampften, schmökerte Uschi in einem Reiseführer und erfuhr von einem Coffee-Shop, der von Touristen nicht überrannt sein sollte und deshalb für Touris wie uns in Frage kam. Es handelte sich um einen winzigen, kuscheligen Shop auf der Vijzelgracht, der mit freundlicher Bedienung und moderaten Preisen, wie Uschis City-Guide meinte, eine angenehme Atmosphäre garantierte.

Als die letzte Nudel unsere Speiseröhre hinunter geglitten war, brachen wir auf, um diesen gepriesenen Ort zu finden. Am Weg dorthin fiel mir das Mellow Yellow auf. Angeblich der erste Coffee-Shop in Amsterdam. Die Stimmung, die dort heraus lächelte, erinnerte an die glorreicheren Jahre der Beatles. Das gefiel mir, aber Uschi beharrte auf den Coffee-Shop Little, an dessen Türrahmen ich mir ein paar Hausnummern weiter den Schädel anhauen sollte.

Im Coffee-Shop Little wollte Uschi den ersten Joint ihres Lebens probieren, um mit mir zumindest flüchtig auf ein und derselben geistigen Ebene dahin schwadronieren zu können. Während Leeloo von einem Erdmännchen erzählte, das vor lauter Einsamkeit Rauchsignale in den flimmernden Abendhorizont sendete, aber nur eine Horde Hyänen anlockte, die dann mit dem Erdmännchen das taten, was Hyänen mit Erdmännchen eben so tun, ließ sich Uschi vom Barkeeper über Marihuanasorten aufklären. Nach einer zwanglosen Beratung, die zwischenzeitlich in ein Kleingespräch über Politik zu münden drohte, wurde ihr *Cosy Josy* empfohlen.

„For beginners", meinte der Coffee-Shop Barkeeper und schaute blasiert in die Luft, wo er etwas beobachtete, das sogar meiner Wahrnehmung unzugänglich war. Uschi wirkte verwirrt und als Leeloo das Ende ihrer Geschichte erreichte und detailliert beschrieb, wie ein von Hyänen zerkautes Erdmännchen aussieht, griff sie nach dem zu perfekt gedrehten Tütchen Cosy Josy. Mir wurden zwei Gläser Fruchtsaft in die Hände gedrückt.

Mit diesen Kifferutensilien zwängten wir uns in eine Ecke neben ein paar besinnungslos eingeflaumte Typen. Leeloo stupste ihre Nasen und David war über die Tatsache, dass in Coffee-Shops kein Bier verkauft wird, alles andere als froh. Er zog sich die Badehose enger und werkte unter dem Tisch an der aus dem Wasser geretteten Dose Heineken herum.

Ich leistete Uschis Bitte Folge, zuerst an Cosy Josy zu ziehen und dachte dabei komischerweise an Prinz Charles. Je mehr ich daran zog, umso langsamer wurden meine Gedanken und aus Prinz Chaaaaaaaaaaaaarles nach dem fünften Zug wieder Kate Moss. Zufrieden seufzte ich ihren Namen. Uschi beobachtete neugierig, wie Cosy Josy in mir agierte, um etwaige Abweichungen meiner Persönlichkeit zu registrieren. Doch wie versprochen, war Cosy Josy nicht besonders stark und so florierten in mir keinerlei körperliche oder emotionale Reaktionen, die Uschi abgeschreckt hätten.

FORWARD >> | (zwei Liter Rauch in Uschis Lunge)

Uschis Augen wurden groß und blitzten blaugrün auf. Ihre Lippen formten voluminöses Staunen und Zuspruch am Gefühl, das ihr Cosy Josy zu Gemüte führte. So saßen wir in unserer Ecke, tranken Fruchtsaft und rauchten. Uschi wurde lebhafter und übermütig, was sie nach Stärkerem verlangen ließ.

FORWARD >> | (keine Ahnung wie lange…)

Lächelnd schwebte Uschi mit einem neuen Joint neben mir nieder. Um das High End zu erreichen, hatte ihr der Coffee-Shop Barkeeper eine Sorte ans Herz gelegt, die zum Cannabis Cup Winner 1994 gekürt wurde.

FORWARD >> | (keine Ahnung, wie lange, aber länger als zuvor)

Auf wellenartigen Rhythmen reitend begann Uschi herzhaft zu lachen. Aber im Gegensatz zu ihrem High bewirkte das AK-47 in mir eher ein Down. Dieses Gras, das nach einem über 100 Millionen Mal hergestellten Mordinstrument benannt wurde, ließ Gedanken in mir hochsteigen, die ich glaubte, bereits verdrängt gehabt zu haben.

Uschi murmelte über ihre linke Schulter eine mathematische Formel und kicherte weiter vor sich hin. Und um mich wurde es dunkler, da sich ein düsterer Nebel über meine Gedanken legte. Ich nahm boshafte Vibrationen wahr, die aus Davids Badehose wie eine Fontaine aus schwarzen Blumen hervorsprudelten, in der Luft zerstäubten und zu einem alles einlullenden Smog wurden. Uschi bekam nichts davon mit. Ein silbriger Schein, den Leeloos Haare ausstrahlten, während sie die Fingernägel manikürte, schirmte sie wie in einer funkensprühenden Seifenblase lebend ab. Und David war noch damit beschäftigt, seine Bierdose vergeblich zu öffnen. So war ich der einzige, der Angst vor jeder nächsten Sekunde hatte.

FORWARD >>| (Zu lange und Angst)

Uschis Kichern krachte durch die dunklen Vibes und riss den Nebel in zwei grobe Hälften. Ihre blühenden Denkarten bereiteten ihr sichtlich Spaß und sie beschrieb lachend die dümmlichen Gesichter unserer Arbeitskollegen, könnten sie uns so sehen. Das ließ den Dunst wieder ankriechen; vor allem weil ich es nicht chillig fand, eingeflaumt an Arbeit und I, Maus, den Bürohengst oder Pfeife denken zu müssen. Das teilte ich Uschi auch mit. Doch sie ignorierte mich zustimmend und erwähnte kindlich glucksend, dass einer der drei auch Gänsehaut bei ihr bewirkte. Natürlich wollte ich wissen warum. Während sie zögernd damit begann, eine Antwort zu formulieren, fächelte ich mit meinen Händen die letzten Nebelschwaden weg. Dann säuselte Uschi mit errötetem Gesicht, sie hätte in dieser Hinsicht eine unnötige Erfahrung gemacht und ich würde schon wissen, was sie meinte.

| | PAUSE | |

Ich wusste nicht, was sie meinte, weshalb David mich auslachte:

„Zulas sind halt leicht zu haben. War doch klar. Kleine **PEEP**en!"

<PLAY>

Uschi berichtete von einer News & Tits Weihnachtsfeier, viel Alkohol und einem dummen entbehrlichen Ausrutscher.

„Dort hab ich mit einen von ihnen was gehabt!", brach es aus Uschi neben ihrer Beschreibung des Buffets heraus, als hoffte sie, ich überhörte es zwischen Lachs, Prosciutto und Oliven.

„Was heißt, etwas gehabt?", fragte ich.

„Na, etwas heißt, was es heißt. Etwas halt!"

„Mit wem?"

„Vergiss es einfach wieder."

„Sowas kann ich aber nicht vergessen. Ver**PEEP**t."

„Wir haben uns damals noch nicht einmal erkannt."

Was ich darauf entgegnen wollte, war mir peinlich, darum bestand meine Antwort aus purem, unfairem Schweigen. Mir war bewusst, ich tat ihr Unrecht. Doch konnte ich mich nicht dagegen erwehren zu visualisieren, wie sich Uschi I, Maus, dem Bürohengst oder gar Pfeife hingab, während David, dieser ver**PEEP**te **PEEP**, sie mit einer Dose Bier in der Hand filmte und mit seinem **PEEP** spielte.

Zerknautscht beäugte Leeloo meine Gedanken und erzählte von einem Erdmännchenmännchen und einem Erdmännchenweibchen, die sich mehr als nur gern hatten.

| | PAUSE | |

Diese der leelooschen Gehirnhälfte entsprungene Geschichte erzählte, wie ein Erdmännchenmännchen einem Erdmännchenweibchen unnötigerweise und gegen den Willen seiner Gefühle das Herz bricht. Ein Herz, das ihm, nicht zu offensichtlich, aber dennoch deutlich genug, zu Füßen lag. Eines Tages, zu einer romantischen Stunde nämlich, bei Vollmond an einem kleinen See, um die Details nicht unerwähnt zu lassen, erzählte das Erdmännchenweibchen dem Erdmännchenmännchen fatalerweise, dass es als Kind in einen Löwenjungen namens Simba verliebt gewesen war. Das alleine wäre für das Erdmännchenmännchen schon Grund genug gewesen in einem Eifersuchtstobanfall wütend wüste Worte in den gemeinsamen Nachthimmel zu brüllen. Doch dass es sich noch dazu genau um jenen Löwenjungen handelte, dessen Vater den Opa des Erdmännchenmännchens gefressen hatte, brachte ihn zur Weißglut. Das Erdmännchenweibchen versuchte, das Erdmännchenmännchen zu beruhigen und trieb ihre Jugend-Lovestory voran, um sie so schnell wie möglich zu beenden. Sie erzählte, das Pfötchen des Erdmännchenmännchen streichelnd, dass der Löwenjunge, wie sollte es anders auch sein, sie ohnehin nicht – höchstens zum Fressen – gern hatte und sie jede Art der weiteren Kontaktaufnahme erst gar nicht in Erwägung zog. Das Erdmännchenweibchen bezeichnete den Löwenjungen als naive Schwärmerei und hoffte, das Erdmännchenmännchen würde sich dadurch wieder beruhigen und ihr einen Kuss auf die Nasenspitze spendieren. Doch das tat es nicht, weil die Tatsache, dass das Herz des Erdmännchenweibchens früher für jemanden anderen und noch dazu für diesen für ihn verhassten Löwenjungen namens Simba, dessen Vater seinen Opa gefressen hatte, schlug, brachte das eifersüchtige Erdmännchenmännchen dermaßen in Rage, dass es vergaß, wie sehr es das Erdmännchenweibchen liebte, und es, zu allem Überfluss, ein billiges Frettchen nannte. Dieses Wort, das Schlimmste was ein Erdmännchenmännchen einem Erdmännchenweibchen sagen kann, führte dazu, dass das Erdmännchenmännchen sein Erdmännchenweibchen, zumindest als Ganzes, in dieser Nacht am See zum letzten Mal sah. Das Erdmännchenweibchen war nämlich derart gekränkt und traurig über diese und all die vorangegangenen Beleidigungen, die gegen ihren gemeinsamen Himmel schlugen, dass es den Löwenjungen, ihre Jugendliebe, mittlerweile erwachsen, größer und noch hungriger, mit der Gewissheit aufsuchte, natürlich und ohne großes Tamtam umgehend gefressen zu werden.

Das Erdmännchenmännchen kam bald und doch zu spät zur Vernunft. Die von ihm ausgesprochenen Flüche und Wörter gegen das gemeinsame nächtliche Firmament fügten ihm gleichermaßen Schmerzen zu, wie sie es beim Erdmännchenweibchen getan hatten. Und so machte sich das Erdmännchenmännchen reumütig, aber nicht rechtzeitig genug, auf die Pfötchen, um erst nach langer Suche das linke Ohr seiner Geliebten, jedoch nie wieder eine große Liebe, zu finden.

Im Laufe der Jahre verkümmerte sein Herz mehr und mehr, wie nur bei Menschen möglich, und irgendwann verschwand auch das Erdmännchenmännchen für immer und ohne Lebewohl. Niemand erfuhr, was aus ihm geworden war. Von ihm fand man nicht einmal das linke Ohr.

<PLAY>

David kaute an seiner Badehose, um sie sich anschließend wieder über den Kopf zu ziehen. Dann schnauzte er Leeloo an, sich verdammt noch mal einfach wieder nur Zöpfe abzuschneiden, zu flechten, sie zum

Leuchten zu bringen oder irgendetwas anderes Unsinniges damit zu veranstalten. Aber sie sollte ver**PEEP**t nochmal aufhören, solch pathetischen Schwachsinn von sich zu geben.

Und ich fühlte mich wie das Erdmännchenmännchen. Ohne ihr in die Augen zu blicken, nannte ich sie ein billiges Frettchen. Dann ließ ich sie alleine im Coffee-Shop Little sitzen. Sie zündete sich ihren erloschenen Stumpen AK-47 an und rief mir nach: „Du bist auch nicht besser als die Drei!“

„Es tut mir leid, Zula“, wollte ich antworten, aber tief in mir hinderte mich etwas daran.

Ich hetzte langsam die Vijzelgracht entlang und wurde währenddessen von Leeloo und David in eine Diskussion verwickelt.

„Du Heuchler. Ich sage!..! Ich könnte..! Ich möchte..! Nein..! Ich werde es geradewegs in dein Gesicht kotzen“, schnaubte Leeloo wütend und grunzte dann laut „CONDOLEEZZA!?!? Und sie liebt dich trotzdem.“

„Sie ist dein einziger Freund und könnte noch mehr werden. Zerstör das nicht“, warnte mich Leeloo und erzählte mir als Strafe nicht die Geschichte von den 23 Erdmännchen, die vor dem Problem standen, dass sie nicht wussten, wer von ihnen die schönste Nase hatte. Und in Anbetracht dieser Situation, die allen Beteiligten zusetzte, war es unmöglich zu bestimmen, wer von ihnen länger als eine Stunde auf den Hinterbeinen stehen durfte. Stattdessen summte Leeloo pathetisch: „Love is stronger than pride!”

David tätschelte abfällig meinen Hintern und ließ seine Badehose mit aufgesticktem Smiley schnalzen und meinte:

„Verletzter Stolz aber mehr.“

Und ohne Davids Pratze von meinen Hintern zu schlagen, nickte ich zustimmend.

Er warf triumphierend die Badehose in die Luft.

Ich kam am Mellow Yellow vorbei und die Stimmung, die mich vorher aus dem Inneren gelockt hatte, zog mich hinein. Ich bestellte mir Saft und bereute mein Verhalten gegenüber Uschi mehr als alle Bosheiten, die ich jemals in meinem Leben verübt hatte. Ich wollte zurück, sie in die Arme schließen und ihr versichern, dass mir sogar egal wäre, wenn sie mit dem gesamten Management ab Ebene 7 *etwas* gehabt hätte. Das konnte ich aber nicht, da es mir eben nicht egal gewesen wäre.

Leeloo drohte mir die Freundschaft zu kündigen und leiser als sie mir an irgendeinem Strand in Spanien erschienen war, wieder zu verschwinden. David sagte nichts. Aus seiner Dose Heineken, die er mithilfe eines rostigen Nagels, schließlich aufhacken konnte, schäumte blubbernd Bier. Er ging mir fürchterlich auf den Geist, deshalb starrte ich aus dem Fenster und vermisste fruchtsafttrinkend Uschi. Erst als draußen ein Mädchen vorbeihuschte, wurde ich aus diesem Zustand gerissen. Aufgrund von Figur, Frisur und der Art, wie sie sich bewegte, hätte es Michelle sein können. Ich rannte auf die Straße und nahm ihre Verfolgung auf.

FORWARD >>| (einen Kilometer und über die Leidseplain hinaus)

Im Vondelpark verlor ich sie aus den Augen. Abgehetzt setzte ich mich außerhalb des Parks auf eine Bank und beobachtete die Bäume, die in der Dunkelheit glänzten und mit ihren Blättern Geräusche veranstalteten, die ich nicht hören wollte. Es spielte sich nach wie vor vieles in meinem Kopf ab, das, schenkte man populären psychologischen Modellen Glauben, dort nicht hin gehörte. Ich beschloss, sitzen zu bleiben, den Bäumen trotzdem zu lauschen und meine Gedanken etwas zu ordnen, um wieder alles so zu sehen, wie es wirklich schien. So dachte ich seit Langem wieder etwas mehr, als jemand, der seins vor dem Fernseher oder durch andere Drogen verwirkt hat, über mein Leben nach und erkannte, was ich vermeiden wollte: Niemals wollte ich wie Xalvadora enden und erst recht nicht eine wahrhaftige Zula verlieren.

| | PAUSE | |

Kurz nachdem Michelle verschwunden war, hatte ich eine Postkarte aus Spanien erhalten. Auf der Vorderseite war eine Sonnenanbeterin von ihrer Hinterseite abgebildet. Eine Großaufnahme eines weiblichen **PEEP**, in einem hübschen weißen Bikinihöschen und gegen die Sonne fotografiert. Die Lichtstrahlen blitzten zwischen dem Ansatz ihrer **PEEP**, dort wo die Beine zusammen wachsen, und streuten sich grell und sternförmig über die braungebrannte Gesäßhaut, auf der Strandsand klebte. Ich entdeckte in diesem Motiv Erleuchtung und Spiritualität. So stellte ich mir nämlich die Hintern all der Engel vor, die auf einer flaumigen Wolke auf mich warten, falls ich wirklich einmal stürbe. David dagegen erinnerte es an Baywatch und Leeloo fand weniger das Bild, dafür die Nachricht auf der Rückseite schockierend. Sie vermutete, Maite wollte mich so für Xalvadoras Tod verantwortlich machen. Immerhin wusste Maite, was am Strand von Denia vorgefallen war und hatte mitansehen müssen, wie ihr Bruder und seine Freundin samt seiner Amigos über Nacht zu Locos wurden.

Leeloo flocht sich einen Zopf, als sie vorlas, was Maite auf ein paar Zeilen reduziert berichtete: Nachdem Xalvadora die Dose zurück geholt hatte und wieder in Spanien war, ließ sie daraus ein goldenes 9mm Flachkopfgeschoss ohne Ummantelung gießen. Dieses benutzte sie, um sich mit dem alten Jagdgewehr ihrer Mutter, in ihren mit Rioja gefüllten Mund, zu schießen. Xalvadora kritzelte ihren Abschied auf ein Taschentuch, besprenkelt mit roten Weinflecken. Darauf berichtete sie in verstörenden Reimen von der Hochzeit des General Francisco Franco mit ihrer verstorbenen Mutter und wie dieses Brautpaar, das während der Trauung widerlichen digitalen, analen und oralen (in dieser Reihenfolge) **PEEP** praktizierte, sie zu dieser Tat gedrängt hatte. Neben der schüchtern geschmierten Abschiedsfloskel „?Te quiero, Maite!“ am linken unteren Rand, hinterließ Xalvadora ihren letzten Willen. Dieser verlangte von Maite, mir eine Postkarte mit *cínico* Strandmotiv zu schicken und mitzuteilen, dass sie mich aus dem Jenseits *todos los días* auslacht, bis auch ich den Mut aufbrächte, ihren Weg zu gehen. Abschließend stand geschrieben: „La prueba del pudín consiste en comer“, was frei übersetzt heißt, „Der Beweis des Puddings besteht darin, ihn zu essen.“

<PLAY>

David lutschte auf einem überquellenden Mülleimer sitzend an seiner leeren Bierdose. Leeloo suhlte sich am Boden und fragte mich, wie viele Oinks eine Frau eigentlich haben müsse, um als Zula zu gelten. Dann kicherte sie und meinte, solange ich mich nicht bei Uschi entschuldigte, blase sie mir nicht die schmutzigste und beste aller Erdmännchengeschichten, immerhin mit über 92 Oinks[19], durch meine Ohren. Darauf ließ ich mich nicht ein und zog es vor, kichernde Wolken, die teilnahmslos über Amsterdam zogen und etwas glitterähnliches, silbrig Funkelndes auf den Horizont der Stadt spuckten, zu beobachten.

| | PAUSE | |

[19] Anmerkung meines semantischen Gedächtnis: Oinks sind eine 100stufige Messskala, mit der männliche Wesen die vulgäre Ausstrahlung bzw. Anziehungskraft einer Frau bewerten.

Ich verspürte Zufriedenheit und akzeptierte zum ersten Mal die Farbenpracht meiner Wahrnehmung als das, was sie zu sein versuchte. Außerdem begriff ich endlich, dass es nicht absehbar war, wann und ob ich den allgemeinen Standard des von der Gesellschaft geforderten Blickwinkels für unsere Welt wieder erreichte. Ich schloss Leeloo und teilweise sogar David endgültig in mein Herz und entschied, über alles glücklich zu sein, das in mir und um mich passiert. Beim purpurnen Sonnenuntergang im Vondelpark schwor ich, Xalvadoras Fährte niemals zu folgen.

<PLAY>

Mir war, als schwebte ich auf den Luftwirbeln, die von den Flügelschlägen meiner imaginären Schmetterlinge in die Luft gezeichnet wurden. Mit diesem Gefühl im Rücken rannte ich zum Hotel De Weed. Aber nach einigen Minuten stellte sich mir aus einer Seitengasse ein Lichtschein in den Weg. Dieser hob sich scharf vom Amsterdamer Horizont ab und fügte sich in das Gesamtbild einer Illusion, die viele Menschen brauchen, um das Leben vor dem Tod einigermaßen angstfrei zu genießen.

| | PAUSE | |

Dieses schrille Gebäude war mit berechnender Spiritualität und manipulierender Weltreligiosität aufgeladen und saugte wie ein schwarzes Loch alle Aufmerksamkeit der Umgebung in sich auf. Kein Gebäude, auch noch so schräg, kam in seiner Nähe zur Geltung und verlor sich in gravierender Bedeutungslosigkeit. Aber nicht nur, dass diese charismatischen Mauern die gesamte Aura der Umgebung aufsaugten, sie absorbierten auch sämtliche Geräusche um sich herum und entließen sie wieder als angenehme Stille. Die gesamte Umgebung liebäugelte mit einer Resonanz, die eigentlich nur moderne Tonstudios wie das von Melanie

Melody™ zustande brachten. Fürwahr, dieses architektonische Kuriosum, das Kitsch und religiösen Schnickschnack verschmolz und veredelte, verdiente angebetet zu werden. Egal, wie man zur CHMABL und deren Pferdenasen stand, man musste ihnen zumindest eines zugestehen: sie hatten Style. Dieser erstreckte sich von den Superstring-Jeans über ihre streng definierte Aufmachung bis hin zur Baukunst. Ihre Kirchen waren das Ultimativste, was fromme Architektur bot und zwangen jede Stadt, die am Puls der Zeit naschen wollte, etwas derart Angesagtes als Teil ihres urbanen Gesamtbildes ihr Eigen nennen zu wollen.

<PLAY>

In mir entflammte ein Bedürfnis, in bedingungsloser Demut auf die Knie zu fallen und mich dem Licht, das die Kirche in eine magische Silhouette säumte, hinzugeben. Die Farben des Scheines änderten sich wie meine Stimmung, die durch einen inneren Kampf gegen diese Begierde getragen wurde. Das Licht lockte alles an. Sogar meine Schmetterlinge folgten der Fährte seiner Strahlen und entschwanden zwischen den grellen Pforten der CHMABL-Kirche. David wollte ihnen folgen, aber Leeloo hinderte ihn daran, indem sie ihre Haare durch seine Badehose fädelte und ihn, wie einen Hund an der Leine, zurückhielt. Meine Aufmerksamkeit verfing sich in einer Gruppe Mädchen in Superstring-Jeans mit rosa Augen. Zuerst glaubte ich wieder, Michelle unter ihnen erkannt zu haben. Aber dann war mir, als wäre es Erdbeerchen, bis mir auffiel, dass auch das nicht eindeutig zu bestimmen war. Die Mädchen sahen sich einfach zu ähnlich. Fast alle trugen über ihren formvollendeten Oberkörpern T-Shirts mit einer Erdbeere und dem Wort *Sweet* aufgedruckt und verströmten den Duft dieser Frucht. Nur einige wenige, die athletischer und bedrohlicher wirkten, waren mit einem blinkenden

Bauchnabelpiercing geschmückt und stachen durch ein anderes Motiv hervor: einer Chili-Schote, darunter der Satz: *Hotter than Hell*!

Eingesäumt vom Charisma der Kirche und dieser dumpfen Tonstudiostille, quatschten die *Sweets* und *Chilis* vor der Pforte des Heaven's Gate, über der eine riesige Erdbeere hing, und verschwanden in den mysteriösen CHMABL-Gemäuern, als sich die Silhouette der Kirche rosa färbte. Ich wollte eintreten, so wie ich noch nie in etwas rein wollte. Ein Verlangen nach Unbekanntem schob mich langsam in Richtung Heaven´s Gate. Aber der Gedanke an Uschi bremste mich, ins rosa Licht zu wandeln und in diesem erdbeerigen Aroma aufzugehen. Leeloo half mir beim Widerstehen, indem sie mir von hinten Augen und Nase zuhielt, um in aller Ruhe an meine Zebras, die in Zeitlupe rückwärts laufen, zu denken. Als ich damit fertig war, rannte ich weiter, zum Hotel De Weed, wo ich Uschi vermutete.

FORWARD >>| (zum Hotel de Weed)

Uschi packte gerade die Koffer. Ich blieb im Türrahmen stehen und hatte nicht den blassesten Schimmer, wie ich mich entschuldigen sollte. Sie kam mir dabei auch nicht entgegen, sondern legte lieber einen BH zum anderen gepackten Zeugs.

„Ich bin ein Idiot", offenbarte ich Uschi.

„Verschone mich mit Floskeln", war ihre Antwort und sie vergrub ihren Blick weiter im Koffer. Erst nach ein paar Sekunden schaute sie mich an und stammelte, sie wäre die Idiotin, da sie dem Trugschluss unterlag, ich wäre *jemand, der sie für immer, ab und zu, zum Niesen brächte.*

„Ach, wie süß", frohlockte Leeloo und streckte im Bett neben dem halb gepackten Koffer alle Viere von sich.

„Aber trotzdem werde ich dir keine neuen Geschichten

über Erdmännchen erzählen. Zum Beispiel die, bei der sich ein Erdmännchenmännchen und ein Erdmännchenweibchen, beide im besten Alter, beim **PEEP**en die ärgsten Menschennamen gaben, um dem Akt innerhalb und außerhalb ihrer Höhle mehr Pepp zu verleihen und was infolge dessen passierte", drohte Leeloo. Dann zog sie Davids Badehose zwei Meter von ihm weg und ließ sie schnalzen, sodass er aufschrie und sie „dreckige **PEEP**!" schimpfte.

Während sich Leeloo und David auf dem Koffer balgten, dachte ich darüber nach, wie ich Uschi meine Reue demonstrieren konnte. Zunächst fiel mir nichts Besseres ein, als ihr beim Falten der Slips zu helfen. Doch Leeloo hielt mich davon ab und erklärte, es gäbe nichts Respektloseres als getragene Unterwäsche eines Mädchens, noch dazu, nachdem man es verletzt hatte, vor ihren Augen anzufassen. David meinte, Slips wie Uschi sie trägt, falte man ohnehin nicht und Leeloo erteilte mir Ratschläge, wie ich das Wochenende im Amsterdam retten und Uschis Gunst wieder gewinnen konnte.

Als ich ihre Anregung in die Tat umzusetzen begann, machten sich Leeloo und David aus dem Staub, um mir die Intimsphäre zu gewähren, die dafür nötig war. Zwischen Fernseher und Bett befolgte ich Schritt für Schritt, was Leeloo mir zu tun empfohlen hatte. Und das entlud sich dermaßen unbeschreiblich und abseits all meiner Erwartungen, dass ich auf genauere Details wieder einmal verzichten möchte.

FORWARD >>| (Uiuiuiuiuiuiui Ui)

Glücklichsein macht hungrig und so schlug ich Uschi gegrilltes Fleisch und Fritten mit Mayonnaise vor, um Amsterdam doch noch zu genießen.

FORWARD >> | (Zehn Gehminuten vom Hotel De Weed)

Wir saßen in einem Gastgarten neben einer Gracht, hielten Händchen und grinsten uns an. Entgeistert schüttelte Uschi den Kopf und frohlockte, nie für möglich gehalten zu haben, dass *Das*, wie gerade erlebt, funktionierte. Ein heftiger Niesanfall folgte und ich konnte kaum glauben, dass ich mutig genug war, alles so zu machen, wie Leeloo wollte und es mir noch dazu gelang.

Gerade als ich Uschis zweite Hand, zwischen Burger und Pommes, zu streicheln begann, tuckerte ein Boot mit gestapelten Kisten die wie Lautsprecher aussahen, an uns vorbei. An Bord war David, der tanzend und *Enter Sandman* von Metallica singend Rückwärtssaltos schlug. Auch Leeloo tauchte wieder auf. Mit nackten Füßen, die wie gewohnt nach Pfirsich rochen, stand sie mit dem rechten Bein auf meinem Burger und mit dem linken in Uschis Fritten. Mein Blick wanderte – wie damals, als ich sie zum ersten Mal erblickte – ihre endlos langen Beine hoch, bis er sich in ihren frisch geflochtenen Zöpfen verfing. Tränen trübten ihre Augen und mit einem Hauch finaler Zufriedenheit stellte sie fest:

„Ich sehe… Das wird EUER Lied!"

Leeloo küsste mich auf den Mund und fragte, ob ich auch mutig genug sei, meine Wahrnehmung als Realität zu akzeptieren. Dann drehte sie sich um, streifte ihr glitzerndes Abendkleid ab, warf mir einen wohlig provozierenden Blick über ihre linke Schulter zu und ging in die Grachten baden. Was hatte sie doch für einen makellosen Rücken.

David zog seine Badehose so eng zusammen, dass er keine Luft bekam und verweigerte, Leeloo aus dem kalten, dreckigen Wasser zu retten. Da ich es gewohnt war, mir um die beide keine Sorgen zu machen, schenkte ich ihnen keine weitere Aufmerksamkeit. Ich musste mich auf Uschi konzentrieren, deren Haare gerade besonders silbern glommen und deren Ähnlichkeit mit Leeloo tatsächlich nicht mehr von der Hand zu weisen war. Doch ein kleiner Chihuahua, der David in eine Ecke zerrte, um mit ihm einen Big Mac zu futtern, störte meine Konzentration. David hatte wieder ein Bier in der Hand, das ihm dieser Psychodelic-Chihuahua angeberisch aufmachte. Er tat es aber nicht, wie die meisten Hunde, die man in Wahnvorstellungen so beobachtet, indem er mit seinen scharfen blitzenden Zähnen reinbeißt. Nein, er benutzte dafür seinen Schwanz und wedelte dermaßen schnell, dass sein Hinterteil von Boden abhob.

Uschi musterte mich, neigte nachdenklich ihren Kopf, hob das Weinglas, unterdrückte ein Niesen und prostete mir zu:

„Je näher du mir kommst umso mehr spüre ich, wie weit weg du eigentlich bist…“

Der Psychodelic-Chihuahua stimmte freudig in Davids *Enter Sandman* mit ein, was sich auch nicht so schlecht anhörte. Dann ließ dieses Vieh, das alles andere als Sinn ergab, Davids Hand los, hopste auf mich zu und knurrte, dieses Lied habe ab sofort Uschis und meines zu sein. Er besiegelte sein Urteil, indem er ihr ans Bein pinkelte. Uschi ließ das unbekümmert. Sie zog ein AK-47 aus der Tasche und zündete es an.

„Ich fürchte, nur so kann ich dir auf geistiger Ebene näher kommen“, meinte sie und zwinkerte.

Leeloo planschte nach wie vor irgendwo in der Gracht, David chillte mit dem psychodelischen Hund und leckte die letzten Reste des Burgers vom Boden. Ich begehrte wieder eine Welt, wie ich sie vor der Zeit an irgendeinem Strand in Spanien nicht mehr erlebt hatte. Deshalb musste Uschi ihr AK-47 alleine rauchen. Und bald bewegten wir uns in einem Raum, frei von Zeit und unnötigen Dimensionen.

Wir fühlten uns gut und relaxten bei einer Flasche Wein, umringt von lauer Sommernacht und Essensresten.

David schlief, mit einem Stück Salat aus den Mundwinkeln hängend und die Bierdose hingebungsvoll haltend, unter einem Fahrradständer ein, und Leeloos Plätschern in der Gracht entfernte sich mehr und mehr. Der Psychodelic-Chihuahua ließ von David ab, nahm grinsend meine Schuhbänder ins Maul und zog daran. Ich beugte mich runter, um sie wieder zuzubinden, verlor aber die Balance und fiel auf die Nase. Uschi lachte amüsiert, was ihr jemand gleich tat:

„Son komis, dass du immer am Boden liegst, wenn ich auf dich hinabsehe…“

Melanie Melody™ stand über mir, mit einem nach oben hin für alles offenen Minirock und ich konnte Natasas wild schnaubende Pferdenase deutlich erfassen. Ihre Augen schimmerten, gleich wie am Cover des Fliegerlifestyle-Sozialporno-Edelmagazins, rosa und gestählt.

„Es seint, im Gegensatz zu dir, habe ich mich weiterentwickelt.“ Uschi grinste in ihr Weinglas, als erspähte sie darin Flipper, den lustigen Delfin.

„Ich bin eine Zula!“, stellte sie sich, auf der flaumigsten aller Wolken schwebend, vor. Melanie Melody™ schüttelte als Natasa Uschis Hand und erzählte, sie produziere nur noch alternative Musik für ein Mainstream-Publikum und habe dadurch mehr als sich selbst gefunden.

Ich dachte „Hä?“ und Natasa fuhr über ein taufrisches Fernsehformat fort, das die beiden bekanntesten internationalen Entertainerinnen, Becky Lee & Lou, nach Europa brächten. Aufgeregt wie zwei Erdmännchen, die einen Löwenjungen herannahen sehen, erzählte Natasa, dass sie von Becky Lee & Lou, die ganz nebenbei erwähnt auch große Fans ihres akkustischen Artworks sind, persönlich auserwählt wurde, für die europäische Version von *Personal Tsesus* den gleichnamigen Song von Depese Mode für die Signation zu interpretieren.

Dann eröffnete Natasa ein Kleingespräch über den stagnierenden Musikmarkt und erzählte von ihrem Kokainskandal und wie sie dieser wieder auferstehen hat lassen. Sie berichtete von ihrer jahrelangen **PEEP**affäre, wie sie es, und Liebesbeziehung, wie er es nannte, mit Dirk Feldherr. Nachdem sie diese beendet hatte, weil er es nicht mehr *brachte*, fand sie sich am nächsten Tag auf der Titelseite von News & Tits wieder. Ein Jahre altes Foto, von Feldherr vorm **PEEP**, wie sie es, und *Liebemachen*, wie er es nannte, geschossen, zeigte Melanie Melody™ nackt, in schwarzen hochhackigen Lackstiefeln, auf einem Luftballon sitzend.

| | PAUSE | |

Herr Feldherr pflegte nämlich den unter professionellen Clowns weit verbreiteten Fetisch, seine Gespielinnen über einen Luftballon zu beugen und sie darauf so lange zu **PEEP**en, bis dieser platzte. Nur der Schreck vom lauten Knall ließ ihn das Privileg eines *Big Ohs*, wie es Natasa, und ab**PEEP**en, wie Dirk es nannte, erleben.

<PLAY>

Auf dem besagten Exklusivfoto hielt Melanie Melody™ am Luftballon sitzend in der einen Hand eine *Sampus*-Tulpe, mit der anderen formte sie ein Peacezeichen. Ihre zu anmutigem Lächeln geschwungenen Lippen waren vom Kokain, das ihr Feldherr zum Geburtstag geschenkt hatte, weiß eingesäumt und aus der Nase tropfte Blut. Die Schlagzeile, die ihre Karriere als volksdümmlicher Musikstar beendete, schrie in edelster News & Tits Manier vom Titelblatt:

Alles über den tiefen Fall von M. Melody™
Von melodiösem Schneegestöber und perversen Spielen eines sinkenden Sterns – wie es wirklich war.

Daraufhin meldeten sich Becky Lee & Lou bei Natasa und versprachen ihr, sie aus ihren *swamp of horrors* zu ziehen, den Titelsong von Personal Jesus einzuspielen und eventuell in der first season als Gaststar aufzutreten.

All das interessierte Uschi nicht. Sie bestaunte lieber, den Joint aus dem linken Mundwinkel hängend und unermüdlich auf ihrer Wolke schwebend, Flipper, den lustigen Delfin beim **PEEP**en mit einem Seehund in ihrem Weinglas.

FORWARD >>| (Zehn Minuten Kleingespräch mit Natasa)

Uschi, die besonnen wieder von ihrer flaumigen Wolke runter kam, wollte zurück ins Hotel de Weed um eventuell das *Arge* nochmal zu wiederholen. Darum verabschiedeten wir uns von Natasa und ihren SCH-losen Geschichten.

Wir schlenderten durch die Rosse Buurt, als uns erneut Erdbeerchen über den Weg lief. Diesmal wirkte sie jedoch entspannter, schien aber ihre Umgebung inklusive uns nicht wahrzunehmen. Die Erdbeere auf ihrem T-Shirt war durch eine Chili-Schote ersetzt.

„Auch flaumig, die Kleine“, blödelte Uschi, während Erdbeerchen zombiemäßig und katzenartig zugleich, an uns vorbeihuschte. Vor einem Theater, in dem live ge**PEEP**t wurde, hielt Erdbeerchen inne. Wir beachteten sie nicht weiter und blieben auf einer Brücke, zirka 50 Meter vom Theater, entfernt stehen.

Uschi legte ihren Kopf auf meine Schulter. So genossen wir die warme Luft und nutzten die Zeit, dem Wasser beim gemächlichen Fließen und den Touristen beim hektischen Treiben zu folgen. Meine Aufmerksamkeit fiel zurück auf

Erdbeerchen, weil ich Natasas Coverversion von Strawbeery Fields Forever klingeln hörte. Mit einem Handy in der Hand drehte sie sich der Warteschlange vor dem Theater zu. Sie ließ ihre Zigarette auf den Boden fallen und erhob ihre Hände wie es Priester gerne tun, wenn sie ihren Segen sprechen. Dann schrie sie etwas über ein rosa flammendes Schwert der Reinheit und brachte damit alle zum Lachen. Erdbeerchen störte das nicht, da ihr anscheinend das blinkende Bauchnabelpiercing, an dem sie nervös herum fuchtelte, mehr zusetzte. Obwohl das eigenartig war, interessierte mich Erdbeerchen inklusive ihrer riesigen Brüste nicht mehr. Lieber wollte ich Uschi meine Zunge zärtlich den Hals runter stecken.

„Nur Fliegen ist schöner", dachte ich und gerade als meine Zunge schwungvoll Anlauf nahm, musste Uschi niesen. Im gleichen Moment blitzte es vom Theater her hell auf. Gefolgt von einem unbeschreiblich lauten Knall und grellem Klirren von Glassplittern, Zischen und unzähligen Dingen, die rauschend ins Wasser prasselten. Ein heißer, erdbeerig riechender, blassrosa Windstoß aus der Richtung, wo Erdbeerchen vor dem Bruchteil eines Augenblickes gerade noch gestanden hatte, erfasste die Brücke und hielt einen Atemzug lang die Zeit an.

| | PAUSE | |

Wird man von der Druckwelle einer Explosion erfasst, spürt man keine Schmerzen, obwohl es sich hart anfühlt, wenn sie auf den Körper klatscht. Es sind weder Zeit noch Sinne erfassbar und der Atem stockt. Die heiß anrasende Luft verspürt man paradoxerweise angenehm und langsam. Sie streicht einem durch die Haare, wie es die beste Frisöse in einem Minirock, während eines schwülen Sommerfreitagnachmittags, nicht zu tun vermag. Man glaubt zu schweben, was man auch tut, weil man, während all diese Eindrücke in Sekundenbruchteilen verarbeitet werden, von der Druckwelle durch die Luft geschleudert wird. Man denkt aber nicht ans Aufschlagen, weil einfach keine Zeit dafür ist und die Wucht einen überwältigt.

<PLAY>

Die Druckwelle schlug gegen unsere Körper und Uschi, die nicht einmal ausniesen konnte, wurde mir direkt vor meinen angespitzten Lippen, durch die meine Zunge längst hervor lugte, entrissen. Und während ich so durch die Luft flog, spürte ich eine sanfte Schwerelosigkeit – nur Küssen ist schöner, dachte ich – die aber durch den harten Aufprall am gegenüber liegenden Brückengeländer jäh beendet wurde.

Ich lag auf dem Boden und war außerstande mich zu bewegen oder gar zu orientieren. Scherben, Körperteile, gebrauchte und ungebrauchte Kondome in allen Farben, Chaos und Geschrei übersäten den Boden. Ich wollte heulen, doch die qualvollen Laute der anderen verschnürten mir Hals und Herz. Blutgetränkte, schmerzerfüllte Töne, die mich bis heute in meine Träume verfolgen.

Plötzlich herrschte unheimliche Stille, die die vorangegangenen Schreie um mindestens 69 Medusen[20] in den Schatten stellte. Es kehrte für kurze Zeit eine Art von Ordnung in das bluttriefende Chaos, da alle Menschen, verletzte und unverletzte, mit offenen Mündern in den Himmel starrten. Ich tat es ihnen gleich und staunte mit den anderen, über das, was hoch über uns nieder kam. Einem Feuerwerk gleich, schwebten kleine, rosa glühende Fische langsam und federleicht vom Himmel darnieder. Lautlos sanken sie auf den Schauplatz des Terrors und

[20] Anmerkung meiner bescheidenen Physikkenntnisse: Medusen ist die nach oben offene Maßeinheit für Schrecken.

trugen Apokalyptisches mit sich. Sie tänzelten wie Schnürlregen bedächtig und göttlich vom Himmel, um, sobald sie den Boden berührten, als erdbeerförmige Nebelwölkchen zu verpuffen. Dann wurde alles durch die unterschiedlichsten Nuancen von Rosa und Erdbeergeruch verschleiert.

| | PAUSE | |

Diese ver**PEEP**ten Terroristen hatten anscheinend nichts Besseres zu tun, als ihre Bomben, wie die in Erdbeerchens Megabrüsten, durch pyrotechnische Choreografien aufzupeppen, um einen infantilen, blödsinnigen Symbolismus mitzutransportieren, den ohnehin niemand verstand. Doch gerade das sollte das Markenzeichen ihrer Anschläge definieren, um sich für die Medien von anderen Terrororganisationen abzuheben und um nicht von Trittbrettfahrern kopiert zu werden[21].

<PLAY>

Als der Nebel uns ganz verschlungen hatte und man nicht mal mehr seine Zehenspitzen sehen konnte, schrie ich nach Uschi. Doch all die Hektik und das Gebrüll, getränkt in Panik und Schmerzen, ließ mich nichts anderes als Realtime-Ableben hören. Die lähmende Wirkung des Terrorfeuerwerks setzte aus und Menschen rannten von Panik ergriffen durch dichten staubigen, rosa Dampf, der das qualvolle Gewinsel absorbierte, um es entfremdet wieder auszukotzen. Verletzte und zu Tode Erschrockene flüchteten und stolperten über leblose und verstümmelte Körper. Ich spürte Füße über mich hinweg springen und

---

21 Anmerkung meines deklarativen Gedächtnisses: Die Pferdenasen hatten sogar ein Patent auf ihr pyrotechnisches *Artwork*.

wartete nur darauf, dass die erste Schuhsohle mein Gesicht treffen würde.

Dann empfand ich eine noch nie zuvor erlebte Angst. Doch es war keine vor einem Tritt gegen meinen Kopf oder dem Tod, an den ich sowieso nie glaubte. Es war das Grauen vor einer neuen Einsamkeit und das Gefühl, meine beiden imaginären Freunde für immer verloren zu haben.

Zögernd gab der rosa Nebel tausende Leichenteile, nasse rote Scherben und bunte Kondome um mich herum preis. Und ich schrie nach Uschi, Leeloo und David. Schreien, jaulen, schreien und weinen… Jaulen und weinen, schreien. Doch keiner der drei gab ein Lebenszeichen von sich. Ich blieb wimmernd am Boden liegen, als ich Sirenen heranblinken sah und die mediale Sensation bereits erklingen hörte, ekelte eine Kälte in meinem Körper allen Lebenswillen aus mir hinaus. Ich schloss meine Augen und war weg.

| | PAUSE | | und SLOWMOTION

EIN ABSCHIEDSTRAUM KURZ NACH AMSTERDAM

Ob ihrer roten Wangen willen oder dem erfrischenden Pfirsichgeruch ihrer Zöpfe spürte ich, dass Zula noch lebte. Ich fand sie im Supermarkt in einer Tiefkühltruhe liegend. Ein Huhn, mit Augen wie Michelle, belagerte sie und gackerte grinsend vor sich hin. Ich wollte Zula streicheln, doch das Huhn ließ das nicht zu. Sobald ich Zulas warmes Gesicht berührte, pickte mir das böse Federvieh mit seinem rosa Schnabel auf die Finger. Die einzige Möglichkeit Zula zu retten, ergab sich darin, das Huhn zu töten, zu braten und zu essen. Da ich zu meiner Überraschung allerdings feststellen musste, dass ich plötzlich Veganer war, hielt ich mich damit zurück. Ich rief lieber den Filialleiter zu Hilfe, der mit zwei MMCL-Tampons in der Nase angetrabt kam und mir erklärte, dass er mir nicht helfen könne, da er sich ausschließlich von Erdbeeren ernähre. Ich verfluchte das Huhn und drohte, meinem fleischlosen Dasein ein Ende zu setzen. Doch dem Speisevogel war das egal und er spuckte mich an. Becky Lee & Lou kamen mit einem Einkaufswagen angetanzt, in dem David saß, bestückt mit silikonenen Brüsten und Kaufhauslieder singend. Auch Leeloo tauchte auf, über Atombusen heftig schimpfend. David jammerte, bei Baywatch wäre alles besser gewesen und verlieh seiner Nostalgie durch den Moonwalk Ausdruck. Becky Lee & Lou stellten sich als Präsidentinnen der Welt vor und suchten in der Feinkostabteilung nach dem idealen Werkzeug, um mundgerecht regieren zu können. Dann saß Michelle neben mir auf einem Fensterbrett. Umhüllt von einer erdbeerigen Aura und mit rosa Pupillen auf mich einstechend, verriet sie, wie ich das Huhn ausschalten könne. Sie empfahl, das Tiefkühlfach auf maximale Kälte zu schalten, um das Vieh wieder einzufrieren. Doch Leeloo unterstützte mich beim Zweifeln und wandte zu Recht ein, dass dann auch Zula erfriere. Michelle fragte, was für mich mehr zählte, links oder rechts. Ich antwortete, das käme aufs Wetter an. Michelle und Becky Lee & Lou verspotteten mich gerade, als Melanie Melody™ dazu stieß. Sie performte Personal Jesus mit spanischem Akzent. Schlagartig standen in allen Regalen nur noch Fernseher, in denen Reality-Shows, Musikvideos und Schlimmeres zu sehen waren. Ich verfluchte das TV-Programm und forderte von den Präsidentinnen der Welt, etwas gegen die Sucht der Menschen nach Verblödung zu unternehmen. Unberührt switchten alle Sender auf ein Bild: ich, tot, an eine erdbeerförmige Satellitenschüssel genagelt, hinter mir ein Feuerwerk aus Schmetterlingen und darunter Zula in einer Badewanne, gefüllt mit Milch, weinend mit einer gelben Plastikente spielend, badend und von küssenden Gurami geleckt.

Ich spürte Uschi mich wach küssen, so wie Camilla im Märchen ihren Prinzen.

FORWARD>>| (bis gestern, um genau zu sein)

SCHWEINERÜSSEL, STAUBSAUGER, FLOSSEN MIT GELBEN PUNKTEN UND DEREN KAMPF GEGEN DIE ROUTINE DES ALLTAGS

<PLAY>

Stirn an Stirn wachte ich mit Uschi in einem Bett namens Malm auf.

| | PAUSE | |

Lange Zeit plagten mich Albträume, in denen Erdbeerchen als blutiger, rosa Feinstaub über mir schwebte, um dann entspannt lächelnd in einem Schuhgeschäft von der Größe New Yorks zu entschwinden.

Erdbeerchen war ein dänisches Unterwäschemodell namens Lærke Jorgensen gewesen. Eine Selbstmordattentäterin, die mit einer Splittergruppe der CHMABL in Verbindung gebracht wurde. Aufgrund eines Leaks innerhalb der CHMABL und einem wohltuenden Haufen Bargeld fiel News & Tits die Bezeichnung „Pferdenasen“ in den Schoß und wurde im Zusammenhang mit dem Amsterdamer Samstag zum ersten Mal öffentlich verwendet. In einer News & Tits Spezialbeilage fand sich auf über zwanzig hochglänzenden Seiten eine exklusive Fotoserie von Lærke Jorgensen. Auf einem Strand sah man zur Freude der News-Produzenten und Tits-Konsumenten sogar Erdbeerchens Brustwarzen.

Bereits ein paar Minuten vor dem Anschlag distanzierte sich die CHMABL per Presseaussendung von den Pferdenasen. Sie erklärte, zwar selbst eine gemäßigt radikale Religionsgemeinschaft zu sein, aber aufgrund ihrer basisdemokratisch-absolutistischen Struktur dennoch allen

Mitgliedern Willensfreiheit zu gewähren; auch wenn eine solche oft erst aufgezwungen werden musste. Ferner konnte und wollte sie keinen Einfluss auf die Hobbys ihrer Mitglieder ausüben.

Die Pferdenasen selbst feierten sich als eigenständige subversiv militante Suborganisation. Da sie die Terroranschläge ausschließlich in ihrer Freizeit organisierten und durchführten, lagen sie, moralisch als auch juridisch, nach Ansicht der CHMABL, nicht in deren Verantwortungsbereich. Allerdings sympathisierte die CHMABL offiziell mit den noblen Absichten, die hinter den Attentaten der Pferdenasen schnaubten.

<PLAY>

Wie jeden Tag wachte ich in Uschis Malm neben ihr auf. Und wie jeden Morgen war ich, obwohl sie schnarchte und beim Aufwachen gerne an meinen Ohren zupfte, ziemlich froh darüber. Während ich meine noch schlafende Zula bewunderte, dachte ich daran, dass ich Leeloo fast nicht und David noch weniger vermisste. Wären sie noch bei mir gewesen, quetschten sie sich nämlich zwischen uns ins Bett und behaupteten, schon ein kleiner Verlust mache Platz für Neues. Dann schnaubte Leeloo wie ein zahmes Pferdchen, kitzelte mich mit ihrem Zopf an der Nase und erzählte eine Geschichte über Erdmännchen, die ihr Happy-End nur fanden, weil sie die große Kunst des Auf-den-Hinterbeinen-stehens und mit der Nase-in-die- Luft-schnupperns beherrschten.

Uschi wachte auf. Als hörte sie meine Gedanken, hauchte sie ihren Polster ein „Hmmmm?“ entlang, nahm eines meiner Ohren und spielte mit der anderen an ihren Zöpfen herum. Die fand sie in letzter Zeit recht hübsch und bestätigte damit, was Leeloo in Amsterdam festgestellt hatte – hinter Uschis

Augen lugte tatsächlich, erhaben und kokett, Leeloo hervor.

| | PAUSE | |

Als mich Uschi zwischen all dem verbrannten Fleisch fand, um mich aus meiner Bewusstlosigkeit zu küssen (Leeloo hätte es Mund-zu-Mund-Beatmung genannt) wurde mir klar, dass mein Leben nur ohne sie sinnlos werden würde.

Im Krankenhaus wurde Uschi wegen einer Schnittwunde über dem linken Auge behandelt, ich mit Verbrennungen zweiten Grades auf den Lippen. Als eine holländische Schwester, die eine Zula mit einer Pippi Langstrumpf Frisur hätte sein können, wenn da nicht längst Uschi gewesen wäre, meine Mundpartie desinfizierte, fiel mir auf, dass Leeloo und David fehlten.

Nach unseren Zeugenaussagen flogen wir heimwärts. Ich vermisste Leeloo, ihre Zöpfe und Fabeln über Erdmännchen. Der Gedanke an meine nun vereinsamte Wohnung ließ ein Gefühl von Leere in mir aufflackern. Darum war ich begeistert, als Uschi noch am Wiener Flughafen beschloss, mit mir zusammen zu ziehen. Unser Lied, ein anderes als vom Chihuahua vorgeschlagen, zum Quietschen der Räder des Gepäckwagens pfeifend, marschierten wir in eine gemeinsame Zukunft.

Seit dem Amsterdamer Samstag driftete meine abgerückte Wahrnehmung mehr und mehr zurück in das normale Spektrum und all die Farbenvielfalt lichtete sich und ließ die Grautöne der vernunftgebleichten Realität etwas mehr als gewohnt hervor blinzeln. Und die Schmetterlinge erschienen nur noch, wenn ich Uschi nackt sah.

<PLAY>

An diesem Morgen fühlte ich mich, wie immer in einem Malm, rundum gut. Weder Michelle, deren CHMABLhafte Karriere gerade in *News & Tits Karriere* Woman hoch gepriesen wurde, noch ihre weltweit wachsende Popularität brachten mich aus der Fassung.

| | PAUSE | |

Die wahre Bedrohung, die auf uns lauerte, war die Routine mit ihren bösen, kleinen Geschmacklosigkeiten des Alltags. Aber wir spürten ihr Herannahen immer wieder rechtzeitig und taten unser Bestes, ihnen keine Angriffsfläche zu bieten. Jeder beanspruchte sein eigenes Schlafzimmer und manchmal nur sich selbst, damit wir uns immer wieder die wichtige Frage stellen konnten: „Zu dir oder zu mir?“

Auch wenn wir unseren Gefühlen nicht auf die herkömmliche Weise Ausdruck verliehen, verstanden wir uns wie nackte Erdmännchen auf Strandurlaub.

<PLAY>

Während Uschi an meinen Ohren herumfingerte, erfasste sie ein Anfall leichter Nervosität. Gekonnt sprang sie mit einem Rückwärtssalto aus dem Bett. Standfest gelandet, tat sie, was sie immer tat, wenn sie den Drohgebärden der Gewohnheit trotzen wollte. Sie kreischte so laut sie konnte:

„Schnall dir den Schweinerüssel an!“

Und ich schnallte ihn mir vor die Nase und schlüpfte in ein Supermannkostüm, das mir meine Oma Philomena genäht hatte, da ich zu wenig vom Fliegen träumte, wie sie nicht nur einmal meinte.

Ich vernahm lautes Poltern, dann heulte ein Elektromotor auf. Wie auf einem haarlosen Pferdchen kam Uschi auf unserem Staubsauger um die Ecke geritten. Sie hatte Elfenohren angeklebt, trug ihren Pyjama, auf dem es rosa Schweinchen miteinander tun, und streckte mir lachend einen Fuß entgegen, der in schwarzen Flossen mit gelben Punkten steckte. So flitzte sie auf dem Staubsauger durchs Wohnzimmer, zu unserer 5:1 Dolby Surround Soundanlage und ließ zur Abwechslung ein anderes Lied in den Boxen erklingen. Dann putzten wir ernsthaft feixend unsere Wohnung. Während ich den Boden schrubbte und Uschi Flecken auf dem Sofa entfernte, genügten ein paar Blicke auf das Outfit des anderen, um von einem Lachkrampf zu Boden geworfen zu werden und ganz nebenbei auch die Bauchmuskel zu trainieren.

Uschi zog ein gebrauchtes Kondom aus einer Sofaritze. Dann schaute sie mir unerwartet tief in die Augen und sagte das Unvorstellbarste, das mir je eine Frau aus Fleisch und Blut geflüstert hat. Was zwischen ihren feudal geschwungenen Lippen hervor geschmeichelt kam, war so bodenlos schön, flaumig und noch mehr, dass Leeloo, wäre sie noch bei mir gewesen, ihre Zöpfe völlig aus dem Spiel gelassen hätte. Stattdessen wäre sie erstarrt und hätte gefragt, woher der Name Zula kam. David hätte sich ein Bier aufgezischt und phlegmatisch geraunzt:

„Von Ur-Sula natürlich… Du dumme **PEEP**!“

Mit zitternden Händen schnappte ich Uschi und wir hopsten im Kreis, gegen den Uhrzeigersinn. Obwohl wir aufpassen mussten, dass ich ihr nicht auf die Flossen steige, hüpften wir ungezwungen wie neugeborene Erdmännchen neben unserem Staubsauger um unsere gemeinsame Achse, bis sich alles um uns drehte und verschwamm. Dabei lachten und trällerten wir, bevor wir **PEEP**ten, was unsere

Körper hergaben.

Dementsprechend leicht ist nachvollziehbar, dass uns nicht auffiel, wie durch die Türspalte etwas in unsere Wohnung gekrochen kam. Hätten wir es bemerkt, hätten wir erkannt, dass sich Böses anbahnte. Nicht einmal der Geruch, der in meine Nase stieg und den ich fatalerweise Uschis Haut zuordnete, alarmierte uns.

„Liebe macht nicht blind, sondern einfach nur blöd", hätte Leeloo gemutmaßt und mit ihren Zöpfen versucht, den Türspalt zu versiegeln, um den rosa Rauch am Eindringen zu hindern. Aber alles, was ich tat, war Uschi verliebt über beide Elfenohren anzuglotzen. Und Uschi kicherte in mein Ohr: „Wenn wir Pferde wären, würde ich…[22]"

Doch dasselbe Blitzen wie in Amsterdam, nur mickriger und leiser, übertönte Uschi. Meine Ohren klirrten und grelles rosa Licht stach mir in die Augen. Dann tauchte alles um mich in trockenen Nebel, der die CHMABL mit sich trug.

FORWARD >>|

Als ich wieder zu Bewusstsein kam, war ich, mit in weißen Plüsch eingefassten Handschellen, an Uschis Klavier gefesselt. Während es im Bad blubberte und plantschte, wurde ich auf eine Trage umdisponiert und abtransportiert. Durch den Vorraum getragen, konnte ich noch einen Blick in die offen stehende Badezimmertür

---

[22] Anmerkung meines episodischen Gedächtnisses: Als wir uns auf dem Rückflug von Amsterdam befanden und noch immer sehr verstört von dem dortigen Erlebten waren, fragte ich Uschi bezugnehmend auf all die Zulas, die mir in den Sinn kamen, was sie tun würde, wenn sie ein Pferd wäre: „Sterben!" antwortete sie und mir gefror der Atem, noch bevor sie lachend ihren Satz vervollständigte: „Weil ich gegen Pferdehaare allergisch bin!"

erhaschen und Uschis Pyjama klitschnass am Boden liegen sehen. Die Wanne lief über und schwarze Flossen mit gelben Punkten lugten über deren Rand hervor. Dieser Anblick beunruhigte mich mehr als alle Pferdenasen dieser Welt es taten. Ich versuchte, die gelben Punkte zu fokussieren, doch sie verschwammen vor meinen Augen, verzerrten sich und brachten alle Lichtwellen, die im Badezimmer verwirrt umherschwirrten in eine eigenartige Schieflage. Und wieder einmal verlor ich mein Bewusstsein.

|| PAUSE ||

In einem Badezimmer bin ich Uschi zum ersten Mal begegnet. Jetzt befürchtete ich, ein Badezimmer könnte auch der Ort sein, an dem ich sie zum letzten Mal gesehen hatte.

|| PAUSE || (Bis kurz nachdem mir die Brustwarze von Becky Lee abgenagt wurde)

DAS UNAUSSPRECHLICHE KAFF UND HIP-HOP

Der Schmerz, den die abgebissene Brustwarze hinterließ, pulsierte synchron zu Becky Lous Augenaufschlag. Sie pflückte mir die weißen Stöpsel ihres rosa jPhones aus meinen Ohren und fixierte den übrig gebliebenen Nippel, während sie bedrohlich mit der Zungenspitze ihre Schneidezähne entlang glitt. Und ich vermochte endlich auszurufen, was meine Gedanken die ganze Zeit brüllten:

„Was habt ihr **PEEP**, **PEEP**, **PEEP**, **PEEP** mit Uschi gemacht, ihr **PEEP**, **PEEP PEEP PEEP PEEP**???"

Becky Lou steckte sich die Mittelfinger in die Ohren und schlurfte zurück aufs Sofa. Ihre rosa Augen strahlten. Sie kicherte wie ein junges Mädchen, das gerade bei etwas Unartigem ertappt wurde, während sie etwas auf die Rückseite eines Flyers, der ein Festival in **PEEP**ing bewarb, kritzelte.

FORWARD >>|

Becky Lee & Lou standen um einen Berg rosa Reisekoffer, der sich neben dem flaumig-flauschig schwarzen mit rosa Ornamenten verzierten Sofa und Michelle türmte. Sie wirkten angespannt und beratschlagten, welches der Gepäckstücke entbehrlich wäre. Mein Geschrei beeindruckte sie dabei nicht im Geringsten. Michelle meinte nur lapidar, dass für Erklärungen die Zeit fehle, da einer der Main-Acts für das Festival im UNAUSSPRECHLICHEN KAFF wackelte. Dann knallte sie mir die letzte Marketing-Ausgeburt des News & Tits Verlages[23] vor die Nase. Ein

---

[23] Anmerkung meines semantischen Gedächtnisses: Weitere Magazine des News & Tits Verlages waren Golf & Tits, Food & **PEEP**, Girl, Boy, Dream Cars & Girls, Business For Real Men, Business For Strong Women, Style & Glamour, TV World.

zielgruppenorientiertes Musikmagazin, das im Zeichen der CHMABL kommunizierte. Weil von derselben gesponsert, waren darin alle Buchstaben rosa, was nicht nur scheußlich aussah, sondern auch die Lesbarkeit verletzte. Aber ein Markt- & Meinungsforschungs-Institut hat für viel Geld bestätigt, was sie hören wollten.

„Rosa Buchstaben sind nicht nur spitze, sie sehen auch so aus! Das finden 92 Prozent der Leserschaft, bestehend aus einer repräsentativen Stichprobe von 50 Kunden."

So glänzte in rosa Lettern vom Hits & Tits Titelblatt: „HiHoFF Exklusiv. Alles über das fetteste Hip-Hop-Festival in the Universe". Darin wurde unter anderem ein Wettbewerb angekündigt, bei dem 1111 rosa VIP-Pässe an Hits & Tits-Leser mit den schmutzigsten selbstgereimten Hip-Hop-Texten verlost wurden.

| | PAUSE | |

Durch den „Talk **PEEP**, Rap **PEEP** & Be **PEEP** Contest" sollten aufstrebende Hip-Hop-Talente[24] ins UNAUSSPRECHLICHE KAFF gelockt werden, um gemeinsam mit 320.000 Lovern der vulgären Ausdrucksweise bei 100 Millionen Grad Celsius spurlos zu verdampfen.

Das *Hip-Hop Goes F... U... C... K... I... N... G... Festival*, kurz *HiHoFF* genannt, versammelte alles, was im Hip-Hop Rang und Namen hatte. Sogar David Hasselhoff fand sich als „The Hoff" ganz oben am Lineup. Immerhin

---

24 Auszug aus der *Kleinen CHMABL-Fibel für ein besseres Leben vor und nach dem Tod*: Hip-Hop-Talente sind Meister der schmutzigen Sprache und deshalb Diener des Bösen. Diese zu bekämpfen (wenn nötig mit dem rosarot flammenden Schwert der Reinheit) ist die Pflicht jeder CHMABL-Jüngerin und aller Untertanen.

hatte er mit „Hey u mother**PEEP**ing **PEEP**bomb, **PEEP** my **PEEP PEEP**, cus' I'm the bad mother**PEEP**ing Hoff, yeah!“ den Wiedereinstieg in die US Album-Charts geschafft.

<PLAY>

„Bei 100 Millionen Grad verdampft sogar die Seele! Das betrifft auch eine, wie deine!“, höhnte Michelle, während sie Becky Lee & Lou Feuer gab. Während die beiden gierig an den Zigaretten saugten, konnte ich es mir nicht verkneifen, über das CHMABL-Prinzip „Rauchen ist schlecht für die äußere und innere Schönheit“ zu spotten. Daraufhin wurde mir erklärt, Pferdenasen würde drei Tage vor ihrem himmlischen Einsatz viel von dem gestattet, gegen das sie sonst ankämpften.

„Weil's jetzt eh egal ist, honestly…“, raunzte Michelle und die Beckys zeigten mir die Zunge.

„Und was ist mit euren Seelen? Die verdampfen nicht, oder was?“ Michelle entgegnete, dass sie das Amulett der Erdbeere vor der Hitze schütze. „Die Seele kann sich darin verstecken und kommt erst wieder aus der schützenden Aura des Amuletts, wenn alles rundherum wieder abgekühlt ist! Und dann… Ab ins Paradies zum Schuhe kaufen!“

| | PAUSE | |

Leeloo hätte erkannt, während sie schnaubte wie ein Pferd mit geflochtener Mähne, dass ein Großteil aller religiösen Psychos sich vom Versprechen eines Lebens nach dem Tod blenden lassen, das weltlicher glänzt, als das größte Einkaufszentrum des turbokapitalistischsten Staates unseres Planeten, das lüsterner lechzt als eine Jungfrau, die im Himmel nur darauf wartet, von tapferen Märtyrern Gang-ge**PEEP**t zu werden. Sie gieren während ihres Todseins nach Einkaufsgutscheine, Frisörsessions, privaten

Einkaufsstraßen und Schuhgeschäften in der Größe New Yorks.

<PLAY>

Um durch die Ungewissheit über Uschis Schicksal nicht in den Wahnsinn getrieben zu werden, konzentrierte ich mich auf Kleingespräche, die sich in der Frage verfingen, wie eine Erdbeere zum Symbol der CHMABL werden konnte.

Michelle verdrehte genervt die Augen:

„Weil‘s eine Sammelfrucht ist!“

Ich schwieg verwirrt.

„Damals am Lake Genezareth, you know… Als Jesus zu Petrus: Fürchte dich nicht! Von jetzt an wirst du Menschen fangen! sagte... Und später fing er mit Jesus Menschenseelen… So wurde the Fish zum Symbol der frühen Christen.“

Michelles rosa Augen verdunkelten sich.

„Aber vor ein paar Jahren wurde uns grausam vor Augen geführt, dass wir aufgrund des Fish-Symbols von some chauvinistic pigs unter negative associations litten.“

Becky Lee & Lou schwiegen betreten, während ich in hämisches Grinsen verfiel.

„No good Corporate Identity. Anyway, wir wollten chauvinistic pigs nicht länger eine Angriffsfläche bieten, um schlüpfrige Jokes über die vornehme CHMABL und ihr religiöses Symbol zu machen. Und da die Erdbeere eine Sammelfrucht ist und wir wie Jesus' disciples, Mitgliederseelen, sammeln... und wir ebenso pretty delicious wie Erdbeeren sind, beschlossen wir, dass das the perfect Symbol für uns ist!“

Plötzlich erklangt „Strawbeery Fields forever“ auf Becky Lee & Lous jPhone. Sie drückten hastig darauf herum und warfen sich nervöse Blicke zu. Dann formten sie ihre

Lippen zu einem bizarren Zeichen, was Michelle ihnen gleichtat.

„No more time für gossip! Wir haben eine Mission zu completen."

Bevor ich wieder schreien konnte „Was habt ihr **PEEP**, **PEEP**, **PEEP**, **PEEP** mit Uschi in der Badewanne gemacht. Ihr **PEEP**, **PEEP PEEP PEEP PEEP**???", wurde mir eine mundgerechte Gummierdbeere in das Maul gestöpselt und mit einer Schnur an den Ohren befestigt. Und so watschelte ich mit einer Feuerwaffe im Rücken aufs Dach des Heaven's Gate, wo ein Hubschrauber wartete.

Becky Lee klemmte sich hinter den Steuerknüppel, was wertfrei betrachtet, nicht unerotisch aussah. Wegen ihrer überlangen Beine und den engen Superstring-Jeans war sie in ihrer Bewegungsfreiheit einschränkt und so blieb ihr nichts anderes, als den Steuerknüppel, zwischen ihre Knie gedrückt, zu bedienen.

Nachdem ich am Gestänge des Hubschrauberbodens befestigt worden war, wollte ich wissen, wohin wir flögen. Ich brachte aber keinen anderen Laut hervor als „Mmppff Mmppff Mmppff Mmppff?", was Michelle mit einem „Natasa!" beantwortete.

Ich bildete mir ein, dass sie „diese ver**PEEP**te **PEEP**..." ergänzte, aber der Motor des Helikopters war zu laut, um das zu bestätigen. Auf jeden Fall hoben wir ab, mit einem „Huiiiiii", das Becky Lee vergnüglich hervorstieß.

Die Fliehkraft, welche Becky Lee den Laut des Entzückens entlockte, wirkte auf mich weniger berauschend. Brechreiz stieg in mir auf. Durch die Gummi-Erdbeere im Maul würgte ich, den Erstickungstod vor Augen, panisch vor mich her, was Michelle und Becky Lou veranlasste, sich abermals über mich lustig zu machen. Von meinem Outfit inspiriert, grunzten sie „Oink, Oink, Oink" und imitierten Supermans Flugstellung. Nachdem sie mich fertig ausgelacht hatten, referierten sie wieder über die CHMABL. Michelle erzählte, sie und Natasa wären die aussichtsreichsten Kandidatinnen für das Amt der Godmother.

| | PAUSE | |

Hier offenbarte sich, warum Natasa und Michelle einander nicht leiden konnten und sie ihre Energien, je näher der große Tag im UNAUSSPRECHLICHEN KAFF rückte, immer mehr in Zicken-Terror und Intrigen investierten. Die beiden hatten sich ohnehin nie geschätzt. Das Sahnehäubchen ihrer engherzigen Fehde war allerdings Nataschas offenherzige Interpretation von Metallicas *Nothing Else Matters* auf mir.

In der Angelegenheit, wer das Erbe von Rev. JeSos antreten beziehungsweise die erste Godmother der CHMABL werden sollte, standen die Chancen für Michelle und Natasa gleich. Für Michelle sprach ihre moralische Kompetenz – nach wie vor war sie unberührt. Außerdem hatte sie sich als Ausbildnerin, Führerin und Ranghöchste der Pferdenasen Führungs-Know-how angeeignet. Dieses Argument sprach aber auch gegen sie, dann als (fast) Pferdenase wurden operative Eingriffe an ihrer Oberweite und der Einbau einer Zündvorrichtung im Bauchnabel bereits vorgenommen.

Natasa punktete durch die Öffentlichkeitswirksamkeit ihrer Person. Ihr Hindernis für das höchste Amt der CHABML war ihre ausgeprägte Mundmuskulatur, die weit über die Musikszene hinaus einen hohen Bekanntheitsgrad genoss.

<PLAY>

Michelle jammerte, sie fände es „extremely“ unfair, würde ihr Natasa als Godmother vorgezogen. Immerhin war sie länger dabei und sie war diejenige, die Melanie Melody™ aus PR-strategischen Gründen als Mitglied vorgeschlagen hatte, aller Abneigung zum Trotz. Die Ernennung zur Godmother lag in Becky Lee & Lous Händen, die das Amt aufgrund ihrer abgerissenen Brustwarzen nicht mehr selbst übernehmen konnten.

| | PAUSE | |

Die Godmother war für die CHMABL wie der Papst ohne **PEEP** und Osama Bin Laden ohne Bart, nur vollkommen weiblich. Im Kontext dieser Informationsflut erstaunte es mich nicht sonderlich, als ich erfuhr, dass Rev. JeSos ein paar Tage zuvor durch einen tragischen, aber nicht unbedingt unerhofften Unfall „brought home“ wurde, wie es Becky an das beschlagene Hubschrauberfenster zeichnete.

So konnte ihn auch sein Edelerbgut nicht vor den Konsequenzen seines Tuns erretten. Seine „engelsgleichen“ Gene waren zur Hervorbringung der nächsten CHMABL-Godmother bestimmt gewesen und sollten einer dafür auserwählten Jüngerin in den Schoß gepflanzt werden. Der dazu nötige körperliche Akt durfte aber nur im Rahmen des „göttlichen Glanzes“ unter Aufsicht der Angels-Breeding-Commission stattfinden.

Leeloo konnte schon in Cheektowaga/Buffalo/USA nicht nachvollziehen, wie ein Mann, sei er auch noch so spirituell und erleuchtet, es fertig brachte, von all den lichtwesenhaften Superfräuleins, den zahllosen rasierten **PEEP**s und den Brüsten, die ganze Städte dem Erdboden gleich machen konnten, unbeeindruckt – unberührt – zu bleiben. Rev. JeSos war auch nicht davor gefeit, von Hormonen geplagt zu werden. Darum war es nur eine Frage der Zeit, bis sich der Rev. an einer Pferdenase vergriff. Leeloo behielt Recht, denn angeblich hatte Rev. JeSos den rechten Weg der CHMABL verlassen und mehr als einmal einer unheiligen Allianz aus Eitelkeit und Unzucht[25] gefrönt. Viele der CHMABL-Jüngerinnen ließen sich hin- und mitreißen, diesen verbotenen Weg mit ihm zu durchschleichen. Das Gerücht hatte auf allen Ebenen für Unmut gesorgt. Vor allem Becky Lee & Lou waren enttäuscht, dass ihr Mentor seine Seele und den Ruf der CHMABL so leichtfertig aufs Spiel gesetzt hatte.

Zum Verhängnis wurde ihm eine seiner Erfindungen, die Bauchnabel-Piercing-Zündvorrichtung, welche er in Märtyrerinnen der CHMABL einbaute. Eines Tages nämlich, als er eine routinemäßige Operation an einer vielversprechenden und besonders makellosen Pferdenase vollendet und fruchtig duftenden Wund-Desinfektionsspray auf ihren behandelten Nabel aufgetragen hatte, konnte er dem Anblick des brasilianischen Models mit russischem Akzent und Augen so rosa wie sein neuer Porsche nicht stand halten. Der entblößte Bauch und ihre noch unoperierten Brüste, die von Natur aus üppig genug waren, um ganz Paris in nuklearer Hitze aufgehen zu lassen, überwältigten Rev. JeSos und so schleckte er ungefragt auf ihrem Körper herum. Von Stellen, deren Zurschaustellung in einigen amerikanischen Bundesstaaten mit Zuchthaus

---

[25] Auszug aus der *kleinen CHMABL-Fibel für ein besseres Leben vor und nach dem Tod*: Alle männlichen Mitglieder sind aufgrund der unglaublichen und himmlischen Attraktivität der CHMABL-Jüngerinnen, als auch der Pferdenasen, permanent gefährdet, der Unzucht zu verfallen. Da sich das nicht verhindern lässt, kann daraus nur eine logische Konsequenz gezogen werden: Männlichen Mitgliedern der CHMABL darf fortan so wenig Macht wie möglich zugewiesen werden.

bestraft wird, navigierte er seine Lippen auf die haarlose **PEEP** seiner jungen Jüngerin und ihm ergebenen Dienerin und ließ sie wie ein Kätzchen miauen. Was Rev. JeSos, ein Befürworter des Fisches als christliches Symbol, verhängnisvollerweiser außer Acht ließ, war sein Rosenquarz-Halskettchen-Anhänger in eben dieser Form. Dieser, den er längst mit einer Erdbeere aus Rubinen hätte austauschen sollen, pendelte gefährlich nahe über dem Bauch seiner leckeren Patientin und der zuvor eingebauten Zündvorrichtung. Im Moment, als aus ihrem Miauen unter dem spirituell anmutenden Zungenspiel von Rev. JeSos ein knallblasses Brüllen emporstieg, verfing sich die **PEEP**-Flosse des Fischchens aus Rosenquarz an ihrem Piercing. Fatalerweise ließ sie ungeachtet dessen, den Wellen und kleinen Explosionen, die ihren erfreuten Körper durchfuhren, freien Lauf, bäumte sich auf, schrie „Да, Дааа, Даaaaaaaa“ und schlug mit ihrem Knie gewaltiger als Xalvadoras Mutter es je vermochte hatte, gegen Rev. JeSos Brust. Das schleuderte ihn von ihrem Körper und zog das noch immer im Bauchnabel-Piercing verfangene Halskettchen und den nicht unbedingt explosionsschwachen Zünder.

In gewisser Weise bot dieses Stelldichein für beide den ultimativen Höhepunkt ihres Lebens, der in einer Explosion mündete, die alles im Umkreis von einem Meter, inklusive Schädel des Revs und Unterleib des brasilianischen Models mit russischem Akzent in katzenfuttergerechte Häppchen riss. Nur das Herz des Revs. blieb als Ganzes erhalten und wurde tiefgefroren als religiöses Artefakt an einem geheimen Platz aufbewahrt.

Laut Presseaussendung der CHMABL verstarb Rev. JeSos aufgrund Verletzungen nach einem Kite-Unfall auf Mallorca, wo er mit spektakulären Sport-Events Spendengelder für hungernde Kinder in Süditalien sammeln wollte. Natürlich wurde gemunkelt, dass der **PEEP** des Todes mehr als nur ein Missgeschick gewesen war. Hinter vorgehaltener Hand wurde von ausgeklügelter Verschwörung gesprochen, zu deren Umsetzung ausschließlich brasilianische Pferdenasen mit russischer Abstammung und suiziden Meuchelmord-Methoden als Spezialgebiet in Frage kamen, die exklusiv von Michelle ausgebildet wurden. Weiteren Nährboden für derartige Theorien bot die allgemein unbekannte Tatsache, dass wichtige Kräfte der CHMABL ein weibliches Oberhaupt forderten. Becky Lee & Lou, die aufgrund ihrer körperlichen Deformation nicht mehr dazu in Frage kamen, wurden als interimistische Führung beauftragt, die Godmother-Kandidatinnen der CHMABL zu ernennen, die in einem komplizierten Wahlverfahren, das ausschließlich Jüngerinnen mit echten blonden Haaren durchführten, selektiert wurden. Zehn wurden schließlich unter Berücksichtigung strenger Kriterien, die von CHMABL-Jüngerinnen mit brünetten Haaren während einer einwöchigen Pediküre-Session definiert werden mussten, auf zwei Kandidatinnen in einer Wahl, die nur rothaarige CHMABL-Mitglieder mit den natürlichen Maßen 90-60-100 durchführen durften, reduziert. Nach der Stichwahl sollte umgehend die Einweihung für dieses Amt, im Geheimen, aber zeitlich und örtlich in der Nähe des Kraftfeldes (ihres Terrors) der CHMABL und somit im UNAUSSPRECHLICHEN KAFF, kurz bevor es explodierte, stattfinden.

Da die Beckys durch mich zu Pferdenasen wurden, hassten sie mich mehr als das schmutzigste Wort, das je auf unserem Planeten ausgesprochen wurde. Darum erfanden sie das unnütze Ritual, zur Einweihung der

Gottmutter[26] ein Blutopfer darzubieten. Und ich wurde rein zufällig als Opferlamm auserkoren, um gemeinsam mit dem schlimmsten Wort auf der Landkarte restlos zu verpuffen. Im Antragsformular NuK 69 für „Neue und kreative Rituale zugunsten der CHMABL und deren spiritueller Verfestigung" wurde von Rachegelüsten natürlich nichts erwähnt. Rache widersprach der offiziellen Ideologie der CHMABL, darum schrieben Becky Lee & Lou in die siebte Spalte des NuK 69 Antragsformulars, das nach dem allgemein dienlichen Zweck des neubeantragten Rituals fragte:

„Das menschliche Opferlamm (früher weißer Hase) setzt während seines Dahinscheidens für die CHMABL unverzichtbare Energien frei, die der Godmother zufließen und ihr damit zu der Stärke verhelfen, mit der sie die CHMABL zum bedingungslosen Endsieg führen wird."

FORWARD >> | (zwei bis drei Stunden)

Während mir Michelle diesen ganzen Schmafu reindrückte, diskutierten Becky Lee & Lou hingebungsvoll die Möglichkeiten, welche Schuhgeschäfte von der Größe New Yorks sich ihnen bald böten. Mir brummte der Schädel von all dem Irrwitz, der mir so erbarmungslos ins Hirn geschraubt wurde.

Eine Bergkette erhob sich am Horizont, von der uns ein rosa Lichtstrahl aus einer nächtlichen Nebelwand zum

---

26 Anmerkung meines semantischen Gedächtnisses: Laut der rosafarbenen Bibel, die erst seit Kurzem exklusiv durch einen Tochterverlag des News & Tits Verlages verlegt wird, löste die Muttergöttin bereits in den 70er Jahren Gott als männliche himmlische Vaterfigur ab und liebte es, laut letztem Update der CHMABL-Lehre, männliche Chauvinisten-*PEEP*s, wie zum Beispiel mich, geopfert zu bekommen.

Landeplatz neben einer postkartengerechten Berghütte mit einem pittoresken Wasserfall im Hintergrund zu sich navigierte. Dort, so wurde mir erklärt, residierte, meditierte und philosophierte Natasa. Sie schrieb auch neue Lieder und bereitete sich auf die fünfzigprozentige Eventualität vor, zur ersten Godmother in der Geschichte der CHMABL ernannt zu werden.

Natasa wartete im Scheinwerferlichtkegel des Hubschraubers mit zwei überquellenden Koffern. Im Sturm der Rotorenblätter, die den Wasserfall zerstäubten, rannte sie durch die nasse Dunkelheit zum Helikopter, schüttelte die Tropfen ab und lächelte mir zu:

„Sau an, sau an… Noch immer stets zu Füßen!"

Dann begrüßte sie die beiden Beckys mit dem geheimen CHMABL-Küsschen[27]. Michelle gönnte sie nur ein beiläufiges „Grüß Göttin!".

FORWARD >>| (bis kurz vorm grellen Verdampfen)

Während des Weiterfluges raunte Michelle:

„Du hättest in Amsterdam ins Heaven's Gate eintreten sollen, als das Licht dich lockte. Alles wäre anders gekommen… Zumindest für Uschi… And by the way, die Strawberry in deinem Mund ist mit einem von Becky Lou entwickelten LSD versetzt, das dich... Hihihi, you will see..."

„Mmmpff, Mmppff!?", schnaufte ich, doch weitere Infos blieben mir in quälerischer Absicht verwehrt und als

---

27 Anmerkung meiner Fovea centralis: Soweit ich es beobachten konnte, bestand ein CHMABL-Küsschen aus einem komplexen Ablauf von unterschiedlichen Schmatzern auf die Gesichtshaut der jeweils anderen. Zuerst ein Bussi auf die Nase, dann das herkömmliche Links und Rechts auf die Wange und dann, je nach Rang, das Ablecken oder Abgelecktbekommen des linken und rechten Ohrläppchens.

ich noch einmal „Ihr **PEEP, PEEP PEEP**" mmmpftte, schlug mir Michelle mit einem stumpfen Gegenstand auf den Kopf, auf dass ich wieder mein Bewusstsein verlor.

<PLAY>

Ich war noch nie zuvor auf einem Musik-Festival. Darum konnte ich, aller Sorgen um Uschi zum Trotz, ein minimales Staunen nicht unterdrücken und wippte dezent mit meinem großen Zehen zu Bässen und Stimmung, die durch 320.000 kreischende Fans von draußen in den rosa VIP-Raum, BunnyClub genannt, drang. Ich brauchte Zeit, um zu begreifen, dass der Gogo-Käfig, in dem ich mit in weißem Plüsch eingefassten Handschellen angekettet war, mein Gefängnis sein sollte. Mitten im BunnyClub schwebte ich als Deko ein paar Meter über den VIPs.

„Alle todgeweiht!", dachte ich und beobachtete die stolzen Gewinner des Be **PEEP**, Talk **PEEP** & Rap **PEEP** Contest, CHMABL-Jüngerinnen in T-Shirts mit einer Erdbeere und „Sweet" aufgedruckt sowie Pferdenasen in T-Shirts mit einer roten Chili-Schote, auf denen „Hotter Than Hell" geschrieben stand. Zu allem Überfluss tauchten I, Maus, der Bürohengst und Pfeife auf und lästerten über mein Outfit. Pfeife pfiff, I schrie „Ur-supi!" und Maus, der Bürohengst krächzte: „Ich hab´s immer gwusst!" Dann performten sie den Rap, mit dem sie die rosa-VIP-Pässe gewonnen hatten.

Eine ver**PEEP**te **PEEP** für eine **PEEP** namens **PEEP**

Ich bin so **PEEP** nach deinem Erdbeer**PEEP**,
ich **PEEP**te mir schon die **PEEP PEEP** wund nach deinem **PEEP PEEP**, du **PEEP**.
Im **PEEP**, da hat der **PEEP** ein **PEEP** ge**PEEP**t,
da **PEEP**t ein **PEEP** Zeit**PEEP**

mit deinem **PEEP PEEP** die lange **PEEP**.
Das will ich **PEEP** im tiefen **PEEP**
dein **PEEPPEEP** und auch dein Stern**PEEP**.

Im tiefen Erdbeer**PEEP**, im schwarzen **PEEP**,
da **PEEP** ich manches **PEEP**jahr
bei dir und **PEEP** doch nie zu **PEEP**.
Ich **PEEP** jetzt ein **PEEP** Tier im **PEEP**,
das **PEEP**t mir wieder **PEEP** Mut.
PEEP her, ich weiß ein **PEEP PEEP**
im **PEEP** Tal, im Muschel**PEEP**...
Ich bin so **PEEP** nach deinem Erdbeer**PEEP**!

Die **PEEP PEEP** macht keine **PEEP** mehr,
ich gab den **PEEP PEEP** her,
und dir hat´s auch kein **PEEP** ge**PEEP**t;
hast nur den **PEEP PEEP** noch auf**PEEP**t,
für mich so **PEEP** im **PEEP** ver**PEEP**t...
Ich **PEEP** ihn schon die **PEEP PEEP**
Im **PEEP**tal, im Aschen**PEEP**...
Ich bin so **PEEP** nach deinem Erdbeer**PEEP**.

Im **PEEP**tal, im **PEEP** Beeren**PEEP**,
da hat der **PEEP** sein **PEEP** ge**PEEP**t
und **PEEP** nicht, wo die **PEEP** sei,
Und **PEEP** doch das **PEEP PEEP** so **PEEP**
PEEP, als ich bei dir **PEEP**.
Wär nur der **PEEP** erst vorbei
und wieder **PEEP** der **PEEP**grund!
...ich bin so **PEEP** nach deinem Erdbeer**PEEP**!

I, Maus, der Bürohengst und Pfeife mutierten zu meinen strahlenden Hoffnungsträgern, denn nicht mal deren Seelen verdienten es zu verdampfen. Und meine schon gar nicht. In Anbetracht des neuen Verhältnisses zu den Dreien und des ritterlichen Glanzes, welcher sie wider ihrer Natur erstrahlen ließ, wollte ich ihnen zurufen, sie sollten die Polizei herbei holen.

„Mmmpff mmppff mmmpff Mmppff mmmpff mmppff Mmmpff!!"

„What the **PEEP**!?!", folgte als Reaktion auf meine Hilferufe und ein graziles „That's so weird!" bewertete mein Kostüm aufs Neue.

„Indeed weird, **PEEP** knightrocking **PEEP**!", bestätigte David Hasselhoff, der sich mit einer Dose Bier in der Hand am Bauch kratzte und barmherzig rülpste. Is, Maus´, dem Bürohengst und Pfeifes Augen weiteten sich, dann hielten sie sich an ihren Händchen und kreischten wie hundert kleine Mädchen. Nach einem mehrminütigen paralysiertem Krakeel sanken die Drei stoisch auf ihre Knie und küssten ehrerbietend des Meisters Handfläche.

„Erhebt euch!", befahl The Hoff mit narzisstischer Feuchtigkeit in den Augen. Dann stimmte er „Hey u mother**PEEP**ing **PEEP**bomb, **PEEP** my **PEEP PEEP**, cus' I'm the bad mother**PEEP**ing Hoff, yeah!" an und eine spontane Jam Session, getragen von seinen ergebenen Fans, rollte rücksichtslos über uns hinweg.

FORWARD >>| (bis die Jam Session je unterbrach)

Des Hoffs Augen trockneten und seine erdbeerförmigen Pupillen weiteten sich deutlich über seinen Horizont hinaus. Eine erlösende Stille übertönte den BunnyClub und ein rosa Schatten fiel über unsere Häupter. Ein schwerer, nur zu bekannter Duft, der den Horny Spirit mit sich trug, schwängerte die Luft und zwang The Hoff zu I, Maus, dem Bürohengst und Pfeife auf den Boden. Dort schüttete er sich wie bei einer Taufe, sein Bier über den Kopf und winselte: „My Sisters, my Sisters". Seine drei Fans schauten sich verwirrt an. I erwähnte beiläufig, dass das jetzt schon ziemlich schräg wäre, sie dringend aufs Klo müssten und alle drei hielten sich verlegen kichernd ihre Hände an den Schritt.

Den Schatten über unseren Häuptern folgte die Manifestation seiner Selbst. In radikal überarbeiteten String-Jeans, kombiniert mit hautengen T-Shirts auf denen „Hotter Than Hell" gedruckt war, erhoben sich Becky Lee & Lou über The Hoff. Ihre neuen Outfits irritierten meine allgemeine Perzeption und weckten den Eindruck, dass es nichts als gepinselte Farbe auf ihren Körpern war.

| | PAUSE | | & <PLAY>

Die beiden Beckys ließen sich von uns, die wir oh so männlich und zu ihrem Wohle funktionierten, eine Weile begaffen.

| | PAUSE | | <PLAY> & ein Schnippen von Becky Lees Fingern

„Get ready for the show!", befahl eine der beiden Beckys und drei CHMABL-Jüngerinnen pusteten I, Maus, dem Bürohengst und Pfeife rosa Pulver ins Gesicht. Wie nasse Müllsäcke sanken sie zusammen. In ihre leblosen Gesichter wurde eine Plastikerdbeere gerammt und die Hände der drei Hip-Hopper-Freunde wurden mit in rosa Plüsch eingefassten Handschellen aneinander fixiert.

Die Beckys kümmerten sich nicht weiter um die Drei und gingen auf David, der noch immer vor Ehrfurcht sediert, vor ihnen kniend, sich Bier über den Kopf goss.

!ERROR!

Becky Lou packte seinen Kopf und riss diesen an ihren

Busen. Lee tat es ihr gleich, mit dem kleinen Unterschied, dass sie David ins Ohr flüsterte. Der ließ die Bierdose fallen, verlieh seinem Missgeschick durch „**PEEP**“ Ausdruck und begann zu weinen. Erst als ihn Becky Lee mit einer sanften Berührung am Kinn dazu veranlasste, entließ er sein Gesicht aus der Mitte ihrer Brüste des Todes und blickte auf sie hinauf. Im schmeichelnden Licht des BunnyClubs schimmerten lächelnde Tränen auf seinen Wangen, während er den Boden nach der Bierdose abtastete. Erneut drückte ihn Lou an ihre Uran-Füllungen und ließ ihn ausgiebig weiter wimmern. Seine Schultern hoben und senkten sich im Rhythmus des Schluchzens, bis es Lee zu viel wurde und sie ihn mit einem kräftigen Fußtritt gegen seinen Brustkorb von Lou wegstieß.

Becky Lee & Lou befahlen dem am Boden zusammen gekrümmten Hoff, sich für den wichtigsten Aufritt seines Lebens vorzubereiten. Er trank den Rest aus seiner Bierdose, schloss die Augen und betete:

„Our Godmother, who art in heaven,
hallowed be thy pretty name,
I am your knightrocker...“ Und so weiter und so weiter.

Ohne ihm viel mehr Aufmerksamkeit zu zollen, wandten sich die beiden Beckys ab und setzten sich auf ein flaumig-flauschig schwarzes mit rosa Ornamenten verziertes Sofa. Sie schnappten sich ein Glas Jesus Blood und wippten mit ihren Beinen zum Bass einer christlichen Hip-Hop-Band, die gerade als Anheizer, draußen auf der HiHoFF-Bühne das Festival eröffnete. Im Rhythmus der Musik erleuchteten die scharfen Konturen ihrer Smartbreasts mein Gemüt und verwirklichten sich in einem vulgären Spiritualismus, der mir all die bunten Farben aus meiner Vergangenheit wieder zu Gemüte führte. Aus seinem erweiterten Spektralbereich wurden kleine

Schmetterlinge geboren und Hunderttausende beflügelte Minizulas umflatterten mich im Quadrat. Sie flüsterten mir zu, dass Uschi noch lebte. Dann flog die kleinste, aber süßeste dieser Zulas auf mich zu und ließ sich sanft auf meinem Nasenrücken nieder. Wir glotzten uns innig an, während sie metallisch mit ihren Wimpern klimperte und mich mit einer telepathischen Sonate aufforderte, ihre Brüste zu berühren, so wie es nur einer wahren Zula gerecht werden könne. Ich leistete ihrem Wunsch gerne Folge, scheiterte aber, das umzusetzen, was sie verlangte. Meine Berührungen gingen ins Leere, es gelang mir einfach nicht, sie zu begreifen.

Maus, der Bürohengst der als erster der Drei wieder erwacht war, lachte: „Nasenbohrer" und der Schmetterling hob mit ein paar kräftigen Flügelschlägen ab. Er segelte zu Becky Lou, wo er es sich auf ihrer Unterlippe gemütlich machte. Sie flüsterte ihm etwas zu, wodurch die Haare des zulahaften Insekts mit jeder Silbe, die zwischen ihren Lippen ausgehaucht wurde, wie in einem verkitschten lauwarmen Sommersturm wehten. Dann stieß sich die kleine Zula von der Lippe ab, genoss einen freien, recht spektakulären Fall, breitete ihre Flügel aus und glitt mit hoher Geschwindigkeit wieder auf mich zu. In einem rasanten Vorbeiflug kickte sie mit ihrem linken Fuß die Erdbeere aus den Mund und schrie mir aus voller Lungenkraft ins Auge:

„Die hypnotische Kraft wogender Brüste manifestiert sich endlich in unendlicher Energie. MBC ist obsolet! Saugesicht."

Es fühlte sich angenehm an, wieder durch den Mund zu atmen. Durch den Sauerstoff-Flash und den Anblick von Becky Lee & Lous kokettierenden Brüsten, den ich eigentlich hätte gewohnt sein sollen, stieg in mir ein Glücksgefühl auf, welches sich, wie in ultraweiche Wolken gebettet, anfühlte und wieder mal nach Erdbeeren roch. Ich verzehrte mich danach für einen höheren Zweck, der mir nichtsdestotrotz ziemlich egal war, aber allmächtig und besser als alle Blumen der Welt roch, zu sterben. In mir brannte ein Verlangen, mein Leben in die perfekt manikürten Hände der CHMABL nieder zu legen.

| | PAUSE | |

Ihr modifiziertes LSD begann sich allmählich brav in meinem Kopf zu verwirklichen.

<PLAY>

Ich bettelte: „Bitte, bitte lasst Uschis und meine Seele gemeinsam verdampfen!“, doch Becky Lee & Lou bewegten ihre Körper nur geschmeidig zur immer mächtiger anwachsenden Stille im BunnyClub.

FORWARD >> |

Auch I und Pfeife kamen zu sich und wirkten gemeinsam mit Maus, dem Bürohengst an ihren Händchen zusammen gefesselt, wie retardierte Erdmännchen, die plötzlich erkennen, wie leer ihr Leben ohne Weibchen und deren Brüste war. Und unter dem wachsenden Einfluss des CHMABL-LSDs mental erweitert, stierten sie durch erhellte Pupillen auf die magnetisierenden Brüste von Becky Lee & Lou und quäkten:

„Das ist die Wiege unserer Erlösung!“

David Hasselhoff ließ das alles unbekümmert. Er brütete unter meinem Käfig und kritzelte auf einen Zettel, was er hin und wieder mit Summen einer wunderschönen Melodie unterbrach. Die geschmeidigen Bewegungen von Becky Lee & Lou erblühten im anmutenden Auf-und-Ab-

Hüpfen ihrer *Tits of Mass Destructions*. Und je mehr sich ihr Gehopse in das manifestierte, was es für alle Beteiligten in Begriff war zu werden, umso mehr hypnotisierte mich das Schaukeln ihrer Busen und verband sich mit der immer stärker werden Wirkung des LSDs.

Die Luft wurde mehr und mehr mit dem schweren Erdbeergeruch gesättigt, welcher mit einem schreienden „Stop!" in flimmernde Fragmente zersplitterte. Am Eingang des BunnyClubs stand Michelle neben der bedeutungslos im Türrahmen lehnenden Natasa. I, Maus, der Bürohengst und Pfeife starrten in ihre Richtung und in einer eigenartigen Verbundenheit warteten wir gemeinsam auf irgendetwas Wichtiges, das die Welt verändern sollte. Dann schoben Becky Lee & Lou Natasa unsanft zur Seite und verkündeten:

„90-60-100 haben decided!"

Das Grinsen von I, Maus, dem Bürohengst und Pfeife stellte sich ein und ihre vor Kurzem noch stolz getragenen rosa VIP-Pässe pendelten verwelkten Blumen gleich von ihren Hälsen. Ihre Blicke wandten sich ängstlich an mich. So, als glaubten sie, ich verstünde, was das alles zu bedeuten hätte. Doch noch bevor ich ihnen meinen Mittelfinger entgegenstrecken konnte, hopsten ein paar Jüngerinnen auf sie zu, streichelten ihre Wangen mit einer rosa Rose und flüsterten ihnen ins Ohr. Das brachte die Augen der Drei wieder zum Leuchten. Sie gaben sich ein High five und ließen sich ohne Gegenwehr von den Mädchen an den Haaren in Richtung Bühnenausgang schleifen. David Hasselhoff beendete sein Gekritzel auf dem Zettel und frohlockte: „I got it, I got it... I finally got the most perfect song in the universe."

Ohne sie anzusehen, befahl Michelle Natasa:

„I want you to sing *Nothing else matters*! For me. Zur Feier of this glorious day!“ Dann formte sie ihre Faust zu einer sogenannten Feige, was in diesem Kontext klar aber nichts anderes als „Your are **PEEP**ed“ bedeutete. Gleichzeitig wurde das Licht im Raum wärmer und noch schmeichelnder. Etwa zehn Meter von mir entfernt, unter meinem Käfig, erhob sich lautlos aus dem Boden ein Altar, der einer riesigen rosa Erdbeere glich, auf der ein Plateau, eingesäumt mit einer weißen Federboa, montiert war. Zuerst schritten unzählige blonde Jüngerinnen in Zweierreihen in Richtung dieses Opfertisches. In feinster Militärparaden-Manier positionierten sie sich in Reih und Glied und begannen monoton zu summen. Dann folgten Brünette, geführt von den beiden Beckys. Sie formierten sich zwischen den Blondinen. Becky Lee und Lou trugen eine zirka dreißig mal dreißig Zentimeter große goldene Schachtel vor sich her und hielten sie mit ausgestreckten Armen dem Altar entgegen. Das Licht wurde noch feierlicher und rosa-wunder-wärmer. Michelle schwebte auf einem silbernen Tablett, von den Brünetten getragen, nach vorne. Das wirkte gespenstisch, doch meine Neugier verhinderte, mich von diesem Schauspiel abzuwenden.

Als Michelle am halben Wege zum Opfertisch war, ging ein rosa Vorhang zwischen mir und dem CHMABLigen Ritual nieder. Nachdem er vollends gefallen war, wurde das Summen intensiver und Natasas Stimme mischte sich ein. Geschmeidig ging eine akustische Unschärfe in *Nothing else matters* auf, getragen von einem todesengelgleichen Frauenchor. Diese Interpretation beeindruckte mich mehr als jene, die Melanie Melody™ einst auf mir performte, nur dass ich jetzt noch mehr Angst hatte als damals, neben den zwei brillanten Tulpengläsern, die „Nimm mich!“ flöteten.

| | PAUSE | |

Die CHMABL dürfte sich irgend einer ausgeklügelten

Technik bedient haben, die dafür sorgte, dass kein Ton von der Bühne des bereits voll im Gange laufenden HiHoFFs in den BunnyClub drang.

FORWARD >> |

Nachdem Natasa das Lied zu Ende geträllert hatte, herrschte wieder absolute Stille. Ich konzentrierte mich auf das Geschehen, als hinter dem Vorhang eine schattenhafte gezackte Silhouette einem Kopf aufgesetzt und die Farbe der Reinheit mit einem Halleluja bejauchzt wurde.

FORWARD >> |

Zwischen frohlockenden Schreien schlich sich „Psssst, psssst!“ Ich drehte mich danach um und vor mir umklammerte Natasa die Gitterstangen, in einem T-Shirt, auf dem in sanften Lettern *Fishpower* gedruckt war.

„Miselle will mich beseitigen, diese seis **PEEP**. Sie hat mich verraten. Sie hat große Angst vor meinen Fans.“

Natasa wurde rot: „Außerdem ist sie nachtragend. Du weißt son, ich auf dir!“

Dann flüsterte sie „Snell, snell!“, warf mir ein Kuvert in den Käfig und sprang in die Tiefe.

Von unten rief sie mir noch zu: „Vertrau mir!“ und von oben betrachtet, sah Natasa plötzlich wunderschön aus. Begehrenswerter als je zuvor und befreit von ihrer gewohnt vulgären und überaus lauten Optik. In diesem Moment wurde mir klar, dass sie eine verkannte Zula war.

„Billige **PEEP**“ hätte mich Leeloo geschimpft, während sie sich ihre Zöpfe abschnitt. Und David hätte einen pathetischen Rap zum Besten gegeben und seine rote Badehose bis hinauf zum Mond geschleudert.

Ich öffnete hastig das Kuvert und fand darin einen

Schlüssel und einen Lageplan, auf dem ein X mit „DU“ und ein X mit „X“ markiert waren. Außerdem enthielt es ein kleines Blättchen Löschpapier, das dem aus Spanien mit den Küssenden Gurami ähnlich war. Mit dem kleinen Unterschied, dass ein Delfin, der im Sprung aus dem Wasser nach den Gurami schnappt, es zierte. Auf einem beigelegten Taschentuch stand notiert:

„Damit solltest du alles wieder so sehen, wie es tatsächlich schien. Neue Pforten werden sich dir öffnen ;-)“

Ich steckte den Schlüssel von außen in das Schloss und die Tür öffnete sich bereitwillig. Beim Sprung landete ich hart auf dem Rücken und musste ein paar Sekunden nach Luft ringen. Als ich mich wieder erholt hatte, legte ich das Blättchen mit dem nach Küssenden Gurami schnappenden Delfin auf meine Zunge und krabbelte auf. Von der anderen Seite des Vorhangs tobte nach wie vor hirnwütiger Applaus. Aber trotz all der Dringlichkeit, Uschi zu finden, übermannte mich erneut Neugierde und so tappte ich mit unnötig leisen Schritten zum Vorhang, um durch einen Spalt zu spähen.

| | PAUSE | |

Michelle stand nackt, mit dem Rücken zu mir, auf dem erdbeerigen Altar.

<PLAY>

Sie beugte sich vor, so dass sich mir mehr Pforten öffneten als von Natasa versprochen und mir lieb war. Zwei schwarzhaarige CHMABL-Jüngerinnen wandelten auf Michelle zu und schoben ihr ein riesiges Prada-Zäpfchen in den Hintern, das sie augenscheinlich benötigte, um eloquent und selbstsicher ihre Ansprache zu halten, die unvergesslich in die *Analen* der Welt eingehen sollte.

| | PAUSE | | !ERROR! | | PAUSE | | & <PLAY>

Mit kraftvoller Stimme eröffnete sie einen Sprachakt, der von Dutzenden Dolmetscherinnen aus dem Englischen synchron übersetzt wurde:

„Die von uns erzogene, geschulte, disziplinierte und haarlose CHMABL kann die volle Wahrheit vertragen. Sie weiß, wie schwierig es um die Lage des sauberen Christentums bestellt ist und ich als erste gewählte Godmother kann deshalb auch auffordern, aus der Bedrängtheit der Situation, die nötigen harten, ja auch härtesten Folgerungen zu ziehen. Wir CHMABL-Schwestern sind gewappnet gegen Schwäche und Anfälligkeit. Schlimme Worte und Orte wie diese verleihen uns nur zusätzliche Kraft, feste Entschlossenheit sowie eine seelische und kämpferische Aktivität, die bereit ist, alle Bad Language mit revolutionärem Elan zu überwinden und zu zerstören.

Es ist jetzt nicht der Augenblick danach, zu fragen, wie alles gekommen ist und wie wir so mächtig geworden sind. Das wird einer späteren Rechenschaftsablegung überlassen bleiben, die in voller Offenheit erfolgen soll und der CHMABL sowie der Weltöffentlichkeit zeigen wird, dass das Unglück, welches die Welt in den letzten Jahrzehnten betroffen hat, seine tiefe, schicksalhafte Bedeutung besitzt. Das große Heldinnenopfer, das unsere Pferdenasen bringen, wird für die ganze Welt von einer ausschlaggebenden geschichtlichen Bedeutung sein. Nichts wird umsonst sein. Warum, das wird die Zukunft beweisen.

Es ist verständlich, dass wir bei den großangelegten Tarnungs- und Bluffmanövern der Sklaven der Bad Language die Situation richtig eingeschätzt haben. Aber erst in den letzten Jahren offenbarte sie sich in seiner ganzen wilden Größe. Dementsprechend ist auch der *War Against Bad Language*, den unsere Pferdenasen zu bestehen haben, über alle menschlichen Vorstellungen hinaus hart, schwer und tödlich. Er erfordert die Aufbietung unserer ganzen schwesternhaften Kraft und deren Brüsten. Hier ist eine Bedrohung unserer Einheit und der christlichen Werte gegeben, die alle bisherigen Gefahren unseres Glaubens weit in den Schatten stellt. Würden wir in diesem Kampf versagen, so verspielten wir damit überhaupt unsere geschichtliche Mission. Alles, was wir bisher aufgebaut und geleistet haben, verblasst angesichts der gigantischen Aufgabe, die hier der CHMABL unmittelbar und den Pferdenasen mittelbar gestellt ist. Ich wende mich in meinen Ausführungen zuerst an euch und proklamiere drei Thesen unseres Kampfes gegen die Bad Language.

Die erste dieser Thesen lautet: Wäre die CHMABL nicht in der Lage, die Gefahr durch Bad Language zu brechen, so wäre damit unser Sieg verfallen.

Die zweite dieser Thesen lautet: Die CHMABL und ihre Pferdenasen allein besitzen mit ihren Brüsten die atomare Kraft, eine grundlegende Rettung unserer Tugenden aus dieser Bedrohung durchzuführen.

Die dritte dieser Thesen lautet: Gefahr ist in Verzug. Es muss schnell und gründlich gehandelt werden, sonst ist es zu spät. Heute ist der glorreiche Anfang und lässt alles Böse unter dem rosa flammenden Schwert aufgehen.

Ich habe heute zu dieser Versammlung, meiner göttlichen Angelobung, einen Ausschnitt der feinsten Mitglieder der CHMABL im besten Sinne des Wortes eingeladen. Vor mir stehen reihenweise blonde, rothaarige, schwarze und brünette Schwestern. Dazwischen zähle ich an die fünfzig Trägerinnen unserer heiligsten Waffen, eine glänzende Abordnung unserer kämpfenden Front mit wohl den schönsten Brüsten, welche die Welt jemals erblickt hat. Hinter ihnen erhebt sich ein Block CHMABL-Jüngerinnen. Wieder hinter ihnen sitzen Männer, auch sie sind Soldatinnen, geboren aus unseren kämpfenden Zielen der CHMABL, dem unsere Gemeinschaft jetzt im Kriege

Wunder der Erfindung und des weiblichen Genies verdankt. Ich kann also mit Fug und Recht sagen: Was hier vor mir sitzt, ist ein Ausschnitt aus der ganzen CHMABL und an Elite kaum zu überbieten.

Stimmt das? Ja oder nein!

Ja, es stimmt und heute schreiben wir Geschichte, wir werden die gesamte Bad Language und Scum, wie Rapper und Hip-Hopper, vernichten und all jene, die sich diese zum Werkzeug gemacht haben und unsere rosa Werte und die christliche Welt erschütterten. Wir haben die Pferdenasen, die feinsten Soldatinnen, die dieser Planet jemals gesehen hat und sie sind unsere Speerspitze in einem langen und opferreichen Kampf. Doch sie werden alle belohnt. Einkaufsgutscheine, Frisörsessions, private Einkaufsstraßen und Schuhgeschäfte von der Größe New Yorks werden euer Todsein veredeln und euch erkennen lassen, dass sich der Aufwand gelohnt hat.

Ihr also, meine Schwestern, ihr repräsentiert in diesem Augenblick eine starke Gemeinschaft, die in sich in einem rosa Glauben entfaltet und die Welt beherrschen wird. Und dazu sind mir zehn Punkte besonders wichtig.

Erstens: Ich frage euch: Glaubt ihr mir als eurer demokratisch gewählten Godmother und mit der CHMABL als Trägerin unserer Werte an die endgültige Befreiung von der Bad Language? Ich frage euch: Seid ihr entschlossen, mir in der Erkämpfung des Sieges durch rosa und rot und unter Aufnahme auch schwerster persönlicher Belastungen zu folgen?

Zweitens: Ich frage euch: Seid ihr bereit, mit mir als höchstrangige Kriegerin des War Against Bad Language hinter den kämpfenden Pferdenasen stehend, diesen Kampf mit wilder Entschlossenheit und unbeirrt durch alle Schicksalsfügungen fortzusetzen, bis der Sieg in unseren wunderschönen und geschmeidigen Lenden liegt?

Drittens: Ich frage euch: Seid ihr als die CHMABL entschlossen, wenn die Godmother es befiehlt, zehn, zwölf und – wenn nötig – vierzehn und sechzehn Stunden täglich zu arbeiten, euch immer top zu schminken und für den Sieg das Letzte zu geben?

Viertens: Ich frage euch: Wollt ihr den totalen Krieg? Wollt ihr ihn, wenn nötig, totaler und radikaler, als wir ihn uns heute überhaupt noch vorstellen können?

Fünftens: Ich frage euch: Ist euer Vertrauen zur CHMABL heute größer, gläubiger und unerschütterlicher denn je? Ist eure Bereitschaft, ihm auf allen seinen Wegen zu folgen und alles zu tun, was nötig ist, um den Krieg zum siegreichen rosa Ende zu führen, eine absolute und uneingeschränkte?

Ich frage euch als sechstens: Seid ihr bereit, von nun an eure ganze Kraft einzusetzen und dem War Against Bad Language die Menschen und Waffen zur Verfügung zu stellen, die er braucht, um unaussprechlichen Orten wie diesem, den tödlicher Schlag zu versetzen? Seid ihr bereit, eure Brüste dafür als todbringende Waffen einzusetzen?

Ich frage euch siebtens: Gelobt ihr mit heiligem Eid der CHAMBL, dass ihr mit starker Moral hinter ihr steht und ihr alles geben werdet, was nötig ist, um den Sieg zu küssen?

Ich frage euch achtens: Wollt ihr, insbesondere ihr Männer, dass die CHMABL dafür sorgt, dass auch ihr eure ganze Kraft der Kriegsführung zur Verfügung stellt und überall da, wo es nur möglich ist, einspringt, um Godsisters für die Front frei zu machen und damit ihren Pferdenasen an Orten wie diesen zu helfen? Ich frage euch, seid ihr bereit Wäsche zu waschen und für uns zu kochen?

Ich frage euch neuntens: Billigt ihr, wenn nötig, die radikalsten Maßnahmen gegen einen kleinen Kreis von Drückebergern und Schiebern wie Melanie Melody™? Seid ihr damit einverstanden, dass, wer sich an unserer Wahrheit vergeht, den Kopf verliert?

Ich frage euch zehntens und zuletzt: Wollt ihr, dass, wie das CHMABL-Programm es gebietet, gerade im Krieg gleiche Rechte und gleiche Pflichten vorherrschen, dass unsere Einheit die schwersten Belastungen des Krieges solidarisch auf ihre Schultern nimmt und dass das rosa flammende Schwert für hoch und niedrig und blond und brünett in gleicher Weise verteilt wird?

Ich habe euch gefragt, ihr habt mir eure Antworten gegeben. Ihr seid ein Stück CHMABL, durch eure feudal geschwungenen Lippen hat sich damit die Stellungnahme unseres War Against Bad Language manifestiert. Ihr werdet unseren Feinden das zurufen, was sie wissen müssen, damit sie sich keinen Illusionen und falschen Vorstellungen hingeben.

Ich, als eure Godmother, habe befohlen und ihr werdet mir folgen. Wenn wir je treu und unverbrüchlich an den Sieg geglaubt haben, dann in dieser Stunde der rosaroten Besinnung und der inneren Aufrichtung. Wir sehen ihn greifbar nahe vor uns liegen, wir müssen nur unsere Pferdenasen zünden. Wir müssen nur die Entschlusskraft aufbringen, alles andere seinem Dienst unterzuordnen. Das ist das Gebot der Stunde. Und darum lautet die Parole: Rasiert alle schön eure **PEEP**s, denn nur so können die richtigen Pferdenasen niemals mehr von gewöhnlichen Frauen unterschieden, aufgedeckt und gejagt werden. Und ja, eine rasierte **PEEP** schaut auf alle Fälle besser aus und fühlt sich geschmeidiger an. Sie reflektiert auf göttliche Weise die kampfesfreudige Reinheit der weiblichen Seele. Und durch uns haben sie sich zu einem weltweiten Standard etabliert.“

| | PAUSE | |

Es war mucksmäuschenstill und Michelle genoss das nackte Bad im kollektiven Wahnsinn ihrer Gefolgschaft aus Masterdesignpopos und formvollendeten Hightech-Möpsen.

<PLAY>

Sie hielt für einen kurzen Moment inne. Dann wandte sie ihr Gesicht gegen den Himmel und mit schlichten, fast nicht wahrnehmbaren Armbewegungen dirigierte sie ihre Gefolgschaft. Die CHMABLige Masse zu ihren Füßen brandete im Rhythmus und Smartbreasts wogten massenhaft im Strom ihrer Botschaft. Und in den Augen der wenigen männlichen CHMABL-Jünger wirbelten kleine rosa Spiralen.

| | PAUSE | | FORWARD >>| & <PLAY>

Becky Lee & Lou erklommen den Altar, würdigten Michelle mit einem CHMABL-Küsschen und öffneten ergeben die goldene Schachtel. Im Gegenzug tätschelte diese deren Häupter, flüsterte ihnen etwas zu und fasste beidhändig mit zurückhaltender Gier in die Box.

| | PAUSE | | <PLAY>

Michelle rief aus:

„You're my heart, you're my soul
I'll keep it shining everywhere I go!“

Hingebungsvoll hob sie einen bluttriefenden Fleischklumpen hervor und die versammelte CHMABL-Elite tanzte händchenhaltend Ringa Ringa Reia. Im BunnyClub schwebten frische Erdbeeren wie Konfetti nieder, solange bis Michelle des Rev. JeSos Herz komplett verzehrt hatte.

| | PAUSE | | & <PLAY>

Michelle spuckte blutigen Speichel zuerst auf Becky Lee

und dann auf Lou. Diese verteilten den rosa Schleim, gleich Stripperinnen in einer komplex verschlungenen choreografierten Pudding-Show auf ihren Körpern. Dann knieten sie sich mit gesenkten Häuptern vor Michelle und tauschten sich mit weiteren CHMABL-Küsschen aus.

| | PAUSE | |

Vier Pferdenasen hievten Michelle vom Altar. Die beiden Beckys performten im Hintergrund einen hochgradig athletischen Poledance, der splitternackt und kopfüber an der Stange ihrer Audienz fröhlich zuzwinkernd, endete. Dass ich dabei mit einer uninspirierten Erregung zu kämpfen hatte, war mir zutiefst zuwider.

<PLAY>

Das rosa Licht im Raum erstickte, gefolgt von gespenstischem Knistern, mehr und mehr in Farblosigkeit. Da wurde mir klar, dass Natasas Blättchen langsam ihre Wirkung entfalteten und als Gegenmittel zum CHMABL-LSD ihre Arbeit aufnahmen. Der BunnyClub wurde düsterer, kälter und das erdbeerige Bouquet, das die Stimmung im Raum so lange vorantrieb, verpuffte vage in etwas anderem. Becky Lee & Lou saßen im Lotussitz am Boden und zwei sehr junge Jüngerinnen mit geflochtenen Zöpfen krochen mit hochgestreckten Hinterteilen auf allen Vieren unter ihren Beinen hindurch. Dann stand wieder einmal dieses inflationäre CHMABL-Geknutschte zwischen den Hauptprotagonistinnen im Vordergrund eines irrwitzigen Rituals. Und die Jüngerinnen leckten den Beckys genüsslich Michelles blutige Speichelüberreste von der Haut.

FORWARD >> |

Nachdem sie sauber geschleckt waren, wurden die Atombusen der beiden Edel-Pferdenasen von den Jüngerinnen liebkost. In einer Art, die bestenfalls mit dem Unvorstellbarsten, was mir Leeloo einst ins Ohr geflüstert hatte, auf einer Ebene stand. Die Zöpfe der beiden jungen Jüngerinnen rotierten und ihre volle Aufmerksamkeit wurde den Bauchnabeln von Becky Lee & Lou gewidmet. Nach paar flinken Handgriffen drehten sich die Jüngerinnen ab und vollzogen aus dem Spagat heraus einen Handstand. Die Bauchnabel von Becky Lee & Lou begannen rosarot zu blinken und ich zu laufen.

Ich rannte und rannte, bis ich das Ziel erreichte, welches am Plan als Kreuz mit „X“ eingezeichnet war und sich als Operationssaal herausstellte. Dort saßen zehn Krankenschwestern meditierend am Boden, eingezwängt in weiße hautenge Latex-Kostümchen, auf deren Brust „Stop Superfunken“ und eine knallrote Erdbeere eingestanzt waren. Die Krankenschwestern wirkten einem Hochglanzporno der Nullerjahre entsprungen und relaxt. Sie bemerkten mich nicht. So hatte ich Zeit, meine Blicke ausgiebig durch den Raum schweifen zu lassen, um einen leblosen Frauenkörper mit Flossen an den Füßen in einer Badewanne zu entdecken. Neben einer gelben Plastikente in einer milchigen Flüssigkeit treibend. Als ich sie genauer fokussierte, driftete ihr Erscheinungsbild fließend zwischen einer Zula, Xalvadora, Michelle und Leeloo hin und her. Ich konnte ihr Gesicht nicht fokussieren und schon gar nicht der Frau zuordnen, die ich liebte.

Die Plastikente nieste und die Krankenschwestern wurden auf mich aufmerksam. Sie ließen erstaunt Joints aus ihren Mündern fallen. Eine verschluckte ein „Ooops“ und eine andere „Look!“

Ich erstarrte und überlegte, wie ich meine mögliche Uschi retten und die Schwestern unschädlich machen konnte. Eine innere Stimme kam mir zu Hilfe und empfahl in oszillierender Tonfolge, Zulas und mein Lied zu singen. Und dieses trällerte ich mit der Stimme einer Melanie Melody™.

Ihre Hände an die Ohren gedrückt, krabbelten meine Gegnerinnen auf mich zu und schon nach ein paar Takten lösten sich ihre Zöpfe auf. Sekunden später fielen ihre Haare aus und zehn glatzköpfige Schwestern schmolzen zu einer lakritzartigen Masse zusammen. Die blubberte eine Zeit lang am Boden, richtete sich dann zu einer schwarzen Erdbeere auf und mutierte zu neun kleinen, weißen Pudeln, die von einem Psychedelic Chihuahua angeführt, knurrend auf mich zustürmten. Der Führerhund bellte: „Du hättest am Flughafen nicht mein Lied austauschen dürfen!“ und biss mir in meine linke Wade. Ich verpasste ihm eine Ohrfeige, worauf er in hohem Regenbogen auf einen Schrank knallte, aus dem Operations-Werkzeug plumpste. Ich stürzte mich darauf, schnappte mir das erstbeste Skalpell und hielt es meinen Angreifern drohend entgegen. Keifend und zähnefletschend fielen die weißen Pudel über mich her.

FAST FORWARD >> >>|

Es dauerte Minuten, bis ich den letzten Köter bestialisch erlegt hatte. Noch immer klirrt es in meinen Ohren. Das Winseln der sterbenden Hündchen, welches derartig grauslich und herzzerreißend war, dass ich auf der Stelle heulen könnte und es nur in Worte wie diese zu fassen wage:

| | PAUSE | |

Alles was du dir an bestialischen Tötungsmethoden ausmalst oder vorzustellen versuchst, kommt nicht im Geringsten an das heran, was sich deine dunkle Seite in dir mit außergewöhnlichem Vergnügen ausmalt.

<PLAY>

Ich lief zur Badewanne und aus der Nähe betrachtet, shiftete das Gesicht meiner möglichen Uschi zwischen Zula, Xalvadora, Michelle und Leeloo hin und her. Ich machte Natasas Delfinblättchen ob dieser neuartigen psychedelischen Effekte verantwortlich und verdächtigte sie, mich reingelegt zu haben. Aber gleichzeitig verspürte ich einen gewaltigen Schub Hoffnung, der sich wie ein kräftiger Flossenschlag eines Delfins anfühlte. So versenkte ich kurzerhand die gelbe Ente in der Wanne und hievte Zula heraus, die leblos auf den Boden klatschte. Natasa und ihre Backgroundsängerin starrten angewidert auf das Blutbad hinter mir.

„Was hast du gemacht?“, fragte Natasa bestürzt.
„Was hast DU gemacht?“
„Nix, warum?“
„Das Blättchen?“
„Soll dir helfen, die Dinge wieder so zu sehen, wie sie eigentlich seinen?
„So sind sie?“
„Keine Ahnung, ich kann nicht in deinen Kopf sauen! Aber, egal“, erwiderte Natasa:
„Du musst uns helfen Miselle zu stoppen!“

Dann erklärte Natasa, Karrieregeilheit hätte ihr Augen und Herz verschlossen. Während Michelles Ansprache wurde ihr aber schließlich klar, dass sie benutzt und ihr Todesurteil verkündet wurde.

„Naja und ich will eigentlich nie sterben und son gar

nicht heute!", fügte sie hinzu und errötete wieder. Sie erklärte, ich wäre zu spät gekommen, denn der Körper in der Wanne sei nicht mehr Uschis gewesen, sondern ein psychedelischer Klon, der sich den Wünschen des Betrachters anpasst, dessen Zweck zu erläutern, jetzt die Zeit fehlte und in ihren Augen ohnehin wenig Sinn machte. Aber dieser Effekt sollte mit zunehmender Wirkung des Gegenmittels abklingen.

„Aber...", flüsterte sie, „Usi lebt! Wenn du mir hilfst, rettest du auch ihr Leben!"

„Wo ist sie?"

„Hundertfach geklont. Und alles, was zwischen ihr und dir war, haben sie hinter sich gelassen! Du erkennst die Unechten an ihrem Zahnfleisch!"

Natasa betonte erneut, dass die Rettung Uschis nur möglich wäre, indem ich Michelle stoppte. Sie verriet mir, dass innerhalb der CHMABL eine eingeschworene Schar von Melanie Melody™-Fans darauf wartete, neben ihr auf der Erdbeere zu sitzen und den Tod ihres geliebten Rev. JeSos gesühnt zu sehen. Mit ihnen wollte Natasa die CHMABL wieder „zurück zu ihren eigentlichen Wurzeln" führen. Aber nur durch ihre Musik sollten deren Werte & Ideale in die Welt geträllert werden, frei von Gewalt, aber *son* noch mit vielen *sönen* Seelen in *hübsen* Kostümchen. Back to the roots als Natascha und mit viel Fisch.

|| PAUSE ||

Leeloo hätte „Auch nicht besser!" gegluckst und ihre Zöpfe hakten sich in ihre Mundwinkel ein, um diese zu einem breiten Grinsen, bis knapp vor ihre Ohren, zurück zu ziehen.

<PLAY>

Mir gefiel Natasas neuer Plan und die darin verborgene Vision konnte ich schier aus ihren Brüsten bis in den Himmel leuchten sehen, dort wo zulahafte Engel mit blonden Zöpfen befreit vom Raum-Zeit-Kontinuum im Chor: „Michelle ma belle, go to hell!“ anstimmen.

„Hör auf zu grinsen“, schimpfte Natasa und hängte mir eine Halskette mit Fischanhänger um den Hals. Dann legte sie mir nahe, mich im BunnyClub fassen zu lassen. Meiner Frage nach dem Warum zuvorkommend, meinte sie, dass es sich Michelle niemals entgehen lassen würde, mich ein letztes Mal vor der versammelten CHMABL zu demütigen. Ganz abgesehen davon, dass es in ihrem Wesen läge, immer das letzte Wort haben zu müssen, war es ihr ganz persönliches Anliegen, mich unter hoher Schmerzzufuhr abzuschlachten und meine Seele beim Verdampfen zu beobachten. Natasa briefte mich, Michelle möglichst nah an mich ran kommen zu lassen und dann laut „**PEEP** you!“ zu schreien.

Etwas zeitverzögert wurde mir klar, dass Natasa von mir verlangte, Michelle in einer Selbstmordaktion für sie aus dem Weg zu räumen. Mit Hilfe der Zündvorrichtung, die eingearbeitet in den Fischanhänger, einst Rev. JeSos nach Hause geholt hatte.

„Der Fisch reagiert auf Spracherkennung!“, erklärte Natasa ohne mir in die Augen zu sehen.

„Warum sollte ich für dich sterben?“

„Möchtest du Usi und hundertausende Mensen vor dem Tod retten? Oder nur deine eigene Haut?“

Ich schwieg und die Aussicht nicht mehr zu leben, schien mir unrealistisch bis abstrakt. Doch der Gedanke an Uschi wärmte das Blut in meinen Venen und ein schmuckloses Gefühl von Stolz überrumpelte die Angst, meiner Existenz bald schon den Rücken zu kehren. Natasas Versprechen, mich heilig zu sprechen und als CHMABL-Ikone in einen Himmel voll von Zulas emporzusteigen, war mir egal. Ich wollte nur eine Zula und dass Uschi lebte – wenn es sein sollte auch ohne mich.

Ich schrie „Uschiiiiiiiii!“ und stürmte den BunnyClub. Ein zulahafter Schmetterling flog neben mir her, streckte lächelnd seine Zunge heraus und die Daumen nach oben. Bis er in einen Bühnen-Stahlträger knallte und ich mitten im BunnyClub, wo freidenkerisch staunende Gesichter mich empfingen, abbremste.

| | PAUSE | |

Die Zeit stand still, umgeben von hunderten Augen, die mich wirr anglotzten.

<PLAY>

Dann schleuderte Michelle ein Handzeichen in die Luft, worauf ein Dutzend Pferdenasen über mich her stürzte. Auf mir lastete der erdbeerige Duft von Pferdenasen, der in den pechschwarzer Lakritze überging und mir das Atmen erschwerte. Aber noch bevor mir schwarz vor Augen wurde, lichtete sich der Berg an Pferdenasen über mir und Hände mit scharfen rosa Nägeln hoben mich auf den Altar. Wehrlos ließ ich das zu und war froh, dass mir nichts mehr in den Mund gesteckt wurde.

Eine kleine Pferdenase stieß mich zu Boden und als ich einen stechenden Schmerz im Lendenbereich abtastete, bohrte sich etwas in meinen Hals. Der Absatz eines spitzen Highheels an der Seite meines Nackens fixierte mein Blickfeld auf spitz blitzende Schuhe. Gleichzeitig bettete sich die Stummheit des BunnyClubs sanft in die Musik von The Hoff, der auf der HiHoFF-Bühne dem Publikum ein Medley seiner größten Hits aufzwang. Die Highheels lösten sich von meinem Hals, traten klackend zurück und über mir ragte Michelle wie eine göttliche Statue empor. Sie trug ein kleines goldenes Krönchen und ihre Haare wehten im Wind, gleich einer Amazone auf einem Fantasy-Poster für fortgeschrittene Nerds.

Michelle spuckte auf mich herab und flüsterte:
„Du bist sooooo blöd... Never ever werden wir identifizierbar sein. Thanks to media and all der **PEEP** ist es uns gelungen, dass kaum eine Frau mehr Haare an ihrer **PEEP** hat. Real Pferdenasen können nur mehr sehr schwer ausfindig gemacht werden. Wir tauchen in der haarlosen crowd unter und werden von dort aus schlagkräftig the world rulen!“

| | PAUSE | | <PLAY>

„Ich hab deine Rede gehört. Spar dir die Wiederholung!“, erwiderte ich, worauf sich der Highheel noch einmal tiefer in meinen Hals bohrte.

„Jetzt!“, dachte ich, der richtige Moment wäre gekommen, um die Welt von Michelle zu befreien und „**PEEP**“ing zu retten. Und so schrie ich hasserfüllt: „**PEEP** you“.

| | PAUSE | | <PLAY> | | PAUSE | |

Aber alles, was zu hören war, war „**PEEP** you“.

„Volksmusikerin“, fluchte ich und konnte nicht fassen, dass bei Natasas Anschlagplänen meine durch MBC eingeschränkten Artikulationsfähigkeiten unbeachtet blieben. Noch einmal brüllte ich „**PEEP** you!“, aber Michelle lachte mich gemeinsam mit ihren Jüngerinnen aus.

FORWARD >>|

Ich wurde aufgehoben und wieder in den schwebenden Gogo-Käfig gesperrt, wo I, Maus der Bürohegst und Pfeife zitternd in einer Ecke kauerten. In meiner Abwesenheit wurden auch sie von den Schwestern zu CHMABLigen Fashion-Victims niederstilisiert; durch winzige rosa Slips und Gummistiefel. Den tieferen Sinn dahinter konnte ich jedoch weder bei mir noch bei den Dreien erkennen.

|| PAUSE ||

Ohne miteinander zu sprechen, verharrten wir in diesem Showroom, um unserem ungewissen Schicksal entgegen zu warten. Während meine Gedanken zwischen Selbstaufgabe und Hoffnung auf ein heldenhaftes Happyend hin und her pendelten, beobachtete ich das hektische Treiben unter uns im BunnyClub. Dort schminkten sich CHMABL-Jüngerinnen, rückten gegenseitig ihre Outfits zurecht und zupften an ihren Brüsten herum. Andere beteten zur Erdbeere, während Michelle einer Gruppe Pferdenasen Anweisungen erteilte. Becky Lee & Lou meditierten abseits vom Geschehen auf dem Sofa und bereiteten sich so auf ihren finalen Weg nach Hause vor.

<PLAY>

Auf einmal machte sich Aufregung breit. Mit Maschinenpistolen im Rücken wurde Natasa, ihre Backgroundsängerinnen voran, vorgeführt und in den BunnyClub gestoßen. Ohne den geringsten Funkenflug Widerstand ließen sich die abtrünnigen Schwestern durch den Raum treiben und an eine Wand stellen.

Und Erdmännchen gleich, die traurig mit ansehen müssen, wie ihre noch immer geliebte Ex-Freundin in einer populären Einkaufshöhle von einem kleinwüchsigen und farblosen Männchen geküsst wird, hielten sie sich an ihren Händen, während zwei Pferdenasen die Magazine ihrer Uzis in ihre Richtung entleerten. Lautlos sackten die Backgroundsängerinnen nach vorne in sich zusammen. Natasas Augen wanderten in meine Richtung, um entseelt an mir haften zu bleiben. Eingehüllt im Rauch des Mündungsfeuers, ragte sie einsam über die noch zuckenden Leichen ihrer treuen Gefolgschaft empor. Natasa fing an bitterlich zu weinen.

| | PAUSE | |

Das Rosa in Natasas Augen verglühte und ich nahm deutlich wahr, dass ihr von nun an Schuhgeschäfte in der Größe New Yorks egal waren.

<PLAY>

Michelle schrie: „Save the **PEEP** for last!“ und Natasa kniete vor einem ihrer toten Traumkörper nieder, um deren Gesicht zu streicheln. Ohne diesem Abschied Raum zu gönnen, gab Michelle erneut ein Zeichen, dessen Kälte bis zu mir empor loderte, und zwei Jüngerinnen warfen sich auf sie. Sie versuchten Natasa weg zu zerren, doch die klammerte sich an den leblosen Körper fest. Als man sie am Hintern packte und hochheben wollte, schlug sie wie ein Pferd mit ihren Füßen aus und traf eine der beiden Jüngerinnen am Oberkörper. Dabei platzte dieser der linke Busen und feine Drähte kamen zum Vorschein. Die zweite Jüngerin half der Verletzten und versuchte die Drähte wieder in sie hinein zu stopfen.

Nun platzte Michelle der Kragen und sie griff in das Geschehen ein. Ihre rechte Hand, die ein ähnlich hässlicher

Ring wie Jorges zierte, rotierte mehrmals in einem großen Kreis, bis sie Natasa genau unter ihrem linken Auge traf. Still blutspritzend und mit hochgestreckten Armen ging diese zu Boden, so als umarmte sie Stage-divend ein letztes Mal die kollektive Zuneigung all ihrer Fans. Und noch während sie fiel, sprang ihr die verletzte Jüngerin in den Rücken, sodass Natasa mit dem Gesicht voran, auf dem Boden aufschlug.

Natasa wurde das Fishpower-Shirt vom Leib gerissen und der Gogo-Käfig wurde runter gelassen. Gleich einem Dutzend toter Erdmännchen wurde sie nur im BH und in einem Röckchen zu uns in den Käfig geworfen.

Erst als wir in der Luft fixiert schwebten, kam Natasa zu sich. Sie blinzelte, mit zarten Funken Hass sprühend und viel Blut im Gesicht. Auf mich fixiert krabbelte sie stöhnend auf und ging mir unerwartet kraftvoll an die Gurgel. Ich fiel auf den Rücken, sie setzte sich auf meine Brust, rutschte nach vor, drückte mit ihren Schenkeln meine Kehle zu, damit ich nicht die geringste Chance hatte, ihre Pferdenase zu erspähen und schnaubte: „Zuerst zu spät und jetzt zu früh, viel zu früh..."

Dann holte sie mit ihrer Hand zu einer Ohrfeige aus, ließ diese aber gleich wieder ermattet fallen. Erschöpft löste sie ihre Schenkel und näselte:

„Dein Gegenmittel hat noch nicht seine Wirkung getan, MBC war noch nicht neutralisiert!"

Sie ließ ihren Kopf auf meine Schulter sinken und trauerte stumm weiter. Dabei tat ich, was ich noch nie in meinem Leben vollbrachte – nicht mal für meine Zula. Ich streichelte ein Mädchen ohne Hintergedanken, nur zum Trost, während das Aroma einer ihrer Tränen meine Nase eroberte. Pfirsich – und ich musste niesen.

| | PAUSE | | FORWARD >>| <PLAY>

Der VIP-Raum drehte sich wie ein Karussell um uns und schmetterte nach jeder vollen Rotation die hypnotische Stille aus dem BunnyClub. Becky Lee und Lou riefen uns etwas von unten zu, was im anschwellenden Festivallärm kläglich absoff. Als ihnen klar wurde, dass wir sie nicht hörten, formten sie eine Pflaume in unsere Richtung. Und just in dem Moment nahmen die Delfine auf dem Löschblatt ihre Wirkung auf.

Noch immer die Pflaume auf uns gerichtet, fiel all der Glanz und Glitter lautlos klirrend von Becky Lee & Lou ab. Und zwei glatzköpfige Frauen, deren Gesichter diabolisch mit Augen so hohl den Nasenlöchern eines Pferdes gleich, zwinkerten uns mistig zu. Ihre Visagen waren zu einem haarlosen Pferdekopf mutiert, der von den Nüstern weg bis zum Mund in Konturen eines Totenkopfes gerahmt war.

Natasas Duft betörte, aber beschämte mich auch, weil er den von Uschi verdrängte. Ihr Kopf ruhte noch auf meinen Schultern, als es für einen kurzen Augenblick still wurde und ein lautes Schluchzen von Natasa dieses akustische Vakuum auffüllte. Zeitgleich erklang das Lied von David, welches er zuvor auf dem Zettel zur Welt gebracht hatte. Die beiden Beckys riefen „The time is now“ und plötzlich verunstalteten alle Pferdenasen im BunnyClub eine schreckliche kahle Fratze. Sie stellten sich unter uns im Kreis auf und warteten, unsere Seelen verzehren zu dürfen.

Becky Lee & Lou erhoben sich vom Sofa, liefen den Schwestern-Zirkel, eine jede mit einem High five touchierend, ab. Becky Lee innen und Lou außen. Dann setzten sie sich in die Mitte des Kreises, der sich über den beiden zusammen zog.

FORWARD >>|

Nach ein paar Minuten öffnete sich dieser im Zeitraffer wie eine rosa Seerose und schleuderte beide Beckys in die Luft. Was vor allem Becky Lou dabei wohlwollend unterstützte, mir auf Augenhöhe nochmals den Stinkefinger entgegen zu strecken. Dann lullte sie die CHMABLige Jüngerinnen-Gemeinde wieder ein.

FORWARD >>| ein paar Minuten

Der Zirkel spuckte Becky Lee & Lou aus und sie schlenderten händchenhaltend mit blinkenden Bauchnabeln auf die Bühne. Der Applaus des Publikums war derart laut, dass die Wände des BunnyClubs vibrierten. Das brachte Natasa zur Besinnung. Sie befreite sich aus meiner Umarmung, schaute traurig und stellte fest: „Das war's, wir kratzen ab! Leg dich hin, vor mich!"

Ich tat, was sie wollte. Sie löffelte und küsste mich mit dem Pathos, der all ihre Lieder zu einem Best of für Sterbende vereinte. Während ihre Zunge sich in meiner Mundhöhle verabschiedete, summte aus ihrer Kehle: „Und bald schon werd'n uns're Herzen glühen".

Wie ein Soundtrack untermalte es unsere ausweglose Situation. Das ließ sogar ein Quäntchen Romantik aufkeimen. Deshalb ließen wir abrupt voneinander ab, worauf bunte Noten zwischen Natasas Lippen sprudelten, die noch, bevor sie sich zu einer Tonfolge vereinen konnten, wie Seifenblasen zerplatzten, aus denen Schmetterlinge mit grässlichen Pferde-Totenkopf-Fratzen heraus plumpsten. Das größte dieser kleinen Ungeheuer ließ sich auf meiner Nase nieder, fokussierte mich und kotzte auf meine Pupille.

I, Maus, der Bürohegst und Pfeife bekamen von all dem nichts mit. Sie waren mit sich selbst beschäftigt. Irgendetwas zwischen ihren Füßen okkupierte deren Aufmerksamkeit. Etwas, das wiederum meiner

Wahrnehmung nicht zugänglich war. Jedoch meinen zurechtgerückten Apperzeptionen auffallend ähnlich zu sein schien. Panisch strampelten sie mit den Beinen, als würden ihnen diese bei lebendigem Leibe abgenagt. Gleichzeitig schlugen sie wild mit den Händen um sich, zwängten ihre Köpfe zwischen die Gitterstäbe und heulten. „Haut ab..! Lasst uns... Lasst uns nicht... Hört auf so zu schnauben..."

Die Vorderseite ihrer rosa Slips verdunkelte sich und ein feuchter Fleck breitete sich harmonisch aus. Gelbes Nass sprudelte zwischen ihren Schenkeln, floss dünne Beinchen entlang und füllte sechs Gummistiefel, die im Nu überliefen. Durch das Gezappel schwappten goldene Tropfen heraus, prasselten auf Natascha und mich ein und schwebten in Zeitlupe weit über uns hinaus in den BunnyClub.

Um unsere Gesichter vor dem Urin zu schützen, wandten wir uns ab. Dabei fiel mein Blick nach unten und ich beobachtete Tropfen am Boden zerbersten, Rauch aufkeimen und kleine Blitze waagrecht den Boden entlang zucken. Ein dumpfes Knacksen folgte und Funken sprühten bis zu uns hinauf, um sich als monochromes Feuerwerk mit den nassen Partikeln der Angst von I, Maus, dem Bürohengst und Pfeife zu vermischen. Zeitgleich, wie damals während der Bombenexplosion in Amsterdam, hob uns Schwerelosigkeit in die Luft. Wie Astronauten schwebten wir im Käfig, bis wir aufschlugen.

| | PAUSE | |

Die nasse Angst der Drei hatte den Hauptstromverteiler für den BunnyClub unter dem Käfig kurzgeschlossen, der auch den Magnetismus, welcher unseren Käfig über dem Boden schweben ließ, außer Kraft setzte.

<PLAY>

Mit dem Gesicht zwischen Natasas Lenden kam ich zu mir und durfte so noch ein letztes Mal vom Anblick ihrer Pferdenase naschen. Sie ließ mir jedoch kaum Zeit, das zu genießen. Taumelnd stand sie auf, roch angewidert an ihren Haaren und wand sie, den Kopf zur Seite geneigt, aus. Dann hielt sie inne und starrte mit offenem Mund durch mich hindurch. Ich folgte dem Anlass ihres Gesichtsausdrucks und stieß auf I, Maus, den Bürohengst und Pfeife. Ganz offensichtlich konnten sie vor dem Aufprall ihre Köpfe nicht mehr aus den Gitterstäben ziehen und hatten noch dazu das Pech, dass genau ihre Seite des Käfigs am Boden aufschlug. Nun lagen sie jämmerlich verrenkt, zusammengepatzt in der Ecke und ihre Augäpfel ruhten zwischen ihren Beinen. Außer rot-grauem Matsch war nichts von ihren Gesichtern übrig. Die Händchen zuckten, als spielten sie zum Abschied noch ein wenig an sich herum.

FORWARD >>| Bis ich meinen Magen entleert hatte

Natasa wand noch mal kräftig ihre Haare aus. Und ohne sich nach einer Möglichkeit umzusehen, ihre Hände zu waschen, griff sie nach meiner und riss mich hoch. Sie gab mir einen Klaps auf den Hintern und wir nahmen ziellos unsere Flucht auf.

Pferdenasen entdeckten uns und rannten schreiend hinter uns her. Zum Glück hatten wir einen komfortablen Vorsprung und so durchbrachen wir kleine, lächerliche Feuerwände zwischen Schall & Rauch, bis wir uns auf der Hauptbühne wieder fanden. Ganz nah neben The Hoff und Becky Lee & Lou, die mit immer schneller blinkenden Bauchnabeln zu seiner Musik abtanzten.

|| PAUSE ||

Wir hielten kurz inne. Für einen kleinen Moment genoss ich das Gefühl, von einer trancigen Masse bejubelt zu werden. Energie, die nicht mir galt, umgarnte mich und ich dirigierte das Flugverhalten von grässlichen Schmetterlingen, die meinen Raum wieder füllten und warf allen bereitwillig Küsse zu.

<PLAY>

Mit einer kräftigen Ohrfeige holte mich Natasa in meine Realität zurück. Sie schubste mich nach vorne und stürmte über mich hinweg auf den Bühnenrand zu. Mit einem gewaltigen Satz sprang sie ins tobende Publikum und ich ihr nach.

Ich tauchte in ein Meer aus Beinen und brauchte eine Weile, Natasa inmitten von Urin- und Schweißgestank zu finden. Hintereinander krochen wir zwischen und durch tanzende Füße in Richtung rettende Ungewissheit. Dabei orientierten wir uns an den Zehenspitzen des Publikums und ließen kriechend übel riechende Fersen hinter uns. Ich hielt mir einen kurzen Atemzug lang die Nase zu, als zeitgleich die Musik ausklang. Über uns tat sich ein Loch auf und die eingetrancte Menge johlte um Zugabe. Natasa rutschte auf ihrem Hintern näher an mich ran, stellte fest: „Du hättest mein Franz sein können!" und griff mir hart, aber freundschaftlich in den Schritt. So bekam ich das erste, aber auch das letzte Mal einen unbegrenzten Einblick in die Tiefen von Melanie Melodys™ Herz.

| | PAUSE | |

Sehr unzensiert und voll rasender Herzschläge ein Stück weiter.

<PLAY>

„Also, wenn wir...“, eröffnete sie, als sich aus dem Loch über uns eine haarige Männerhand erstreckte und Natasa aus dieser fast romantischen Episode an den Haaren empor zog. Die haarigen Pranken hielten sie wie eine Trophäe in die Luft und jemand schrie aufgebracht: „Melanie Melody™, oh mein Gott, ich halte Melanie Melody™, nur in geiler Unterwäsche!“

„Wenn schon, Gött-IN geschmackvollen Dessous! Du Depp!“, hätte Leeloo räsoniert und in ihre Zöpfe hinein geweint, wie zwei Erdmännchen, die um ihre verlorene Zukunft trauern.

Ich hielt sie an ihren Beinen und schrie „Wenn was..?“ Doch das ekstatische Puplikum war stärker als ich. Melanie Melody™ wurde über den Köpfen der Menschenmassen in Richtung Bühne gehievt. Das Loch über mir schloss sich und begrub mich weit unter hopsenden Beinen. So blieb mir nichts anderes übrig als ohne Natasa meinen Weg in die Freiheit zu finden; mit der Befürchtung, eventuell keine einzige Seele, vor allem nicht mal Uschis, gerettet zu haben. Mühsam verkroch ich mich weiter vor dem Festival und wünschte auf Polizisten zu stoßen, die bei einer Großveranstaltung wie dieser doch anwesend sein müssten.

Als ich den Rand der Menge erreicht hatte, kletterte ich über eine Absperrung und ließ mich auf die andere Seite in eine Wiese fallen. Dort blieb ich erschöpft liegen und genoss, ohne Schweiß- und Uringeruch wieder zu atmen und den Himmel sehen zu können.

| | PAUSE | |

Frische Luft garniert mit Sternen kann durchaus schön sein. Mir fällt es leicht, Derartigem zu verfallen.

<PLAY>

Die Luft wurde kühl und hatte sich an Grashalmen als glänzende Tropfen festgesetzt, auf denen die Lichter des Festivals bescheiden schimmerten. Beim genaueren Betrachten bemerkte ich, dass sie auf die fernen Schallwellen des Festival sogar reagierten.

Und bald schon werd´n uns´re Herzen glühen erklang, gesungen von Becky Lee & Lou und The Hoff. Die Tropfen vibrierten zu den Bässen, als im Publikum tosender Jubel ausbrach und alles andere verschlang. Ich richtete mich auf und meine Aufmerksamkeit weg von den Grashalmen zur Bühne. Ein riesiger LED-Bildschirm strahlte hell über den Köpfe der Konzertbesucher hinweg. Über deren Silhouetten erstreckte sich mein Kuss mit Natasa zuvor im Käfig und endlos geloopt. Meine Zunge sah unanständig aus und die gesamte Szenerie wirkte bei Weitem nicht so romantisch, wie es sich angefühlt hatte. Es gebot sich unrealistisch und weit weg von dieser Welt. Und trotzdem hoffte ich, Uschi würde das nicht sehen, lebte sie noch. Verdammte CHMABL-**PEEP**.

Wut fuhr mir durch den Körper, in einer Art und Kraft, die mich in einem noch nie erlebten Ausmaß bestärkte nicht aufzugeben. Sie ließ mich über mich selbst, aber vor allem über die Angst vor der CHMABL hinaus wachsen und gegenüber meiner Machtlosigkeit, jetzt noch irgendetwas zum Guten bewegen zu können, erblinden.

So lief ich ins Dickicht und schaute mich nach etwas um, womit ich CHMABL-Mädchen erschlagen konnte. Doch je mehr ich mich im Unterholz verstrickte, umso dunkler wurde es und die Chance dicke schwere Äste zu finden, schwand ebenfalls. Es war nur noch schwarz, bis ein

Lichtpunkt vor mir tanzte und mich lockte. Ich kämpfte mich durch das Gesträuch, bis ich eine kleine Lichtung erreichte,wo Michelles blinkender Helikopter stand und mir seine Rotoren steif ins Gesicht bliesen. Nur mit einem kleinem Ästchen bewaffnet, schlich ich mich an, um festzustellen, dass die Flugmaschine nicht besetzt war. Keine einzige CHMABL-Seele war in der Nähe.

Mein Pulsschlag glättete sich und ich stieg entspannt ins Cockpit. Meine Hände glitten über die Armaturen und suchten nach einer Möglichkeit, diese Situation zu meinen Gunsten zu nutzen. Es dauerte nicht all zu lange, bis mir eine geniale Idee kam. Doch zu viele leuchtende Knöpfe in der Flugkabine vereitelten mein Vorhaben und naja..., zumindest war die Idee gut. Ich grübelte nach anderen Gelegenheiten **PEEP**ing zu retten. Während ich mich dabei in einem Rückspiegel betrachtete, leuchtete der Fischanhänger um meinen Hals appellierend auf. Ohne zu zögern, riss ich mir Natasas Minibombe vom Leib und ließ sie zwischen Mittelkonsole und linkem Sitz verschwinden. Dann durchsuchte ich den Helikopter nach brauchbaren Gegenständen, welche im Idealfall sogar Waffen sein hätten können. Schon nach ein paar Augenscans bemerkte ich zwischen tonnenweise Schminkzeugs, Erdbeer-Amuletten und Joints eine Bong aus einem Rucksack lugen – eine wahrhaftige Kate Moss.

Ohne zu wissen weshalb, aber eher und wahrscheinlich aus nostalgischen Gründen, nahm ich den Rucksack an mich, so wie damals diese Zula im Supermarkt ihre Milchpackung. Ich entfernte mich von Michelles Hubschrauber, um mich hinter einem Baum am Rande des Dickichts zu verstecken. Dort durchwühlte ich den Rucksack, entdeckte ein Feuerzeug und bemerkte, dass die Bong mit einer Ladung rosa Shit gestopft war. So konnte ich nicht anders, denn ich wollte, nein ich musste, endlich wieder etwas runter kommen. Ich zündete das Pinkshot und inhalierte hell-roten Rauch. Es dauerte nicht lange und all das düstere Kühl wich einem rosa Unterton, der sich zwar um einiges schwächer, aber trotzdem wie damals, auf irgendeinem Strand in Spanien, anfühlte.

Die Zeit schraubte sich besonnen an den Bäumen hoch, die Blätter raschelten wellenartig und sanfte Stimmen schlichen sich langsam dazwischen, die ich Michelle und ihrer Gefolgschaft zuordnete.

Ihre letzten Meter am Weg zum Helikopter wirkten unendlich langsam und es dauerte noch einmal so lange, bis alle drinnen saßen und ich ihnen „**PEEP** U" entgegen schreien konnte. Und während sich mein Lunge mit dem alles-CHMABL-zerschmetternden Schrei füllte, plumpsten schwarze Flossen mit gelben Punkten aus dem Bauch der Flugmaschine. Und ich erkannte, mitten in der Gruppe, zwischen der Pilotin und Michelle, ein gefesseltes Mädchen, das aussah wie eine Zula und fast noch mehr wie meine Uschi.

All die todbringende Luft entwich kraftlos meiner Brust. Der Helikopter hob behutsam ab und schwebte zwei bis drei Meter über dem Boden die Wiese entlang, so als schnupperte er sie nach Beute ab. Ich spürte erneut diese Wut in mir aufsteigen. Und mit dem daraus erwachten Gefühl der Unzerstörbarkeit lief ich zur Mitte der Lichtung. Breitbeinig, so wie Leeloo, als sie mir zum ersten Mal am Meeresrand in Spanien erschien, stellte ich mich Michelles Flugbahn in den Weg.

| | PAUSE | |

Es birgt einen enttäuschenden Beigeschmack wie unspektakulär Michelle, die Bösewichtin meines Lebens, von dieser Welt ging. Dabei wird wieder mal deutlich, dass

Realität nichts mit der Wirklichkeit gemein hat. Und schon gar nicht wie im Film, wo alles in einem Wahnsinns-Showdown aufgeht. Einer, der all die Rachegelüste und abgestumpften Sinne für Gerechtigkeit des Zusehers befriedigt hätte.

<PLAY>

Der Helikopter verlor an Fahrt und hielt, gleich einem Stier der zur finalen Attacke auf seinen Torero ansetzt, schwebend vor mir inne. Aus dem Cockpit schaute Michelle auf mich herab. Sie zeigte mir die Zunge, riss Zula an den Haaren und presste ihr Gesicht an die Cockpitscheibe. Der Hubschrauber kreiste, mit der Nase auf mich gerichtet, um mich herum. Er fokussierte mich und ließ nicht von mir ab, bis im richtigen Winkel mein und Natasas Kuss in der derben Endlosschleife, untermalt von einem großen Melanie Melody™ Hit, an der Cockpitscheibe reflektierte. Zulas Augen loggten sich in Richtung Quelle der Reflektion ein. Michelle grinste und schleckte meiner möglichen Uschi über die Wange. Ihre Nase glänzte vor Feuchtigkeit, denn Michelle hatte an allen Fronten gewonnen. Der Helikopter nahm an Fahrt auf und flog eine weite Schleife um mich. Auf einer Kufe sitzend, richtete eine CHMABL-Jüngerin ein rosa flammendes Schwert auf mich.

| | PAUSE | |

Das wäre der richtige Moment gewesen, um **PEEP** U zu schreien und **PEEP**ing vor Michelle zu retten. Doch es blieb in meinem Hals stecken. Immerhin saß meine wahrscheinlich mögliche Uschi neben der frisch gekrönten CHMABL-Godmother.

<PLAY>

Zwischen sattgrünen Grashalmen, die geschmeidig unter Rotorblättern wehten, sank ich resignierend auf die Knie. Mit einer eigenartigen Erleichterung in meiner Brust wartete ich der brennenden Klinge entgegen, die mich *nach Hause holen sollte.*

| | PAUSE | |

Immerhin hätte sich mein Wunsch erfüllt, dass ich durch die Hände einer Frau stürbe, was Leeloo anerkennend mit ihren Zöpfen honoriert hätte.

<PLAY>

Mein Kopf war leer und so frei, wie seit meiner Zeit vor Spanien nicht mehr. Und von verträumter Umnachtung mit Anlauf in den **PEEP** ge**PEEP**t, hauchte ich entlang meiner Handfläche Uschi einen Abschiedskuss zu.

| | PAUSE | |

Leeloo hätte irgendwas gesagt und mit ihren Zöpfen getan, während zwei weibliche Erdmännchen auf dem aufgeblähten Bauch von David tanzten und abschließend ihre kleinen Därme darauf entleerten.

<PLAY>

Anstatt diese ultimative Abschiedsgeste zu honorieren und mir zumindest dezent zu winken, zu zwinkern oder was Nettes mit ihren Lippen mir entgegen zu formen, schlug Zula wutentbrannt an die Cockpitscheibe, auf der noch immer der Kuss im Loop reflektierte.

| | PAUSE | |

Die Zula, die vielleicht doch nicht Uschi war, wirkte verzweifelt und irgendwie angepisst.

<PLAY>

Unaufhörlich schlug sie mit den Handflächen auf das Plexiglas ein. Und als sich das erschöpfte, schrie sie so laut, dass es mir nicht mal der Lärm des Hubschraubers vorenthalten konnte: „FUCK YOU!“ Gleichzeitig spürte ich zum ersten Mal Natasas Gegenmittel seine Wirkung in mir entfalten.

FORWARD >> | | PAUSE | | und SLOWMOTION

Michelle gab der Pferdenase auf der Kufe ein Zeichen, das signalisierte, mich „jetzt“ zu eliminieren. Doch noch während sie ihren Daumen horizontal an ihrer Kehle vorbeizog, blitzte es im Cockpit auf. Ein rot-oranger Feuerball verdichtete jenseits der Glasscheiben seine Kraft, expandierte und verschlang Uschi inklusive Michelle in einer weißen Rauchwolke, die dann ebenfalls entflammte. Und noch bevor die Explosion zu Ende war, sackte ein brennendes Gerüst auf die Wiese, während sich dessen Rotorblätter neben mir in den Boden schraubten und die Schwertmeisterin ganz nebensächlich filetierten. Eine riesige Feuerwand leckte in die Luft und im Gras lag qualmend ein erbeerförmiges Rubin-Amulett, das jammernde Laute von sich gab.

| | PAUSE | |

Schock lähmte meine Gedanken und ließ nichts als rotierende Geistesfragmente zu, die erklärten, ich wäre ein Teil des von Natasa lang geplanten Masterplans gewesen,

Michelle zu vernichten. Alles inszeniert – unser Kuss diente einzig und allein dazu, um eine Zula dazu zu bringen, gut getimed neben Michelle *Fuck You* zu brüllen. Aber eine Uschi, so wie ich sie kannte, hätte besonnener reagiert und mir diesen Kuss durch einen kräftigen Schlag auf die Nase verziehen. Deshalb vermute ich, ein psychedelischer Klon einer Zula verbrannte in den Flammen und Uschi lebte.

<PLAY>

Gejagt von Hoffnung verließ ich die brennende Lichtung und rannte so lange, bis sich die Bässe des Festivals zwischen dem Rauschen der Bäume und dem Unken von Fröschen auflösten. Irgendwann erreichte ich einen Teich, an dem ich mich niederließ um Wasser zu trinken. Ich war außer Atem und ein Gefühl, ich bewege mich außerhalb meiner Selbst, überrannte mich, so wie in einem Traum oder irgendeinem verfickten Egoshooter, den ich nie zu Ende gespielt hatte. Ich spürte nur noch den Pulsschlag in meinem Hals und hörte mein Herz in den Ohren pochen.

Es wurde mucksmäuschenstill. Weder Rauschen von Bäumen noch das Unken der Frösche vermischte sich mit den in der Ferne verblassten Bässen.

| | PAUSE | | !ERROR! <PLAY>

Innerhalb des Bruchteils einer Millisekunde erstrahlte der gesamte Horizont gleißend hell. Und während sich dieses unendliche alles ausfüllende Weiß im Farbspektrum dezent von links nach rechts verschob, taten sich geisterhafte Streifen von oben nach unten aus dem Hintergrund hervor. Wie gefrorene Blitze brannten sie sich im Himmel ein. Ein Heulen, wie in einem Sandsturm, mischte sich in dieses bewegende Stillleben. Zwischen den geisterhaften Streifen zog sich das hellgleißende Firmament zu einer Scheibe zusammen, aus deren Mitte ein glühender Feuerball in Form eines herzförmigen rosa Atompilzes majestätisch in den Himmel empor stieg.

Nur Küssen ist schöner, dachte ich und verliebte mich spontan in niemals zuvor erlebte Farben. Dann zerrte ein Sog an mir und etwas, das ich nur als Impuls beschreiben will, raste auf mich zu, reitend auf einem lauten, dunklen, hohlen Knall.

| | PAUSE | | & !ERROR!

Das Brennen, welches so beeindruckend in die Stratosphäre wogte, glitt auf meiner Haut entlang und durchdrang auch meine Seele. Innerhalb eines klitzekleinen Zeitfensters spürte ich außerhalb dessen, was eine temperaturkompensierte Quarzuhr zu messen vermochte, hunderte Zulas verglühen und in meinem Herzen ein Vakuum im Ausmaße eines anthropischen Prinzips sich auftun. Und so füllte ein unbedeutendes Fragment des Verlusts das expandierende Universum bis runter in die Downquarks.

„Oh, heiße Göttin aller Paralleluniversen und derer Himmel, ich wünschte in einer Nussschale zu regieren, um mich als König von unermesslicher Trauer gebärden zu dürfen..."

<PLAY>

Der Impuls schlug auf meinen Körper und schleuderte mich in den Teich. Während ich im Wasser versank, toste, blubberte und verglühte Fucking über mir. Ich wusste, ich durfte nicht auftauchen und war ob meiner eigenen Geistesgegenwärtigkeit überrascht. Denn ich zog Kate Moss aus dem Rucksack und benutzte sie als Schnorchel.

Die Luft, die ich atmete, brannte in meinen Lungen. Trotzdem hielt ich es so lange unter Wasser aus, bis das Glühen über mir erlosch und meine von Becky Lee abgenagte Brustwarze im Wasser aufquellend schmerzte.

Als ich auftauchte, war die Luft noch glühend heiß und roch nach verbranntem Barbecue. Es war gespenstisch ruhig und vom Himmel regneten rosa Erdbeeren, die kurz vor dem Boden als kleine flauschige Totenköpfe verpufften. Dann wurde die Umgebung durch unterschiedlichste Nuancen Rosa und Erdbeergeruch verschleiert. Ich ließ mich rücklings auf dem Wasser treiben und beobachtete dieses Schauspiel bis ins Morgengrauen. Der Himmel erstrahlte langsam in einem Frequenzbereich zwischen 600 und 700 Terahertz, so wie auf diesen verfickten Postkarten mit den übertrieben blauen Himmeln.

| | !ERROR! | | !ERROR! | | !ERROR!

Außerdem lassen sich nach wie vor funkelnde Schmetterlinge auf meiner Nase nieder. Und erst jetzt bemerke ich, dass es nur Schneeflocken sind. Und diese outen sich bei genauerem Hinsehen als nichts anderes als Rußpartikel, die schüchtern auf die vergangene Existenz von Fucking hinweisen.

| | PAUSE | |

Ich bin nun dort angekommen, wo sich meine Erinnerungen kaleidoskopartig aufzehren. Ich fixiere angesengte schwarze Flossen mit gelben Punkten, ein Fishpower-T-Shirt und einen angebrannten Pyjama auf dem es rosa Schweinchen, die gerade vom Himmel gefallen sind, miteinander tun. Kate Moss habe ich ins Gras gelegt, die brauch ich nicht mehr. Und ich freue mich, dass sich mein Wunsch erfüllt hat und ich Zulas Höschen, das sie trug, als sie mir zum ersten Mal in einem Bad begegnet ist, bis jetzt nicht vergessen habe. Verfickt, ich beginne mich wieder zu verlieren. Das Leben muss weiter gehen, aber es spielt sich noch immer vieles in meinem Kopf ab und das Chaos darin wird nicht besser. Ich muss wieder alles so sehen, wie es wirklich schien. Aber zu sehr vermisse ich Uschi, Zula, Melanie Melody™, Natasa, Leeloo und sogar David. Ich werde einfach meinen Erinnerungen freien Lauf lassen. Nach vorne schauen, Zebras rückwärts laufen lassen und meine Wahrnehmungen wieder in den Griff bekommen. Ich sehe verkohltes Fleisch, verschmolzen mit dem Supermann-Kostüm auf meinem Körper. Kann sogar auf die Knochen sehen und wenn ich meinen Unterarm berühre, knuspert es. Aber gerade deshalb werde ich über das Erlebte hinauswachsen, ordne meine Erinnerungen und lasse mein Leben und die darin eingebetteten Impressionen mit all ihren Sinnestäuschungen Revue passieren.

<PLAY> |<< REWIND | | PAUSE | | FORWARD >>|

Und just in dem Moment, als ich damit weiter machen wollte, versammelten sich rauchende Kühe vor mir und schauten mich an. Ganz so als beobachteten sie, wie ich von einem Ufo entführt werde. Sie kommen näher, grinsen und ihre Gesichter shiften in eine neue Optik, mit blauem Glanz in den Augen. Sie ähneln Leeloo, mit den schönsten Zöpfen, die ihr David jemals geflochten hatte. Ich spüre keine Schmerzen, nur Kälte, die sich anfühlt, als wolle sie mir etwas verschweigen. Darum schließe ich meine Augen, denke an Zebras, die in Zeitlupe rückwärts laufen. Und als ich sie wieder öffne, sehe ich zwei wunderschöne Elfenohren und dazwischen das Gesicht von Uschi. Ich schaue mich auf der Wiese um, erblicke hunderte dieser zulahaften Kreaturen und bin mir nicht im Klaren, welche von ihnen die Richtige sein könnte. Ich gehe auf die zu, deren Nase glüht und küsse sie auf den Mund. Der Kuss dauert ewig und bremst alles um uns herum ab. Die Zunge fühlt sich zunächst sehr rau an und wird mit jedem Zungenschlag weicher und edler, so wie eine rasierte Muschi.

ALLES WIRD GUT IN ANBETRACHT DESSEN, WIE EIN PROSPEKTIVER SCHLUSS FÜR ALLE BETEILIGTEN SEIN SOLLTE

| | PAUSE | |

„Froschkönigin avantgarde und gründlich emanzipiert!“, würde Leeloo lasziv stöhnend frohlocken und mir ihre Zöpfe zu meinen Diensten anbieten, während sich zwei Erdmännchen in einem flotten Dreier verlieren.

<PLAY>

Die weiche Zunge rührt in meinem Mund und fährt mir beschwingt übers Gesicht. Meine Sehkraft ist deshalb eine Zeit lang kurz beeinträchtigt. Ich reibe mir die Augen und sehe ein Mädchen im Pyjama, auf dem es Schweinchen miteinander tun, verlegen einmal nach links und dann zweimal nach rechts schauen. Dann haut sie mir vergebend auf die Nase und summt Zulas und mein Lied.

Und ich frage: „Auf was für Musik stehst denn du?“

„Keine gute Frage für das Ende!“ wird sie murren und ich verlegen den Boden nach einer Antwort absuchen.

„Na ja!“ wird sie mir helfen: „Nach was schau ich für dich denn aus?“

Und ich werde an Zulas denken, die in Zeitlupe rückwärts laufen, und zugeben: „Ich kann nicht ganz folgen!“, während ich denke „Ich mag dich, trotz beschissenen Musikgeschmacks!“

„Na dann…“, meint Zula und niest ein letztes Mal. David titulierte unsere daraufhin folgende Herumfickerei als „ungemein unheilvoll und typisch“ und Leeloo macht was Arges mit ihren Zöpfen.

Zula und ich legen keinen Wert mehr auf Leeloo und Davids Meinung. Stattdessen laufen wir in Zeitlupe über verschneite Wiesen und gehen so oft wie möglich bei Vollmond im Wald spazieren. Händchenhaltend wohlgemerkt, während Nadelbäume uns wie aus einer alten Star Trek-Episode anfunkeln und alle Gefahren dieser Welt hinter ihrem Glanz verstecken.

Wir werden einen Bauern dabei ertappen, wie er ein Loch in den Schnee gräbt und anschließend von einem Ufo entführt wird. Doch der ist uns egal, das Loch ist, was uns interessiert und Zula rufen lässt: „Hey! Lass uns einfach verschwinden!“

Erlöst schauen wir uns an, springen und fallen eine halbe Ewigkeit durch eine große, kalte Leere, um mild in einer Tiefkühltruhe zu landen. Während des freien Falls tätowiere ich Zula noch schnell Miss Mai auf die Stirn und freue mich, zumindest dieses Lebensziel mit relativ wenig Aufwand erreicht zu haben.

Dabei bedrängt mich ungewöhnliche Leichtigkeit. Der Tod ist mit einem Mal zu wenig besorgniserregend, um ihm die nötige Aufmerksamkeit zu schenken. Warum sich davor fürchten, wenn ich mich mit Zula in einem Gefrierfach in den Himmel vögeln kann. Wir lassen die Zeit um uns stehen und verarschen die alles zerstörende Routine, indem wir einfach nicht vergessen, für immer und ewig zu ficken. Denn so verriet mir einmal Leeloo, ihre Zöpfe völlig außer Acht lassend: „Eigentlich zerstört nur das Nicht-Ficken all die großzügig verteilte Liebe!“

| | PAUSE | |

Ist das der Moment Leben, in dem man die Liebe seines Lebens stößt, einem plötzlich tiefgefrorenes Gemüse schmeckt und man in eine höhere Dimension empor steigt?

<PLAY>

„JA!“ würde Leeloo quieken und auf einmal bin ich dort angekommen, was viele als Himmel begehren und Becky Lee einst als *ihr Zuhause* mit den Fingern auf eine beschlagene Hubschrauberscheibe schmierte.

| | PAUSE | |

Jetzt erfahre ich *mein Zuhause*, völlig wertfrei und anders als uns im Religionsunterricht so gedankenfrei aufgeschwatzt. Mit Uschi schreite ich durch einen Tunnel auf ein weißes Licht zu. Bevor wir eintreten, höre ich Leeloos Stimme spotten: „Noch mehr hättest du dir von diesem klischeehaften Schnittchen wohl nicht abschneiden können, oder was?“

Und was sich vor mir auftut, ist schlichtweg unbeschreiblich. Ich kann dazu nur sagen, dass es besser, bunter und dreidimensionaler ist, als uns die Kirchenwächter einst einbläuten. Außerdem sehe ich weit und breit keine Schuhgeschäfte in der Größe New Yorks und willige Jungfrauen geben sich hier auch nicht zu erkennen, noch werfen sie sich Massenmördern an den Hals, die gerade von der Arbeit heim kommen.

Mein Zuhause offenbart sich frei von Zeit, so als wäre es nichts anderes als ein Paralleluniversum, einbettet hinter der Fusions-Galaxie CL0958+4702, der der ganze Rest des Alls scheißegal ist. Und eine leuchtende innere Stimme erklärt mir, dass sich jeder sein Zuhause so einrichten soll, wie er will. Natürlich nur im Rahmen der Möglichkeiten, die man sich im Diesseits verdient hat und mit ein paar aufheiternden versteckten Bestrafungen der gröberen Sünden.

Ich breche auf, um mein Zuhause zu durchwandern. Dabei wandle ich über grüne Auen und überquere stille Wasser. Unzählige Zulas spielen im Sonnenschein und winken mir fröhlich zu. Doch ich akzeptiere sie als das, was sie sind und konzentriere mich weiter auf die, die mit mir Hand in Hand in Flossen anher watschelt. Sie erquickt meine Seele und wir durchschreiten auf rechter Straße kurz ein finsteres Tal. Doch wir fürchten kein Unglück, sondern ficken bis das Tal erleuchtet. Dadurch lernen wir all die Zusammenhänge unserer gemeinsamen vergangenen Leben verstehen und wertzuschätzen. Wir erkennen, dass nichts umsonst und erst recht nicht zufällig war.

Wir lachen, als über uns bunte Schweinchen, die es miteinander tun, auftauchen und die Motive auf ihrem Pyjama nachstellen. Auch sie fühlen sich augenfällig wohl, denn sie wissen, dass ab jetzt nur Güte und Gnade ihnen folgt und sie mehr als Schnitzel sind. Und die größte Sau von allen fordert Uschi liebevoll auf, sich ab jetzt ihr eigenes Zuhause einzurichten. Wir lassen voneinander los und mit einem frischen Lächeln rutscht sie auf ihren schwarzen Flossen mit gelben Punkten über einen Regenbogen, der nach Heidelbeeren riecht, in ihre Welt.

Ich freu mich für sie, was Leeloo und David anlockt. Leeloo umarmt mich, als hätten wir uns eine Ewigkeit nicht gesehen und verspricht, dass auch hier nur ich sie sehen kann. Als Teil des Konzepts des Himmels, erklärt sie mir und zugleich eine kleine Bestrafung für meinen Seitensprung mit Michelle. Auch David kann nur ich sehen, aber alle können ihn singen hören. Das ist die kollektive Strafe für die Verbrechen der gesamten Menschheit.

Leeloo erschafft etwas mit ihren Zöpfen, worauf hunderte Erdmännchen daraus hervorspringen und kichernd ins Nichts davon hopsen. David verdreht dabei die Augen und Leeloo schildert, was mich zuhause erwarten wird.

<PLAY>

Ich sollte eine Schnittstelle finden zwischen mir und Uschi, damit wir darin gemeinsam den Himmel unabhängig unserer beider voneinander getrennten Welten erleben. Ich schreite sofort zur Tat und beginne mein Zuhause abzusuchen und alle Ecken und Enden zu durchschreiten.

So erblicke ich ziemlich bald Melanie Melody, sitzend an einer Harfe auf einer flaumigen Wolke, umringt von herrlichen Engeln mit Hintern, deren Perfektion sich physikalisch nicht erklären lässt. Sie nippen an einem Gläschen Angel's Tit und prosten mir zu. Melanie scherzt ein wenig über unsere zurückgelassenen Leben und den Namen ihres Lieblingsgetränkes, insbesondere im Kontext unseres jetzigen Aufenthaltsortes. Sie erklärt mir mit übertrieben betontem *SCH*, sie wäre jetzt DER *Sch*utzengel für musikalische Talente, die reinen Herzens sind. Das kann ich auch deutlich in ihr sehen, aber empfinde es trotzdem als ziemlich abgefahren, dass sie, befreit von Zeit und Raum, ihr eigener Schutzengel auf Erden ist und sie sich selbst als ihre eigene Muse, Lieder ins Herz implantiert, die im Diesseits zu großen Hits werden sollten. Die herrlichen Engel weinen freudig Diamanten und ich verstehe, dass Melanie Melody ohne Natascha wohl nie den Erfolg gehabt hätte, der ihren Namen so groß machte und sie zur CHMABL führte. Ich denke mir, im Diesseits würde das sicherlich als befangen oder Freunderlwirtschaft abgetan. Doch in meinem Zuhause darf man alles, was einen selbst und andere glücklich macht.

Leeloo erklärt, es gibt keine Hölle, vor der sich so viele fürchten und darum so grausame Taten verrichten. Jeder bekommt einfach sein eigenes Zuhause, das man sich selbst auf Basis seiner Existenz auf Erden einrichtet. Man erhält hauptsächlich das, was man gelebt hat. Und die sogenannten Sünden werden, so gut wie es geht, vergeben und höchstens mit einem neckischen Augenzwinkern abgestraft.

Und dann entdecke ich Michelle. Am Rande meines Zuhauses am Herd stehend, fegt sie mit einer Feuerbürste das kleine Bärtchen von Adolf Hitler, mit dem sie verheiratet ist und sich als seine Strafe manifestiert. Und der belehrt Michelle auf Hebräisch, wie sie die CHMABL besser hätte zum Erfolg auf Erden führen können, während im Hintergrund zulahafte Engel mit blonden Zöpfen im Chor: „Michelle ma belle, you'll soon be well!" singen. Offensichtlich kann auch das Zuhause ziemlich abgefahren sein.

Ich schwebe relaxt weiter und sehe I, Maus, den Bürohengst und Pfeife auf einem Steg angeln. Ich grüße sie freundlich: „Hallo Markus, Matthis und Andi" und gehe zufrieden weiter. Ein paar Meter hinter einem Dschungel inmitten einer Oase sitzt Dirk Feldherr auf einem Berg seiner Magazine. Er muss sie alle lesen, während Mimi im kleinsten Minirock meines Zuhauses vor ihm auf einen Luftballon herumhüpft. Sie wackelt mit ihrem Zeigefinger „Tu, Tu, Tu, niemals wird der für dich platzen" und lacht dabei herzlich.

Ich bin amüsiert, lass mich davon aber nicht aufhalten. Beim Weitergehen beschließe ich, dass ich Dirk seine Strafe erlasse und sein Herz den Qualitätsmedien öffne. Das fühlt sich gut an und so nehme ich mir vor, allen hier zu vergeben und deren Strafen zu erlassen. Aber erst nachdem ich mich zumindest einmal daran ergötzen durfte.

Und so ziehe ich weiter und finde am Rand meines Ozeans Jorge und Xalvadora, die mich, wie auf ihrer Postkarte versprochen, herzlich auslacht. Die beiden bauen sich eine Sandburg, die immer wieder von Wellen, auf denen Xalvadoras Mutter heranreitet, zerstört wird. Ich pfeife Sylvester Stallone heran, stelle ihn ihrer Mutter vor und wandle zufrieden weiter.

In der Ferne tut sich ein freundliches, leuchtendes Heaven´s Gate auf, das eher wie ein Schloss von Barbie aussieht. Ich schwebe hinein und entdecke ein flaumig-flauschig schwarzes mit rosa Ornamenten verziertes Sofa mit Becky Lee & Lou darauf. Nackt räkeln sie sich und spielen mit ihren jeweils zwei und wunderschön versteiften Brustwarzen. Rev. JeSos liegt grinsend neben ihnen und raucht Cosy Josy aus Kate Moss´ Muschi, die gerade ihre Memoiren schreibt.

Dabei frage ich mich, was denn eigentlich deren Strafe sein sollte und monoton antworten Lee, Lou und JeSos im Chor, dass es mich hier gäbe, aber weit und breit kein Schuhgeschäft in der Größe New Yorks. Ich antworte: „Bei euch werde ich es mir noch überlegen“ und schwimme weiter einen Strom aufwärts.

An einer Kreuzung tauche ich auf und erspähe Lina Morgenstern. Doch die gleitet einfach an mir vorbei und streift mich sanft, aber ungewollt. Wortlos begleitet sie mich, bis wir einen Parkplatz erreichen, auf dem ein verlassener Porsche sein Geschäft verrichtet. Darin macht ein junges Mädchen mit einem alten Mann herum. Dessen Ehefrau wechselt ziemlich angepisst die Reifen und schimpft: „Du kleine verhurte Huren Schlampe!!! Du kleine, kleine Huren Schlampe!! Du kleine, kleine, kleine Schlampe!“ Im Hintergrund reitet Shosana ganz nebensächlich auf einer Flasche Corona in eine aufgehende Sonne.

Ich bemerke ich habe meine Schlüssel vergessen und finde zur wahren Church of Pretty Souls. Am Tor empfängt mich Lærke Jorgensen mit einem Gläschen Moscato D'Asti, in dem eine Erdbeere vor sich hin treibt und an einem Eisberg zerschellt. Lærke heißt mich erneut in ihrem Subparadies willkommen und erklärt, dass hier die CHMABL-Jüngerinnen alles tun, was sie schon nicht auch im Diesseits getan hätten. Aber frei von Gewalt und Hass, dafür mit unendlich viel Sex, ein wenig Liebe und ab und zu ein paar Pinkshots. Denn das ist das Göttlichste und Erstrebenswerteste, wie sie meint. Dann taucht Lærke in einem Whirlpool von der Größe Sao Paulos ab und ich stehe alleine inmitten einer Wiese auf der all die bunten Blüten rascheln, während die Cockpitmaus auf mich zugestürmt kommt. Mit einem nassen Fetzen jagt sie mich durch gleich fünf Parallelwelten, bis sie mich erwischt und auch „Erwischt" jubelt.

Doch das zulabare Mädchen aus der Church of Pretty Souls in Buffalo taucht aus einer lila Blumenknospe auf und entwendet der Cockpitmaus sanft den nassen Fetzen. Zart schließt sie diese, meine Welt ist plötzlich weich gezeichnet, in die Arme und gesteht ihr, sie wüsste, wie sie für sie auszusehen hätte. Als sie anfangen sich auszuziehen und aneinander herum zufummeln, tauchen Milliarden von Schmetterlingen auf und singen ein Best of von Himmelsliedern. Das trägt mich hinfort und lässt mich auf einer eher flaumig gehaltenen Wolke nieder. Dort steht eine Tür, die mich längst erwartet hat, wie sie lethargisch meint. Ich stell mich auf die Hinterbeine und schnupper mit der Nase in die Luft. Daraufhin findet mich eine Bar, die aussieht, wie das Mutterschiff auf einem schwarzen Korn.

Links von mir sitzt auf einmal David, der mir seine Hand entgegen streckt und „Mia casa es su casa!" gesteht. Und rechts lungert Uschi über einem Glas 97er Sauvignon Blanc Kranachberg. Sie spielt dezent mit ihrem Zopf, zeichnet damit lächelnd Superfunken in die Luft und lässt mich in Gebärdensprache wissen: „In einem guten Zuhause darf man Ficken sagen. Aber das Schönste ist, dass dort Muschis noch wirklich Pferdenasen sind."

www.buchhelden.at
www.facebook.com/pferdenasen

www.ingramcontent.com/pod-product-compliance
Lightning Source LLC
Chambersburg PA
CBHW060303260626
47160CB00007B/2489
9783950383669